Liebende könnten, verstünden sie's, in der Nachtluft
wunderlich reden. Denn es scheint, daß uns alles
verheimlicht. Siehe, die Bäume sind; die Häuser,
die wir bewohnen, bestehn noch. Wir nur
ziehen allem vorbei wie ein luftiger Austausch.

Rainer Maria Rilke, Duineser Elegien

I

Ein Stereoskop ist ein Gerät zum Betrachten von Stereobildpaaren, die mit einer Stereokamera aufgenommen wurden. Durch die geringe seitliche Abweichung entsteht der Eindruck räumlicher Tiefe: Man glaubt, den Porträtierten leibhaftig vor sich zu haben. Man blickt durchs Stereoskop und ist mit ihm allein. Da man dabei die Augen auf die Okulare pressen muss, sind alle anderen optischen Eindrücke ausgeschaltet, sodass man sich ganz auf die Gesichtszüge des Abgebildeten konzentrieren kann.

Ich könnte mir vorstellen, dass Liebespaare, die voneinander getrennt leben mussten, über diese Erfindung sehr froh waren. Eine Zeit lang jedenfalls, bis sie die Nähe, die doch nicht greifbar war, rasend machte. Die anderen, die ebenfalls Hoffnung in diese Technik setzten, waren die Kriminologen. Sie erlaubte es ihnen, im Gesicht des Täters zu forschen. Konnte man dem Unerhörten, dem Rätsel, das einem das Verbrechen aufgab, nicht auf die Spur kommen, indem man im Gesicht des Täters las, wie es der Jäger in den Hufabdrücken des Wildes tat? War in dieser Landschaft aus Hebungen und Senkungen, der man, anders als auf herkömmlichen Fotografien, mit dem Finger nachspüren zu können meinte, nicht vielleicht die Erklärung enthalten, nach der man die ganze Zeit gesucht hatte?

Die Liebespaare und die Kriminologen also. Und beide wurden am Ende enttäuscht.

Am Vormittag rief Wüstenhagen an, der Händler, bei dem ich mich manchmal nach alten Kameras umsah, und sagte: »Ich habe da eine Stereokamera, die 1919 gebaut worden ist. Haben Sie Interesse?« Ja, hatte ich. Doch als ich nach dem Preis fragte, druckste er herum. Er müsse sich, sagte er, erst bei dem Mann erkundigen, der ihm das gute Stück in Kommission gegeben habe. »Tun Sie das«, sagte ich, und nachdem ich aufgelegt hatte, fiel mir ein, dass es sein Geburtsjahr war. 1919 war das Geburtsjahr meines Vaters.

Ich stieg zur Mansarde hoch, in der mein Büro lag, und am Abend, ich kam gerade wieder herunter, rief Wüstenhagen ein zweites Mal an. »Nun kenne ich ihn«, sagte er.

Doch der Preis, den er nannte, war so absurd hoch, dass ich ablehnte.

Zwei Anrufe von Wüstenhagen. Und in der Nacht der Anruf von Frau Roth, der Haushälterin meines Vaters.

Es war gegen halb zwei. Das Telefon schrillte, ich stand auf, ging in den Flur, nahm den Hörer ab und hörte ein Schluchzen, dann ein paar Worte, die ich nicht verstand, aber immerhin erkannte ich nun die Stimme.

»Frau Roth?«, fragte ich.

»Ja«, erwiderte sie und sagte dann, dass er gestorben sei. Sie war am Abend noch einmal in seine Wohnung gegangen und hatte ihn tot im Sessel gefunden. Der Fernseher lief. Er saß da, als lebte er, aber er war tot.

Sie sprach stockend, sich wiederholend, mit Pausen zwischen den Sätzen. Sie sagte, sie sei am Nachmittag bei ihm gewesen und am Abend noch einmal zurückgekommen, um ihm mitzuteilen, dass sie in der nächsten Woche nicht kommen könne. Am Nachmittag hatte sie das vergessen. Sie hatte ihn angerufen, aber er war nicht an den Apparat gegangen, deshalb hatte sie sich noch einmal auf den Weg gemacht, den Berg hinauf, das heißt, ihr Mann hatte sie gefahren. Sie hatte geklingelt, und da er nicht öffnete, hatte sie geglaubt, er sei nicht da, und den Schlüssel benutzt, sie hatte ja einen Schlüssel. Sie hatte die Tür aufgeschlossen und war hineingegangen, um ihm einen Zettel zu schreiben, den sie auf den Küchentisch legen wollte.

Und noch etwas sagte sie, etwas, dessen Bedeutung mir erst später klar wurde und das sie nur erwähnte, weil sie sich verletzt hatte.

Sie war hereingekommen, hatte, da sie den Lichtschalter nicht gleich fand, seinen Namen gerufen, und als sie ein paar Schritte in die Diele tat, war sie in der Dunkelheit gegen ein Hindernis gestoßen: Die Leiter. Die in die Decke eingepasste Tür, über die man auf den Dachboden gelangte, war heruntergeklappt und die Leiter herausgezogen. Frau Roth arbeitete seit sechzehn Jahren bei ihm, seit seiner Pensionierung, aber das hatte sie noch nicht erlebt. Sie ging nie auf den Dachboden. Deshalb hatte sie nicht damit gerechnet.

Um zehn hatte sie ihn gefunden, um halb elf war der Arzt gekommen und hatte seinen Tod festgestellt. Zu diesem Zeitpunkt wusste sie, dass er tot war, aber es dauerte noch drei Stunden, bis sie sich ein Herz fasste und meine Nummer wählte.

Frau Roth war eine kleine stämmige Frau mit breitem Gesicht und runden, etwas vorstehenden Augen, die das Haar, zum Knoten geflochten, im Nacken trug. Am Freitagabend sah man sie und ihren Mann in den gelben Klinkerbau im Hofgarten gehen, in dem der Gottesdienst der Freikirchlichen

Gemeinde abgehalten wurde. Wenn sie wieder herauskamen, lag ein eigentümlicher Glanz auf ihren Gesichtern, der Widerschein einer harten, selbstgewissen Gerechtigkeit, ein Merkmal dieser Gegend, aber das änderte nichts an der Zuneigung, die sie für ihn empfanden. Mein Vater mochte ein Sünder sein, gottvergessen, aber die Einfachheit, mit der er sein Leben führte, versöhnte sie.

Auf einem Foto, das ich von ihnen machte, stehen sie nebeneinander, Schulter an Schulter, und schauen mit runden Augen in die Kamera, während sich mein Vater, den ich eigentlich fotografieren wollte, aus dem Bild gestohlen hat. Sie vorn, er als Schemen hinter der Glastür. Er mochte es nicht, das Fotografiertwerden oder, sagen wir, die Umstände, die man darum machte, das Brimborium.

Im September also. Im September der Anruf von Frau Roth.

Den jungen Mann, der einen Monat danach anrief, hatte ich nur drei-, viermal gesehen, und ich glaube nicht, dass wir mehr als ein paar Worte miteinander gewechselt haben, guten Tag, auf Wiedersehen, und doch wusste ich, als ich die Stimme hörte, sofort, um wen es sich handelt.

Er leistete in dem Heim, in dem meine Mutter ihre letzten Jahre verbrachte, seinen Zivildienst ab. Wenn sie mich durch das lärmende Treppenhaus zur Tür begleitete, kam er uns manchmal entgegen. Meistens trug er Sandalen und einen aus einem schweren, mit Borten besetzten Stoff gefertigten Kaftan, der ihm bis zu den Knöcheln reichte. Aber nicht deshalb fiel er mir auf, sondern weil er sie merkwürdig ansah. Wenn er sie erblickte, trat ein schwärmerischer Ausdruck in seine Augen. Ein Zeichen der Verehrung, die er für die ältere

Frau empfand? Vielleicht. Er streichelte sie mit den Augen (so muss man wohl sagen), während er mich beinahe wütend anstarrte, von unten herauf, als wollte er mir gleich den Kopf in die Brust rammen. Keine Frage, er sah in mir einen Eindringling, einen Boten aus der Welt, der sie früher angehört hatte.

Er war es, dieser Junge, der mich einen Monat danach anrief und mir die Nachricht ins Ohr schrie: »Sie ist tot, hören Sie, tot.« Und gleich darauf die Stimme der Schwester, die ihm den Hörer aus der Hand riss: »Entschuldigen Sie, Herr Karst.«

Es war so: Die Schwestern hatten sich daran gewöhnt, dass sie nachts den Türgriff blockierte, indem sie einen Stuhl mit der Lehne darunter schob, sie hielten es für eine ihrer vielen Marotten, doch als sich die Klinke auch am Morgen noch nicht wieder herunterdrücken ließ, schickte die Schwester, die um sechs die Vormittagsschicht übernahm, den Jungen, der zufällig den Gang herunterkam, nach dem Hausmeister, doch anstatt den Auftrag auszuführen, warf er sich gegen die Tür und drückte sie ein. Und als sie ins Zimmer kamen, fanden sie sie auf dem Bett, angezogen, die Augen geschlossen, wie im Schlaf. Der Junge hatte sich neben das Bett gekniet und die Hand an ihre Wange gelegt.

Damals habe ich nicht darüber nachgedacht. Jetzt aber, da ich die Notizen zusammentrage, fällt mir auf, dass er meine Nummer kannte, auswendig, er hatte nicht nachzuschauen brauchen, sondern war, als die Schwester ihn aufforderte, das zu lassen, ans Telefon gestürzt und hatte mich angerufen.

Mein Vater war sechsmal umgezogen, immer in Tautenburg oder in der Umgebung von Tautenburg, in von Mal zu Mal bessere Wohnungen, die sich von ihrer letzten gemeinsamen Wohnung immer mehr unterschieden, und schließlich in das Haus über der Stadt, den Bungalow, der in einem weiten, zur Stadt hin abfallenden Garten lag.

Abends ging er von Zimmer zu Zimmer und ließ die Jalousien herab, dann trat er in die Diele und klappte die Luke herunter, eine weiße Holzklappe mit einem Metallring, in den man den auf das Ende eines Holzstabs geschraubten Haken klinkte; er zog die Treppe heraus und stieg auf den Dachboden, der so niedrig war, dass er sich bücken musste, wenn er herumging.

Es gab drei kleine, in die Dachschräge eingelassene Fenster: das eine zeigte zur Batterie, einem Felsvorsprung im Wald, von dem aus die mittelhessische Stadt im Französischen Erbfolgekrieg in Brand geschossen worden war (das lernten die Kinder im Heimatkundeunterricht), das andere zum Weißen Stein, einem von Bänken gesäumten Weg, der von jungen Liebespaaren, die nicht wussten, wohin sie abends gehen sollten, aufgesucht wurde; vom dritten aus schließlich sah man über die Tannen hinweg die Stadt.

Zur selben Stunde rückte meine Mutter den Stuhl an die Tür und klemmte die Lehne unter den Griff, eine Vorsichtsmaßnahme, um die Schwester, die zwischen elf und halb zwölf ihren Rundgang machte, am Hereinkommen zu hindern; es war nichts Schlimmes bei dem, was sie tat, und doch wollte sie nicht, dass sie von dieser (wie sie fand) grobschlächtigen Frau, die überdies den verhassten R-rollenden Dialekt dieser Gegend sprach, gestört wurde. Danach zog sie den Vorhang zurück, öffnete das Fenster und sah hinaus.

Jeden Abend, zu einer bestimmten Zeit.

Um halb acht, das wusste ich, wurde im Heim gefrühstückt. Da sie sich weigerte, in den Gemeinschaftsraum zu gehen, in dem die anderen ihr Essen einnahmen, das heißt, die, die dazu in der Lage waren, brachte ihr die Schwester das Frühstück ins Zimmer. Sie war dann schon aufgestanden und angezogen. Sie aß eine Scheibe Graubrot und trank zwei Tassen Kaffee, alles andere ließ sie zurückgehen. Das wiederholte sich jeden Morgen.

»Aber Frau Karst«, sagte die Schwester, wenn sie das Tablett wieder abholte, »Sie müssen doch essen.«

Wir waren gegen acht losgefahren, inzwischen war es halb zehn. Ich ging in das Wohnzimmer meines Vaters, schloss hinter mir die Tür und rief sie an. Sie hatte – ein Privileg, um das sie nicht nachgesucht hatte und das ihr dennoch gewährt wurde – ein Telefon. Da sie das Tischchen, auf dem es ursprünglich stand, für die Nähmaschine benötigte, hatte sie es auf den Fußboden gestellt, unter das Waschbecken neben der Tür.

Nachdem es ein paar Mal geklingelt hatte, hob sie ab, und ich erzählte, was geschehen war, worauf einen Moment Stille eintrat, sodass ich schon glaubte, sie habe mich nicht verstanden.

»Hast du gehört?«, fragte ich.

»Ja«, sagte sie, und dann zu jemandem, der anscheinend im Zimmer war: »Warten Sie, ich helfe Ihnen gleich.« Darauf, mit derselben munteren Stimme, wieder zu mir: »Stell dir vor, sie hat den Eimer umgeschmissen, den Putzeimer.«

»Hast du verstanden«, sagte ich noch einmal.

»Bin ja nicht taub.«

Und nachdem wir noch ein paar Worte gewechselt hatten, legten wir auf. Und das war, abgesehen von dem kurzen Telefonat tags darauf und den paar Worten, die wir auf dem Friedhof wechselten, das letzte Gespräch, das wir führten, denn ein paar Wochen danach starb sie ebenfalls.

*

Ja, so ist es. Zuerst er, dann sie. Er im September, sie im Oktober. Sie kam zu seiner Beerdigung, wie er dann zu ihrer kam. Es klingt merkwürdig, aber so war es. Es war Mila, die sie entdeckte.

In der Nacht, in der Frau Roth anrief, ging die Tür auf und Mila erschien. Vom Telefon geweckt, war sie aufgestanden und in mein Zimmer getreten; sie lehnte sich an den Türpfosten und lauschte, den Kopf schräg, fast auf der Schulter. Sie war am Nachmittag aus Berlin gekommen. Da sie sich weigerte, die U-Bahn zu benutzen, hatte sie am Frankfurter Hauptbahnhof ein Taxi genommen, das sie nach Enkheim hinausbrachte. Nach einem kurzen Spaziergang durchs Ried setzte sie sich an meinen Laptop und suchte Fotos fürs Programmheft aus. Am nächsten Tag wollte sie zurückfahren, doch als sie hörte, was geschehen war, warf sie ihre Pläne um und kam mit nach Tautenburg.

Am Morgen, noch vorm Frühstück, schickte sie ihre Bilderauswahl ans Theater. Eine Stunde später – wir standen im Korridor und wollten gerade aufbrechen – klingelte ihr Handy. Da sie keine Anstalten machte, sich in eins der Zimmer zurückzuziehen, sondern sich einfach auf einen Stuhl fallen ließ, bekam ich das Gespräch mit. Es war Annette, ihre Assistentin, die anrief. Und an der Art, wie sie miteinander sprachen, an der Mühe, die es Mila kostete, die andere davon zu überzeugen, dass es tatsächlich ein Trauerfall war, durch den sich ihre Rückkehr verzögerte, an der Überredungskunst, die sie aufwenden musste, um die andere daran zu hindern, ebenfalls nach Frankfurt zu kommen (sei es aus Sehnsucht nach ihr, sei es, um sich zu vergewissern, dass sie die Wahrheit sagte), merkte ich, dass die Anruferin nicht nur ihre Assistentin war, sondern auch ihre Geliebte.

Mila war Mitte fünfzig, sah aber im Dämmerlicht des Korridors aus wie in der Zeit, in der wir uns kennengelernt hatten, vor bald dreißig Jahren, nur dass ihr Haar den Kupferton angenommen hatte, den das Haar aller ihrer früher einmal brünetten Altersgenossinnen hatte. Wenn man mit ihr Essen ging, konnte man sicher sein, dass irgendwann alle herüberschauten, Männer wie Frauen, wobei es nicht selten die Frauen waren, die die Männer erst auf sie aufmerksam machten. Ein Grund dafür mochte sein, dass sie auf eine stille Weise schön war, nichts an ihr war auftrumpfend oder so, dass man es als anmaßend empfand, es sei denn, man empfände das Gleichmaß ihrer Gesichtszüge oder die sich in ihrer Kleidung und ihrem Auftreten ausdrückende Zurückhaltung selbst als Anmaßung. (Was es vermutlich auch war, aber nichts an ihrer Wirkung änderte.) Manchmal kam es mir vor, als übte allein ihre Anwesenheit eine pädagogische Wirkung aus. Da sie leise sprach, senkten auch die anderen die Stimme. Da sie kein Aufhebens von sich machte, weder von ihrer Arbeit noch von ihrer Person, hielten sich auch die chronischen Besserwisser und Aufschneider in ihrer Gegenwart zurück. Da sie keinen Alkohol trank oder kaum (über den Abend verteilt vielleicht zwei mit Wasser verdünnte Gläser Wein), verzichteten die Schluckspechte, die mit ihr am Tisch saßen, auf die eine oder andere sonst aufgegebene Bestellung. Das Erstaunliche aber war, dass der besänftigende Einfluss, den sie hatte, noch eine

Weile nach ihrem Aufbruch anhielt. Auch danach blieb der Ton gemäßigt, die Großmäuler schauten unter sich und die Durstigen übten Verzicht, indem sie auf die fragenden Blicke der Kellner mit einem Kopfschütteln antworteten.

*

Herta hatte die Nachricht von seinem Tod mit derselben Gleichgültigkeit aufgenommen wie alles andere, was ich von ihm erzählte, sodass ich nicht wusste, ob sie überhaupt bis zu ihr durchgedrungen war. Vielleicht, dachte ich, war sie in den Stoffbahnen hängen geblieben, die sie um sich zu drapieren pflegte. Die Beerdigung? Nein, mit ihrem Erscheinen war nicht zu rechnen. Dennoch rief ich sie, nachdem die Absprachen mit dem Bestattungsinstitut getroffen waren, ein zweites Mal an.

»Willst du mitkommen?«, fragte ich. »Soll ich dich abholen?«

Worauf sie, als wäre das die absurdeste Idee, die ihr jemals zu Ohren gekommen sei, »Wie?« rief. Und dann war plötzlich eine Art Husten zu hören gewesen. Ein Hustenanfall hatte sie übermannt, ein heiseres, wie bei einem Erstickungsanfall klingendes Husten.

Aber dann kam sie doch, stellte sich auf die Anhöhe zwischen die Tannen und schaute herab.

Da er in den letzten Jahren keine Freundschaften gepflegt hatte, waren es nur wenige Leute, die zu seiner Beerdigung kamen, die Nachbarn, aber nicht alle, sondern aus jedem der umliegenden Häuser einer, eine Person, sodass es aussah, als sei sie zur Trauerfeier abgestellt oder durch Los bestimmt worden: diese Leute, die ich nur flüchtig kannte; Frau Roth, ein Taschentuch umklammernd, das sie hin und wieder an die Nase führte, ihr Mann, der auf seine Schuhspitzen starrte; ein paar ältere Angestellte aus der Abteilung, der er vorgestanden hatte.

Wir kamen aus der Halle, in der er aufgebahrt war, und gingen hinter dem Sarg her, der unter der späten Septembersonne auf einem elektrisch angetriebenen Rollwagen vor uns her den Weg hochfuhr, als Mila mich anstieß.

»Ist das nicht Herta?«

Eine Reihe junger Tannen zog sich, ordentlich wie ein Trupp zum Appell angetretener Soldaten, über den Berg, und in einer Lücke zwischen den Bäumen, stand sie, Herta, in einem rot glänzenden Kleid (Taft, meinte Mila), in der Armbeuge einen dünnen Gabardinemantel von derselben gelbroten Farbe wie das Laub des Zitronenbaums vor ihrem Fenster. Da ich nicht gleich zu ihr gehen konnte, sondern warten musste, bis das Zeremoniell vorbei war, stapften wir weiter hinter dem surrenden Wagen her, und sie folgte uns; halb von der Tannenreihe verdeckt, stieg sie in immer derselben Entfernung (von vielleicht fünfzig Metern) neben uns den Berg hoch, doch als ich mich, nach Verabschiedung der Trauergäste, nach ihr umdrehte, war sie verschwunden. Nach einer Weile entdeckte ich sie wieder. Sie ging nicht wie die anderen zum Haupteingang, sondern in Richtung des Heims, sodass ich sie für einen Moment aus den Augen verlor. Erst vor der kleinen Eisentür, durch die man von dieser Stadtseite her den Friedhof betreten kann, holte ich sie ein.

»Mutter«, rief ich, »warte doch.«

Und nun, da sie wusste, dass sie mich nicht abschütteln konnte, blieb sie stehen.

»Ach, du bist es«, sagte sie, als hätte sie mich erst jetzt bemerkt.

»Dann bist du also doch gekommen.«

»Zufall, reiner Zufall. Ich hab einen Spaziergang gemacht und bin zufällig vorbeigekommen.«

Es war ihr wichtig zu betonen, dass sie zufällig zur Beerdigung ihres Manns gekommen war.

Wir traten durch die Tür und gingen über den Trampelpfad, der sich durch das trockene Gras zog, hoch zum Heim. In der Einfahrt blieb sie stehen und streckte mir, wie sie es immer tat, mit durchgedrücktem Arm die Hand entgegen, wandte sich dann schnell um und ging den Kiesweg hinauf zur Treppe, ohne Mila, die ein Stück unter uns stehen geblieben war, eines Blickes zu würdigen.

Bei ihrer Beerdigung war nur die Schwester dabei, die auf ihrer Station Dienst tat, die (wie sie meinte) Grobschlächtige, sie sah ich zuerst, dann auch die Heimleiterin und den jungen Mann, der mich angerufen hatte. An diesem Tag war er nicht im Kaftan, sondern trug einen dunklen Anzug, der so weit war, dass er ihm um Arme und Beine schlotterte; die Haare hatte er mit einem Gel eingerieben und straff zurückgekämmt, sie lagen dicht am Kopf an, man sah die von den Kammzinken hinterlassenen Strähnen; in der Hand hielt er (wie eine Fahne) eine gelbe, sich zu den Blütenrändern hin rot verfärbende Rose. Er kam mit den Schwestern, hielt aber Abstand zu ihnen, indem er drei, vier Meter hinter ihnen blieb. Auf keinen Fall, das merkte man, wollte er sich als ihnen zugehörig zeigen.

An diesem Tag war Mila nicht dabei; sie war nach Berlin zurückgekehrt. Das wird der Grund dafür sein, dass sich mir diese Einzelheiten eingeprägt haben. Ich wollte ihr den Jungen schildern. Oder rechnete ich mit einem Eklat? Einem Ausbruch? Einem Wutanfall? In der Leichenhalle setzte er sich nicht, sondern blieb, während die anderen in der ersten Reihe Platz nahmen, mit düsterem Gesicht hinter den Bänken stehen.

Die ganze Zeit über, auch später bei der kleinen Zeremonie am Grab, spürte ich seinen Blick im Nacken, doch wenn ich mich umdrehte, schaute er unter sich und suchte mit den Augen den Boden ab, doch sobald ich wegsah, spürte ich seinen Blick erneut. Dieser junge Mann, die Schwester, die Heimleiterin, ich. Und der Pfarrer natürlich, derselbe, der auch meinen Vater beerdigt hatte, ein pausbäckiger Mann, der dem Religionslehrer meiner Schulzeit glich und sich sofort erinnert hatte, als ich ihn anrief.

»Herr Karst«, sagte er, »so kurz nacheinander.«

Dabei glaube ich nicht, dass er meine Eltern kannte. Frau Roth hatte ihn nach Georgs Tod angerufen, worauf er wiederum mich kontaktiert und nach den Daten gefragt hatte, die er in seine Predigt einflechten konnte. Herta dagegen wird er, da er im Heim ein- und ausging, auch wenn sie nicht zu seinen Gottesdiensten kam, des Öfteren gesehen haben. Aus ein paar Bemerkungen, die er machte, schloss ich, dass er über ihr Verschwinden und ihre Rückkehr Bescheid wusste.

Als er die Hände zum Segen hob, jagten zwei Bundeswehrjets über das Tal, so tief, dass sie die Baumwipfel des gegenüberliegenden Bergkamms zu streifen schienen, und als ich aufblickte, sah ich am Zaun, an derselben Stelle, an der sie gestanden hatte, ein Kaninchen. Und da wusste ich, dass er auch gekommen war.

Sie war im dunkelroten Taftkleid gekommen und er als Kaninchen.

2

Am Morgen, vor der Abfahrt nach Tautenburg, stieg ich zur Mansarde hoch, öffnete den Schrank, nahm den Karton mit den Bildern heraus und suchte nach einem Foto, an das ich mich beim Aufwachen erinnert hatte, fand es aber nicht, sondern nur eine Aufnahme, die ich vor Jahren davon gemacht hatte, das Foto eines Fotos also.

Ich hatte das Original auf dem Balkontisch gegen einen Bücherstapel gelehnt und abfotografiert, weshalb das Bild jetzt neben dem gezackten weißen Rand einen zweiten, farbigen hatte: Man sah die Bücher, den Tischrand, das Balkongeländer, einen Streifen blauen Himmels, und in der Mitte die Schwarzweißaufnahme: Mein Vater sitzt mit hochgekrempelten Hemdsärmeln in seinem Büro im Stahlwerk und schreibt etwas auf ein Blatt Papier. Dabei blickt er lachend auf, als sei er vom Fotografen überrascht worden. Da er nicht fotografiert werden wollte, war es eine der wenigen Aufnahmen, die es von ihm gab. Bei einem Besuch hatte er sie mir überlassen, zusammen mit ein paar anderen, noch älteren; auf den wenigen aus späterer Zeit war er entweder nicht allein zu sehen oder sie waren aus so großer Entfernung aufgenommen, dass seine Gesichtszüge verschwommen waren.

Abgesehen von den Ostseebildern, die bei ihrem letzten Urlaub entstanden sind, dem letzten gemeinsamen, gibt es keines, das ihn zusammen mit Herta zeigt. Entweder hatte sie sie mitgenommen, oder er hatte sie vernichtet, und auch diese waren wohl nur durch Zufall erhalten geblieben.

Als ich in die Wohnung runterkam, saß Mila in der Küche. Sie war aufgestanden und hatte Kaffee gemacht.

»Ist er das?«, fragte sie.

Ich nickte. Sie nahm mir das Bild aus der Hand und betrachtete es.

»Wie alt ist er da?«

»Vierunddreißig.«

Ich überlegte. Ja, Brandenburg, Stahlwerk ... dann konnte er nicht älter als vierunddreißig sein.

»So jung?«

»So jung.«

Mila war am Abend gekommen, am ersten Wochentag nach Weihnachten. Den Haushalt auflösen ... die Leiterin des Pflegeheims bestand darauf, und da Mila sich damit einverstanden erklärt hatte, mich zu begleiten, kam nur diese Woche in Frage, die Woche zwischen den Jahren.

Den Haushalt? Ach, sie hatte ja gar keinen, nur, was sich in ihren Schränken befand: die Wäsche, die Schuhe, die Kleider, die Nähmaschine, die, wenn sie nicht in Gebrauch war, ebenfalls im Schrank verstaut wurde. Aber sie war ja fast immer in Gebrauch.

Obwohl ihr Kontakt zu den Vertretern, bei denen sie sich mit dem Nötigen eingedeckt hatte, schon vor Jahren abgerissen war, zauberte sie immer neue Stoffe hervor und saß dann da, über die Maschine gebeugt, eine Nadel zwischen den zusammengepressten Lippen, eine Stecknadel, die sie, wenn ich eintrat, herausnahm und an den Ärmel steckte, immer an dieselbe Stelle, eine Handbreit unter der Schulter.

Ihre Schränke quollen über von Kleidern, die für eine Art von Festlichkeit genäht waren, zu der sie nicht eingeladen wurde. Oder nicht mehr. Aber sie nähte weiter. Es war, als wollte sie beweisen, wie sinnvoll die Anschaffung der Nähmaschine gewesen war. Eine selbst verordnete Fronarbeit, dachte ich, wenn ich sie sah. Aber so empfand sie es nicht.

Die Wäsche, die Schuhe, die Kleider, die Nähmaschine, die Aschenbecher, die überall herumstanden, und die Tischlampe, ganz aus Glas, das war es, was sie neben den Fotos (die in einem grauen Umschlag steckten) übrig behalten hatte.

Zwischen Weihnachten und Neujahr also.

Zuerst bei ihr, dann bei ihm. Wir packten die Sachen in ein paar Umzugskisten, und als wir fast fertig waren, trat die Leiterin ein und bot an, sie im Magazin unterzustellen, vorläufig, bis wir wussten, was damit geschehen sollte.

Danach fuhren wir den Berg hinab, durch die Stadt und auf der anderen Seite den Berg wieder hoch. Ein heller, sonniger Tag, dabei sehr kalt; die Straßen in einer trägen Feiertagsruhe. Ich schloss das Haus auf und zog die Jalousien hoch, das Licht fiel schräg durch die Fenster. Den Haushalt auflösen? Nein, darum ging es nicht, nicht bei ihm, sondern darum, sich einen Überblick zu verschaffen. Die Dinge mussten daraufhin befragt werden, was mit ihnen geschehen sollte, und da mir klar war, dass es eine Art Tauglichkeitsprüfung war, der ich sie unterzog, ging ich mit dem Gefühl herum, etwas Unrechtes zu tun, etwas Verwerfliches.

Während Mila versuchte, die Kaffeemaschine in Gang zu setzen, trat ich in sein Arbeitszimmer, einen kleinen zum Garten hin gelegenen Raum, und sah mich um. Dann zog ich einen Ordner heraus, der zwischen anderen auf einem kleinen Regal hinterm Schreibtisch stand, und als ich ihn aufschlug, fand ich den Brief, der nach Plothow geschickt worden war und der niemals nach Plothow hätte geschickt werden dürfen, und als ich sah, dass darunter auch die anderen abgeheftet waren, die Durchschläge der Briefe, die er selbst geschrieben hatte, und die, mit denen sie ihm geantwortet hatten, klappte ich den Ordner zu und stellte ihn in den Flur, um ihn später, wenn es an die Rückfahrt ging, nicht zu vergessen.

Das Eindringlingsgefühl, die ganze Zeit über, beim Herumgehen, beim Schränkeöffnen und -schließen. Dann, am Nachmittag in der Dämmerung, wir hatten die Mäntel schon an, sah ich noch mal ins Schlafzimmer. Gegenüber dem Bett befand sich ein Schrank, eine Art Einbauschrank, der von der einen Wand bis zur anderen reichte, mit großen Türen, über denen kleinere lagen, Schiebetüren. Ohne später sagen zu können, warum, knipste ich das Licht an und stieg auf einen Stuhl, schob die Tür auf, und als ich den Bettlakenstapel anhob, der im Fach lag, sah ich etwas, das in ein Tuch eingeschlagen war, und wusste, noch bevor ich es herausnahm, was es war.

Die Kamera.

Die, sage ich, nicht: eine, denn noch während ich da oben in seinem Tautenburger Schlafzimmer auf dem Stuhl stand, wusste ich, welche es war.

»Was ist das für eine Kamera?«, fragte Mila, als wir den Berg hinunterfuhren.

»Eine Exakta, 6 mal 9 Rollfilm, Baujahr 57«, antwortete ich, und ich erinnere mich, dass ich sofort dachte, dass das ein Fehler war. Es gab keinen Grund, das Baujahr zu nennen, man sah es der Kamera nicht an, und wie um sie davon abzulenken, beugte ich mich vor und wischte mit dem Handrücken über die Scheibe, die von unserem Atem beschlagen war.

Am Vormittag Sonne, gegen Nachmittag Wolken, schwefelgelbe Wolkengebirge, die sich am Himmel auftürmten; nun, da es dunkel geworden war, Eisregen, der in Schwaden herantrieb und hinter dem bei jeder neuen Böe die Straße wie hinter einem Vorhang verschwand. Es war Mila, die fuhr. Sie saß kerzengerade am Steuer, kniff die Augen zusammen und starrte auf die Straße, die sich in Kurven den Berg hinabwand. Dann, als wir auf die Autobahn kamen, fing sie noch mal davon an.

»Warum hat sie da oben gelegen?«, fragte sie.

»Weiß ich nicht.«

»Ist sie gut?«

»Die Kamera?«

»Ja.«

Ich tat, als müsste ich überlegen.

»Ich glaub schon.«

Und hätte nun erzählen können, dass ich eine Weile mit dem Gedanken gespielt hatte, mir genau diese Kamera zu kaufen. Sie war billiger als die japanischen, mit denen die meisten arbeiteten, und genauso gut. In Berlin, nicht weit von der Straße, in der ich damals wohnte, gab es ein Geschäft, das sie besorgen konnte. Der Besitzer sagte jemandem Bescheid, der sie in Ostberlin kaufte und über die Grenze schmuggelte. Ich hätte sie gut gebrauchen können, damals. Ich hatte wenig Geld, die Ausrüstung war teuer, die erste Reportage habe ich mit einer geliehenen Kamera gemacht. Aber dann habe ich es gelassen. Sie wurde in Dresden gebaut. Wenn sie kaputtgegangen wäre, was dann?

Aber das erzählte ich nicht. Das heißt, nicht an diesem Tag, sondern erst später.

*

Äußerlich hatte sich nichts geändert. Ich wachte früh auf und stieg nach dem Frühstück, meistens bloß eine Tasse Kaffee und zwei Knäckebrote, zur Mansarde hinauf und beantwortete Briefe. Manchmal stellte ich mich an eins der Kippfenster, drückte es auf und sah über den Dächern hinweg die Flugzeuge, die in geringem Abstand zueinander über Offenbach und Sachsenhausen einschwebten, um gleich danach auf dem Rhein-Main-Flughafen zu landen. Alles wie immer. Doch wenn es Zeit war, in den Keller hinabzusteigen, zur Dunkelkammer, zögerte ich, und nicht selten war es so, dass ich hinunterging, eine Weile vor der Tür stand und dann wieder umkehrte.

Als ich einen Freund anrief, merkte ich, dass seine Frau, die ans Telefon gegangen war, einen behutsam-verlegenen Ton anschlug, und sagte deshalb, sie könne normal mit mir reden, ich sei ja nicht krank, worauf sie lachte, und nachdem sie den Hörer an ihn weitergegeben hatte, wiederholte ich diesen Satz und stellte dann fest, dass ich dem Gespräch kaum folgen konnte. Ich hörte die Worte des Freundes wie durch eine schallschluckende Wand, während meine eigenen merkwürdig dröhnend im Kopf nachklangen, als säße ich nicht im Zimmer, sondern in der Tiefe eines Brunnenschachts.

Das blieb so mehrere Tage lang. Wenn ich mit jemandem sprach, hörte ich mir gleichzeitig dabei zu, und immer kam es mir vor, als sei meine Stimme zu laut, ein dröhnender Bass, der das Zimmer ausfüllte, während sie doch für andere kaum vernehmbar war. Dauernd sagte jemand: Philipp, sprich lauter!

Als ich eine gute Nachricht erhielt, dachte ich daran, dass ich sie ihm nun nicht mehr mitteilen konnte. Im Schrank fand ich einen Stoß Ringbucheinlagen, den mir mein Vater vor Jahren mitgebracht hatte; im Keller eine Zange, die aus seinem Werkzeugkasten stammte. Wenn ich an einem Spiegel vorbeikam, blieb ich stehen und musterte mich, als erwartete ich, dass die Ähnlichkeit mit ihm nun stärker zutage träte. Meine Bewegungen waren ungeschickt, oft stieß ich etwas um oder griff, wenn ich nach etwas fasste, daneben. Und dauernd verlegte ich etwas: das Feuerzeug, den Schlüssel, das Portemonnaie.

Mittags, nach dem Einkaufen, setzte ich mich ins Café und bestellte einen Espresso. Und plötzlich ertappte ich mich dabei, dass ich meine Hände ansah und dachte: seine. Ob es mein Gesichtsausdruck war oder meine Körperhaltung, meine Gewohnheiten oder Vorlieben, die Art, wie ich beim Reden den Kopf in die Hand stützte oder beim Sitzen die Beine übereinanderschlug, eine Gabel zur Hand nahm oder ein Glas einschenkte – alles unterzog ich einer Prüfung, und alles zeigte sich mir in einem neuen, bedrohlichen Licht. Wie er, dachte ich. Wie er. Und wenn ich gezahlt hatte und aufstand, sah ich nicht mich an den Schaufensterscheiben vorbeigehen, sondern ihn.

Lange hatte ich nicht mehr unter eingebildeten Krankheiten gelitten, doch nun begann ich, alle Symptome, die zu seiner Krankheit gehörten, bei mir festzustellen. Wochenlang spürte ich einen Druck im Magen, ein Ziehen im linken Arm, und die ganze Zeit über war es, als hielte eine Hand mein Herz umklammert.

Abends schlief ich vor Erschöpfung ein und wurde nach einer Stunde wieder wach; dann stand ich auf, setzte mich in den Sessel und versuchte zu lesen, aber sofort schweiften meine Gedanken ab, und ich dachte daran, dass ich nachts manchmal davon aufgewacht war, dass ich ihn herumgehen hörte, und am Morgen hatten die Fenster offen gestanden. Er hatte sie geöffnet, damit der Rauch abzog. Ich drückte die Zigarette aus, klappte das Buch zu, trat auf den Balkon, beugte mich vor und ließ die Arme vor den Beinen hin und her schwingen, und auf einmal fiel mir ein, dass er das Gleiche getan hatte, auch er hatte sich manchmal, um den Rauch aus den Lungen zu pressen, ans Fenster gestellt und die Arme hin und her schwingen lassen.

Und dann, Anfang November, kamen die Träume zurück. Es sind zwei. Zwei Träume. Ich gebe sie so wieder, wie ich sie mir damals notiert habe.

Ich sehe sie durch die tief hängenden Zweige einer Weide hindurch. Er liegt auf dem Rücken, seine Arme sind wie im Schlaf (oder in der Erschöpfung nach dem Liebesakt) ausgestreckt, die weißen Innenseiten leuchten herüber. Das Seltsame aber ist, dass ein Tuch über seinem Kopf liegt, sein Kopf wird von einem Tuch, das über sein Gesicht gebreitet ist, verdeckt. Sie liegt neben ihm, an ihn geschmiegt, und hat, wie um ihn zu beschützen, den Arm über seine Brust gelegt. Ihr Gesäß ist leicht angehoben, ihr linkes Bein über seine Beine geschoben, ihr Kopf auf seiner Schulter. Und so, in dieser entspannten Haltung, wachsen sie in die Erde hinein.

Das ist der Tag-Traum.

In Plothow hatte ich diesen Traum, dann in Tautenburg, über längere Zeit hinweg, und da ich wusste, dass sie es waren, die ich gesehen hatte, war ich jedes Mal voller Entsetzen aufgewacht. Voller Entsetzen, weil ich gesehen hatte, wie sie in der Erde versanken, und voller Scham, weil sie nackt waren. Ich hatte sie nackt gesehen, sodass ich ihnen den Traum nicht erzählen konnte. Weder das eine noch das andere konnte ich ihnen erzählen. Wenn sie am Morgen fragten: Philipp, was hast du geträumt?, zuckte ich mit den Schultern: Weiß nich'. Dabei wusste ich es genau.

Als Kind hatte ich diesen Traum. Dann, beinahe mein ganzes Erwachsenenleben lang, nicht mehr, und nach ihrem Tod war er zurückgekehrt.

In dem anderen Traum ist es Nacht. Es ist der Traum von dem Jungen und der Frau. Ich schaue in ein Zimmer, das von einem flackrigen Licht erhellt ist, einer Kerze vielleicht. Der Junge scheint krank zu sein, er liegt auf einem Bett oder einem Matratzenlager, das in einer Ecke aufgeschlagen ist, während die Frau am Herd steht. In der Hand hält sie einen Löffel, mit dem sie in einem Topf rührt. Sie bereitet ihm etwas zu essen, etwas, das er sich, da er krank ist, wünschen durfte. Schließlich dreht sie sich um, geht zu ihm hin und setzt sich auf seine Brust. Sie hebt den Rock und rückt vor, bis sie über seinem Gesicht sitzt, und lässt den Rock fallen. Dann beginnt sie, sich auf und ab zu bewegen. Sie reitet auf seinem Kopf, zuerst langsam, dann schneller.

Als es vorbei ist, steigt sie herunter und geht an den Herd zurück, während sich der Junge zur Seite dreht, sodass ich sein Gesicht sehen kann. Sein eines Auge ist bis auf einen winzigen Spalt zusammengewachsen, während das andere an der Stelle sitzt, an der sich der Wangenknochen hätte befinden müssen. Und mit diesem Auge mustert er mich.

Auch diesen Traum hatte ich über längere Zeit hinweg,

nicht jede Nacht, aber doch so häufig, dass ich mich, als er nach Jahren zurückkam, sofort erinnerte.

Zuerst der eine Traum, dann der andere.

3

Herta war eine schöne Frau, von der es, als sie noch jung war, hieß, sie werde wohl Mannequin werden. Das erzählte man sich in Plothow. Kam ihr das Gerücht zu Ohren oder sprach jemand sie darauf an, legte sie den Kopf schräg und lächelte, sodass offenblieb, ob etwas dran war.

Sie war siebzehn oder achtzehn, groß gewachsen und (wie man sagte) gertenschlank. Sie arbeitete als Schneiderin im Bekleidungshaus Parvus, über dessen Eingang seit ein paar Jahren ein anderer Name stand, Mill, der Name des Manns, der Parvus das Geschäft durch Erpressung bzw. Ausnutzung der Not, in die dieser durch seine jüdische Abstammung geraten war, gegen die Zahlung eines lächerlich geringen Betrags abgejagt hatte. Parvus war mit seiner Familie in die USA ausgewandert, nach New York, wo er sich die ersten Jahre mit Näharbeiten über Wasser hielt, während Mill durch die Räume seines Plothower Hauses stolzierte und sich als Geschäftsmann aufführte. Aber das änderte nichts daran, dass die Leute, die dort einkauften, weiter sagten: Ick jeh zu Parvus. Parvus war vertrieben worden, aber sein Name war geblieben.

Mill, der in Berlin Anteile an einem zweiten Bekleidungshaus hielt, in dessen Besitz er auf demselben Weg gelangt war wie in den des Parvus'schen, hatte offenbar einen Narren an Herta gefressen, denn nachdem er sie eine Weile beobachtet hatte, machte er ihr ein Angebot. Im Frühjahr und Herbst, wenn die neuen Kollektionen hereinkamen, veranstaltete er im Berliner Haus, nicht weit vom Wittenbergplatz, Modenschauen für seine weibliche Kundschaft. »Willst du dir das ansehen?«, fragte er.

Natürlich wollte sie. Sie fuhr mit ihm im Auto nach Berlin und durfte zusammen mit anderen groß gewachsenen Mädchen Kleider vorführen. Sie ging über den Laufsteg, kam hinter den Vorhang zurück, wurde in ein neues Kleid gesteckt und wieder hinausgeschickt, einen Frühling und einen Herbst lang, jeden Donnerstagnachmittag, und als die Saison vorbei war, sagte Mill, während sie an einer Bahnschranke hielten: »Ich hab mir das überlegt, du musst Mannequin werden.«

Sie sah ihn überrascht an, denn das war es, worüber sie die ganze Zeit nachgedacht hatte. Seit sie wusste, dass dies für eine Weile der letzte Ausflug nach Berlin sein würde, überlegte sie, ob es nicht eine Möglichkeit gäbe, dort zu arbeiten, und sei es in diesem merkwürdigen Beruf – das war doch etwas anderes, als in dem Plothower Laden auf den Knien herumzurutschen und Säume abzustecken.

»Ich werd' dir helfen«, sagte Herr Mill. »Du fängst am Tauentzien an, und dann sehen wir weiter.«

Auch da, denke ich, kann es begonnen haben, mit diesem ein anderes, größeres Leben verheißenden Versprechen.

Es war schon dunkel, die Lichter des Zugs huschten vorbei, sie saß neben Mill im Auto und dachte: Ich werde in Berlin leben. Das erzählte sie ihrer Freundin Lilo, die im Geschäft ihrer Eltern arbeitete und es anderen Freundinnen weitererzählte: Herta geht nach Berlin.

Doch auf einmal kam Mill nur noch nachts ins Geschäft, er betrat es durch die Tür im Hof und verließ es auf demselben Weg wieder, die Vorhänge waren zugezogen, aber an dem

Licht, das an den Seiten herausdrang, sah man, dass er oben in seinem Büro saß, und ein paar Wochen danach ging das Geschäft in andere Hände über. Wieder wurde der Name über dem Eingang ausgetauscht. Eines Morgens, als sie ins Geschäft kam, stand der Name Berger darüber, dessen Träger offenbar ein noch größerer Erpresser und Notausnutzer war als der, aus welchen Gründen auch immer, in der Versenkung verschwundene Mill. Berger prangte in großen goldenen Lettern über dem Eingang.

Aber die Leute sagten weiter: Zu Parvus.

Das war im Dezember, ein Vierteljahr bevor Georg sie von einem Lastwagen herab zum ersten Mal sah.

Der Laster fuhr durch die Brandenburger Straße. Er saß hinten auf der Ladefläche, die Plane war zurückgeschlagen, es war gegen Mittag, er lehnte den Kopf an die Heckklappe und blinzelte in die Sonne, seine Hände ruhten auf dem Geländer, die Beine hatte er ausgestreckt, er lag mehr, als er saß, er liebte diese Fahrten, bei denen es darum ging, Lastwagen von einem Standort zum anderen zu überführen – plötzlich gab es einen Ruck, er wurde nach vorn geschleudert, gegen das Fahrerhaus, und als er wieder auf die Beine kam, sah er, dass sie gegen einen Traktor geprallt waren, der rückwärts aus einer Einfahrt gekommen war.

In diesem Augenblick trat sie aus dem Geschäft, das genau gegenüber lag, und blieb in der Tür stehen.

Er kletterte von der Ladefläche, rannte nach vorn, und als er sah, dass niemand verletzt war, drehte er sich nach dem Mädchen um. Sie stand noch immer in der Tür, schaute. Und eine halbe Stunde später saßen sie sich am Tisch eines Cafés gegenüber. Es war das Café, in das sie später regelmäßig gingen.

In den Wochen danach kam er öfter nach Plothow. Öfter? Sooft es sein Dienst zuließ, und er kam auch, wenn er es nicht zuließ. Als er davon erzählte, schien er über die Pflichtvergessenheit, die ihm keineswegs ähnlich sah, erstaunt zu sein, und sann, als müsste er sich an den Grund dafür erinnern, einen Augenblick nach.

Er saß da, hinter dem Haus, in einer windgeschützten Ecke des Gartens, und schaute auf seine Hände.

Es war wohl so: Er ging in Uniform aus der Kaserne, fuhr zum Bahnhof, an dem er, um sich nicht der Gefahr auszusetzen, bei einer Kontrolle nach seinem Urlaubsschein gefragt zu werden, eine Tasche mit Zivilkleidung deponiert hatte. Er nahm sie aus einem Schließfach und ging auf die Toilette, schloss sich in einer Kabine ein, zog die Uniform aus und den Anzug an. Die Uniform schlug er in ein Tuch ein, legte sie in die Tasche und gab sie ins Schließfach zurück. Anschließend löste er eine Fahrkarte nach Plothow und stieg in den Zug.

Sie wartete in dem Café auf ihn, in dem sie nach dem Unfall gesessen hatten.

Das Geschäft schloss um sechs, gegen halb sieben, nach dem Aufräumen, kam sie heraus und bummelte an den Schaufenstern entlang. Es lohnte sich nicht, für eine Stunde nach Hause zu gehen, also wanderte sie die Hauptstraße auf und ab, oder stattete Lilo, deren Eltern das große Radiogeschäft in der oberen Brandenburger betrieben, einen Besuch ab, bis sie gegen halb acht fand, es sei Zeit, ins Café zu gehen. Sie setzte sich an einen Tisch neben dem Fenster, von dem aus sie sowohl die Straße als auch die Tür, durch die er hereinkommen würde, und die Uhr darüber im Auge hatte.

Er kam kurz nach acht und setzte sich ihr gegenüber. Sie

legten die Hände auf den Tisch und betrachteten sie, ihre Mittelfinger berührten sich an den Spitzen, dann bewegten sie die Hände aufeinander zu, sodass sich auch die anderen Finger berührten, seine Fingerkuppen lagen auf ihren, schließlich schoben sich die Hände vor, bis sie fest aufeinanderlagen; an ihrem Bein spürte sie den rauen Stoff seiner Hose. Sobald es dunkel wurde, winkte er die Bedienung heran und zahlte. Sie traten auf die Straße, und nachdem sie die Brücke überquert hatten, stiegen sie zum Kanal hinab, eine Treppe aus roten Ziegeln, die so schmal war, dass er vorangehen musste, und folgten dann dem damals noch unbefestigten Uferweg. Zur Linken schimmerte das schwarze Band des Kanals, zur Rechten lag der von einem Lenné-Schüler angelegte Park, ein Garten mit seltenen Büschen und Bäumen, Teichen und kleinen Brücken, die sich im Halbbogen über einem Bach spannten; ab und zu tuckerte ein Kahn vorbei, Dieselgeruch hing in der Luft, Wasser schwappte glucksend gegen die Steine der Uferbefestigung.

Er hatte den Arm um sie gelegt, und wenn sie glaubten, man könne sie von der Brücke aus nicht mehr sehen, blieben sie stehen und umarmten sich, gingen ein paar Schritte, blieben wieder stehen. Er ließ seine Hand über ihren Rücken gleiten, und wenn es ganz dunkel geworden und die Brücke weit genug weg war, zog er sie die Böschung hinab.

Er kam jeden zweiten Dienstag nach Plothow, aber sie wusste immer, dass etwas dazwischenkommen konnte. Dass es sein konnte, dass sie vergeblich wartete.

Sie schaute auf die Uhr über der Tür, und wenn er um neun noch nicht da war, wusste sie, dass er nicht kommen würde, sondern in Magdeburg festgehalten wurde. Eben noch war es ein besonderes Café gewesen, in dem sie saß, und nun war es das nicht mehr. Sie sah die Tische mit den schmuddeligen Deckchen, die klebrigen Bakelit-Zuckerdosen, die vom Ofenrohr geschwärzte Tapete und die dummen, unregelmäßig aufgehängten Bilder – alles, was sie nicht bemerkte, solange sie damit rechnete, ihn gleich hereinkommen zu sehen, fiel ihr jetzt auf. Plötzlich hatten die Dinge ihre Besonderheit verloren und zeigten ihr wahres Gesicht. Und ebenso war es mit der Straße, auf die sie, nach Begleichen der Rechnung, hinaustrat, auch die Straße hatte sich verändert. Sie nahm denselben Weg wie mit ihm, doch auf einmal war es wieder nur Plothow, durch das sie kam, die Stadt, der sie mit Mills Hilfe zu entfliehen gehofft hatte.

Sie kam an der Treppe vorbei, die zum Kanal hinabführte, aber wenn sie allein war, blieb sie auf der Chaussee und bog erst am Ende des Parks in den dörflichen Stadtteil ein, in die breite, mit Feldsteinen gepflasterte Straße, die zur Bleiche hinausging, einer schon fast am Ortsrand liegenden Wiese, die auf der einen Seite von einstöckigen Häusern umstanden war und auf der anderen an einen kleinen Kiefernwald grenzte. Während sie auf das Haus ihrer Eltern zuschritt, sagte sie sich, dass er, wenn er heute nicht gekommen war, nicht hatte kommen können, das nächste Mal ganz bestimmt kommen würde. Es war eine doppelte Sehnsucht, die sie empfand, die nach ihm und eine, die auch ohne ihn vorhanden war, der sie aber der Einfachheit halber seinen Namen gab: Georg.

Jeder zweite Dienstag, das war der Tag, an dem sie auf ihn wartete.

Meistens kam er mit dem Zug, manchmal aber nahm ihn ein Freund, der nach Potsdam fuhr, im Auto mit. Am Abzweig nach Havelberg stieg er aus, und wenn er zu dem Café kam, in dem sie saß, sah er sie hinter dem Fenster, ihren Kopf, ihren Hals, ihre schmalen, sich durch den dünnen Kleiderstoff drückenden Schultern und dachte, dass sie das Schönste sei, was ihm jemals begegnet war. Und wenn er überraschend kam, nachts, ohne dass er Gelegenheit gehabt hatte, ihr Bescheid zu geben, ging er zur Bleiche hinaus, stieg über den Zaun in den Vorgarten und klopfte gegen den Fensterladen, zweimal kurz hintereinander, dann ein drittes Mal. Sie hatte einen festen Schlaf, aber auf dieses Zeichen hin wachte sie auf. Sie warf ein Kleid über das Nachthemd, schlich sich am Zimmer ihrer Eltern vorbei, das auf der anderen Flurseite lag, ging durch die Waschküche in den Hof und schob den Eisenriegel zurück, mit dem das Tor verschlossen war.

»Leise«, sagte sie, »leise«, und legte den Finger über den Mund.

Er hatte schwere Schuhe an, deren Absätze, wenn er fest auftrat, auf den Hofsteinen knallten. Sie nahm seine Hand, und er folgte ihr auf Zehenspitzen. Sie hielten sich im Schatten der Ställe, flüsterten miteinander und lehnten sich am Durchgang zum Garten an die Wand.

»Woher kommst du jetzt?«, fragte sie. Und noch bevor er antworten konnte, schlang sie ihre Arme um seinen Hals und zog ihn zu sich herab.

Wenn ihre Eltern wussten, dass sie mit ihm verabredet war, sagten sie: Um elf, um elf bist du wieder hier.

Georg war Soldat, Berufssoldat, würde Offizier werden, und es passte ihnen nicht, dass sie sich mit ihm traf. So wenig wie ihnen die Reisen mit Mill nach Berlin gepasst hatten. Das heißt, ihm passte es nicht, ihrem Vater. Er wollte mit diesen

Leuten nichts zu tun haben, während ihre Mutter unentschieden war. Einerseits gab sie ihrem Mann recht, andererseits gefiel er ihr. Der Junge, den sie nur einmal gesehen hatte, gefiel ihr so, wie er ihrer Tochter gefiel. Seine Stimme gefiel ihr, sein schlaksiger Gang, seine schüchterne Art. Doch das sagte sie nicht. Niemals hätte sie etwas gesagt, womit ihr Mann nicht einverstanden war.

Am Dienstagabend blieben sie auf. Sie warteten im gelben Schein der Lampe, die über dem Tisch hing, er breit auf dem Sofa hinter der Zeitung, sie auf dem Stuhl am Kopfende des Tischs, beschäftigt mit einer Arbeit, die sie sonst bis zum nächsten Tag aufgeschoben hätte, einer Näharbeit oder dem Pulen von Erbsen; die Uhr tickte, das Papier raschelte, die Erbsen fielen mit einem prasselnden Geräusch in die Messingschüssel – bis sie die Schritte ihrer Tochter auf dem Sandweg hörten, der sich um die Bleiche herumzog. Wenn sie hörten, dass sie in den Flur trat, stand er auf, öffnete die Wohnzimmertür und beobachtete (ohne ein Wort zu sagen), wie sie sich aus dem Mantel schälte und ihn an den Garderobenhaken hängte.

Dann schloss er die Tür wieder.

Sechzig Kilometer, ungefähr, eine Dreiviertelstunde war es, die Georg für die Fahrt nach Plothow brauchte, eine Dreiviertelstunde hin und eine Dreiviertelstunde zurück. Er kam mit dem Zug, manchmal mit dem Auto, und fuhr am nächsten Morgen mit dem ersten Zug zurück, die Wagen waren voller Arbeiter, auf dem Weg zur Frühschicht nach Burg oder Magdeburg. Er saß in einer Ecke neben dem Fenster und hoffte, dass der Zug pünktlich sein würde. Nicht auszudenken, was geschah, wenn es ihm nicht gelingen würde, unbemerkt in die Kaserne zurückzukehren.

Er kam auch nach Plothow, wenn er wusste, dass er nur eine Stunde bleiben konnte, und er kam auch, wenn er zwar länger bleiben konnte, aber wusste, dass sie lange vor der Abfahrt seines Zugs nach Hause musste. Er brachte sie zur Bleiche hinaus und lief, bis es Zeit war, zum Bahnhof zu gehen, herum. Er hatte eine Vorliebe für die Straßen hinter den Straßen, für die Ecken und Winkel, in die nie jemand kam, weil sie so abgelegen und schäbig waren. Er ging an der Zuckerfabrik vorbei, an der Werft, durch die kleine Straße hinterm Rathaus, in der das Gefängnis lag, kehrte zur Brücke zurück und sah auf den Kanal hinab, der sich schnurgerade durchs Land zog. Dass es dunkel war, störte ihn nicht, außerdem war es nie richtig dunkel. Die Laternen brannten nicht mehr, aber der Mond schien, die Sterne.

Von Magdeburg aus war es einfach gewesen, sie zu besuchen. Was bedeuteten zwei Stunden Fahrt? Aber dann hieß es, dass seine Einheit nach Koblenz verlegt würde. Er kam nachts, unangemeldet, um ihr die Neuigkeit mitzuteilen. Sie lehnten nebeneinander an der Stallwand und beratschlagten, was zu tun sei.

»Ich komm' nach Koblenz«, flüsterte sie. »Ich werd' dich besuchen.«

Aber einen Monat danach begann der Krieg, den ihr Vater vorausgesehen hatte. Deshalb war er gegen diese Leute, weil sie den Krieg an den Hacken hatten. Die Verlegung war, was sie nicht gewusst hatten, als sie an der Stallwand lehnten, was sie nicht hatten wissen können, bereits Teil des Krieges gewesen, und es war auch nicht Koblenz, wohin er verlegt wurde, sondern die Schieferstadt, die sie achtzehn Jahre später betreten sollte.

Auf den beiden Fotos aus dieser Zeit (es gibt keins von ihnen zusammen, aber sowohl welche von ihr als auch von ihm) hat sie ein weiches Gesicht mit groß gemaltem Mund und dünn gezupften Brauen, die sich in Halbbögen über den Augen wölben; auf dem einen ist ihr Haar in der Mitte gescheitelt und in Wellen nach hinten gekämmt, auf dem anderen liegt es ihr in Rollen, die wie Schillerlocken aussehen und mit Haarklammern festgesteckt sind, auf dem Kopf; auf beiden hält sie die Hand unters Kinn, aber man sieht, dass sie den Kopf nicht wirklich aufstützt, sondern dass es eine Pose ist, die sie vielleicht den Bildern abgeguckt hat, die im Glaskasten des Kinos hingen, an dem sie bei ihren Spaziergängen in der Mittagspause vorbeikam, einem grauen, aus der Straßenreihe zurückgesetzten Gebäude mit Halbsäulen links und rechts der Tür, in dem Filme mit Lilian Harvey und Willy Fritsch gespielt wurden und in dem bei meinem ersten Besuch in Plothow nach Öffnung der Mauer ein Film mit Sylvester Stallone lief.

Ihre Fotos haben die Größe von Postkarten, wodurch man unwillkürlich an Schauspielerporträts denkt, während die Bilder von ihm aus diesem Jahr kaum größer als Briefmarken sind, sodass man gezwungen ist, sie mit der Lupe zu betrachten, wenn man seine Gesichtszüge erkennen will. Auf dem einen steht Georg neben seinen Eltern, sie um Haupteslänge überragend, im Garten des Dresdner Hauses; er trägt ein weißes Jackett, das seine Haut noch dunkler erscheinen lässt, als sie ohnehin schon war. Ein paar Sonnenstrahlen reichten aus, um sie zu bräunen. Sein schwarzes, gewöhnlich leicht gewelltes Haar ist kurz geschnitten. Die Augen lächeln, aber es ist ein der Melancholie abgepresstes, dem Fotografen oder den Mitfotografierten zuliebe aufgesetztes Lächeln. Schon damals umwehte ihn diese anderen gegenüber nie zugegebene Traurigkeit.

Er steht außen, neben seiner Mutter, zu der er sich ein wenig herunterbeugt, wie um ihr näher zu sein, wodurch der Abstand zu seinem Vater sofort deutlich wird. Sein Vater, ein robuster Mann, vor dessen Strenge er in die Wehrmacht geflüchtet war, blickt direkt in die Kamera. Er hat die Beine auseinandergestellt und den einen Arm in die Seite gestemmt, wie auf dem Foto, auf dem er, ganz Feldherr, nach Fertigstellung einer Brücke, deren Bau er leitete, vor seinen Arbeitern posiert.

Georgs Mutter, geliebt, aber machtlos, lächelt ungenau. Zum Zeitpunkt der Entstehung des Fotos weiß er schon, dass es Herta gibt, aber wenn überhaupt, wird er nur ihr davon erzählt haben.

4

Heute glaube ich, dass ihre Geschichte an dem Tag begann, an dem er abends später nach Hause kam als sonst. Es war, nehme ich an, im Spätherbst, ein Tag Ende November, an dem es früh dunkel wurde, der Ungarnaufstand lag ein paar Wochen zurück, zitterte aber in Gedanken nach. In der Küche brannte Licht, es war windig, am Fenster wischten die Äste der Kastanie vorbei, in denen noch ein paar rostfleckige Blätter hingen.

Als sie das Auto hörte, mit dem er gebracht wurde, wenn er abends so lange im Werk blieb, dass der letzte Zug nach Plothow schon abgefahren war, stand sie auf, ging durch den Korridor ins Wohnzimmer und trat ans Fenster. Sie sah, wie er ausstieg, sich zum Wagen hinabbeugte und ein paar Worte mit Radinke, dem Fahrer, wechselte, bevor er sich umdrehte und zum Haus kam. Gleich danach hörte sie den Schlüssel in der Verandatür, seine Schritte im Treppenhaus, und als er hereinkam, sagte sie, dass sie es leid sei.

»Ich bin die Angst leid, die ich jedes Mal ausstehe, wenn du so spät nach Hause kommst. Jedes Mal stelle ich mir vor, dass du verhaftet worden bist. Oder dich vor irgendwelchen Idioten rechtfertigen musst, die dir nicht das Wasser reichen können. Das hast du nicht nötig! Lass uns gehen, noch sind wir jung.«

Die Entschlossenheit, mit der sie sprach, erschreckte ihn. Sie zeigte ihm, wie viel Angst sich in ihr angesammelt hatte, Angst, aber auch Überdruss. Es war nicht das erste Mal, dass

sie davon anfing, das hatte sie schon früher getan, aber nie mit dieser Heftigkeit. Er schloss die Küchentür, damit keiner, der zufällig durchs Treppenhaus ging, mitbekam, worüber sie sprachen.

»Lass uns noch warten«, sagte er.

Aber das wollte sie nicht. Sie hatte Angst um ihn, um sich, um den Jungen, der in seinem Zimmer schlief, um die Zeit, ja, auch um die Zeit hatte sie Angst.

Sie hatte ein Gefühl für die Zeit entwickelt, dafür, wie sie verrann. Sie sah es an den Zentimeterstrichen, die sie an der Tür anbrachte, um zu messen, wie viel der Junge gewachsen war, jeder neue Strich bedeutete, dass die Zeit ein wenig abgenommen hatte, und sie sah es an sich selbst. Ihr Aussehen veränderte sich, ihre Arme, die stockdünn gewesen waren, rundeten sich, zwei Linien zogen sich von den Nasenflügeln zu den Mundwinkeln herab, unter den Augen lagerten sich Fältchen an, ihr weiches, auf den frühen Fotos noch unfertiges Gesicht verfestigte sich, in dieser Zeit wurde es vielleicht erst zu einem Gesicht, wohingegen das vorige, das sie zum Maßstab nahm, eine Larve war, eine Verpuppung, unter der jetzt das richtige zum Vorschein kam, womöglich wurde sie schöner, als sie es vorher war, merkte es aber nicht, oder wenn sie es merkte, dann schürte es ihre Unruhe noch. Im Herbst zogen die russischen Panzerkolonnen auf dem Weg ins Manöver durch die Stadt und rissen mit ihren Ketten die Pflastersteine aus den Straßen, Gerüchte schwirrten herum, die Grenzen würden geschlossen werden, der Junge kam bald in die zweite Klasse, überm Haus flogen die Flugzeuge nach Westen, und innen, im Haus, verging die Zeit.

»Bitte«, sagte sie.

Er zögerte, doch dann gab er nach und fuhr über die

Grenze, das ging ja noch, das war noch möglich, er wollte sehen, wie es im Westen zuging, im richtigen Westen, nicht in Westberlin, wo Hertas Tante wohnte, die Herta mit dem Jungen zusammen manchmal besuchte, um mit roten Ohren zurückzukommen, voller Ideen. Mannequin, klar, das war vorbei, aber sie hatte noch immer einen Blick für die Mode und konnte jedes Kleid nachnähen, selbst wenn sie es nur einmal gesehen hatte. Am Tauentzien wurde ein Geschäft neben dem anderen eröffnet. Nein, nicht dahin. In Hannover wohnte ein Freund, der ihm manchmal Nachrichten zukommen ließ, kleine Briefe, in denen stand, es ginge ihm gut. Dahin fuhr er, nach Hannover, zu diesem Freund.

Ende Januar, ein eisiger Regen fiel.

Herta brachte ihn unterm Schirm zum Bahnhof. Bevor er in den Zug stieg, umarmte sie ihn, und als sie durch die Stadt zurückging, dachte sie daran, wie er jetzt, eingeschlossen in dem verrauchten Abteil, auf die fremde Stadt zurollte, die in ihrer Vorstellung nur ein kleines Stück hinter der Grenze lag.

Sie hielt den Schirm schräg gegen den Regen, der in Böen herantrieb, sodass sie gerade das Wegstück vor ihren Füßen sah, die schwarzen Steinköpfe des Bürgersteigs, die Asphaltrillen des Brückenanstiegs, den gestampften Sandweg mit den Pfützenlöchern im Park, die helleren Feldsteine schließlich, als sie in ihre Straße einbog. Sie duckte sich unter den Schirm, und so kam sie, ohne etwas zu sehen, an all den Häusern vorbei, die sie kannte, an Parvus' Warenhaus (das noch immer so hieß), dem Kinopalast, der Backsteinkirche, den niedrigen Landarbeiterkaten und den Ackerbürgerhäusern mit ihren Verzierungen über den Türen und Fenstern.

Aber, dachte ich, als ich Jahre später denselben Weg ging,

sie hätte auch dann nichts gesehen, wenn sie den Schirm nicht gehabt hätte: Da sie die Stadt ihr ganzes Leben lang gesehen hatte, muss es so gewesen sein, dass sie blind dafür war, wie auch ich es wurde, wenn ich nur eine Weile in einer Stadt blieb, nicht aus Achtlosigkeit, sondern aus Gewöhnung.

Er hatte zwei Tage wegbleiben wollen, aber dann wurden es drei, und dieser dritte Tag war es, der der Sache eine Wendung gab, mit der sie nicht hatte rechnen können.

Er war mit neunzehn Jahren Soldat geworden, Berufssoldat. Als der Krieg zu Ende ging, war er sechsundzwanzig, und seine Freunde waren ebenfalls Soldaten gewesen, er hatte sie in der Zeit als Soldat kennengelernt; andere hatte er nicht, keinen, mit dem er reden konnte, über die wirklich wichtigen Dinge, meine ich, sie waren tot, gefallen, vermisst, einer der wenigen, die überlebt hatten, war der, zu dem er an diesem Januartag fuhr.

Er hatte kaum etwas mitgenommen, nur das, was man für einen Tag, eine Nacht und noch einen Tag braucht. Er hatte einen Anzug an, einen Mantel, und in der Aktentasche, die er, da kein Platz im Gepäcknetz war, auf den Knien hielt, steckten sein Rasierzeug, die Zahnbürste, Seife und Kamm. Das war alles.

Es regnete die ganze Fahrt über, und es regnete noch immer, als der Zug in Hannover ankam. Sein Freund wartete auf ihn am Bahnsteig, zu seiner Überraschung in Uniform, die er zuerst für die eines Wachmanns hielt, so grau und unscheinbar kam sie ihm vor. Dieser Freund, der in seinen Erzählungen immer nur als der Freund erschien – als Freund oder Kriegskamerad – und den ich deshalb am besten so nenne, Major Freund, war, nachdem er es in verschiedenen Berufen versucht hatte und in allen gescheitert war, in die eben gegründete Bundeswehr eingetreten. Sie fuhren zu Freunds Wohnung, und nachdem er ihm erzählt hatte, dass er daran denke, in den Westen zu gehen, sagte Freund: »Dann kommst du zu uns.«

»Zu euch?«, fragte er.

»Ja, zu uns.«

Das hatte er schon einmal gehört. In dem Stahlwerk, in dem er arbeitete. Es lag noch kein halbes Jahr zurück, als zwei Männer in sein Büro gekommen waren und gesagt hatten: Komm zu uns, Leute wie dich brauchen wir.

Sie trugen die Uniform der Kasernierten Volkspolizei, die noch keine Armee war oder, obwohl sie schon eine war, noch nicht so genannt wurde, und als sie wieder gegangen waren, war Kabusch eingetreten, der Parteisekretär des Werks, und hatte dasselbe gesagt: Georg, du musst, es ist deine Pflicht.

Kabusch war ein Mann mit großen fleischigen Händen, die er beim Sitzen auf seine Knie legte. Ich kannte ihn. Einmal hat er uns in Plothow besucht, und da hatte ich seine Hände gesehen, die wie Fleischhügel auf seinen Knien lagen, daran erinnerte ich mich. Kabusch saß ihm mit seinen großen Händen gegenüber und sagte: Georg, es ist deine Pflicht. An diesem Tag sagte er es und an den folgenden Tagen, jedes Mal wenn sie sich trafen, sagte er: Georg!

Aber er wollte nicht. Oder nicht mehr. Und schließlich, da Kabusch nicht von ihm abließ, ging er zu einem Arzt, den er gut kannte und der, was wichtiger war, mit dem Werksarzt befreundet war, der auf jeden Fall zu Rate gezogen werden musste, und beide stellten ihm ein Attest aus, in dem stand, dass er krank sei (das Herz, die Lunge), für den Dienst in der

Armee nicht geeignet, nicht mehr, und dieses Attest legte er Kabusch vor.

So hatte er sich in Plothow aus der Affäre gezogen, nun aber, in Hannover, zögerte er.

Wenn, dachte er, wenn wir tatsächlich – wäre es dann nicht vernünftig, Freunds Vorschlag in Erwägung zu ziehen? Und während er noch überlegte, sagte der: »Ich weiß, was wir machen.«

»Nun?«

»Wir fahren nach Bonn.«

»Nach Bonn?«

»Ja, ins Ministerium.«

Und das taten sie. Am nächsten Morgen fuhren sie in Freunds Auto nach Bonn. Die ganze Fahrt über dachte er, dass das ein Fehler sei, aber dann beruhigte er sich: Man kann ja mal sehen, völlig unverbindlich alles. Draußen zog das Weserbergland vorbei. War das die Porta Westfalica? Ist das da oben Schnee? Und das Bielefeld? Die Ausläufer des Ruhrgebiets, düsteres Nicken.

Bei Köln ging's dann über den Rhein; der Scheibenwischer surrte. Die meiste Zeit hielt Georg ein Ledertuch in der Hand, um die Scheiben abzuwischen, die ständig von ihrem Atem beschlagen waren.

Sie stiegen die Treppe zur Personalabteilung hinauf, Freund in Uniform, er in Zivil. Und nachdem er mit ein paar Leuten, die die gleiche Uniform trugen wie Freund, gesprochen hatte, dachte er dasselbe wie in Plothow: Nein, das ist nichts für mich. Doch das sagte er nicht. Das behielt er für sich. Wie um sich eine Hintertür offenzulassen (oder um Freund vor diesen Leuten nicht als Wichtigtuer erscheinen zu lassen, der ihnen jemanden angeschleppt hatte, der an ihren Vorschlägen gar nicht interessiert war), hörte er sich alles an und nickte. Erst als sie wieder die Treppe hinabstiegen, schüttelte er den Kopf. »Wie?«, sagte Freund und sah ihn an. Aber er blieb dabei.

»Nein«, sagte er, »tut mir leid.«

Sie fuhren nach Hannover zurück, Freund brachte ihn zum Bahnhof, die ganze Zeit über sprachen sie kaum zwei, drei Worte miteinander, so sehr war Freund von ihm enttäuscht. Er ließ ihn aussteigen, machte sich aber nicht die Mühe, ebenfalls auszusteigen. Als Georg sich noch einmal umschaute, um ihm zu winken, war er schon um die Ecke gebogen. Es war abends gegen elf, der letzte Zug nach Magdeburg längst abgefahren, und so ging er in den Wartesaal und setzte sich auf eine Bank. Er schlief im Sitzen, die Aktentasche auf den Knien, und fuhr am nächsten Morgen nach Plothow zurück.

Damit hätte die Geschichte zu Ende sein können, aber tatsächlich begann sie jetzt erst. Jedenfalls sah er es so, für ihn fing die Geschichte mit dem Brief an, der ein paar Wochen danach in Plothow eintraf, während ich denke, dass sie viel früher begann, mit seiner Unentschiedenheit, mit seinem Versuch, sich alle Möglichkeiten offenzuhalten, obwohl er doch wusste, dass ihm die eine, die Freund ihm anbot, verschlossen war.

Oder begann sie mit ihrer Angst um ihn? Nicht wegen des Briefs, sondern wegen der Nächte, in denen er nicht nach Hause kam, weil er im Werk festgehalten wurde? Dauernd fanden ja diese sich bis in den Morgen hineinziehenden Sitzungen statt, in denen es nur vordergründig um das Erreichen oder Verfehlen des Planziels ging, um die Koordination der verschiedenen Planziele, die Beschaffung von Ersatzteilen, Lieferschwierigkeiten etc., sondern immer auch schon für den Fall des (wahrscheinlichen) Scheiterns um die Suche nach einem Sündenbock, der der Parteileitung in Berlin präsentiert werden konnte, ohne dass der wahre Schuldige, den auch Kabusch kannte (er war ja nicht dumm), beim Namen genannt werden durfte.

Diese Angst, die sie bewog, zu sagen: Wir müssen hier weg. Auch mit dieser Angst kann es begonnen haben, mit der ihrer Liebe entsprungenen Angst, sodass man also vielleicht sagen könnte, dass ihre Liebe es war, die ihre Liebe zerstörte.

Und was, fragte ich sie in einem Moment, in dem sie erreichbar schien, und was ist mit dir? Mit deinem Blick in den Spiegel? Deiner Sehnsucht nach dem Tauentzien? Aber sie schaute schon wieder in eine andere Richtung, keine Antwort.

Wie auch immer, die Flucht war abgesagt. Noch bevor sie begonnen hatte, war sie zu Ende.

Und das war ihm, denke ich, recht.

Er wollte nicht weg. Er glaubte (trotz der Ängste, die auch er ausstand), er sei angekommen. Er hatte immer nur für kurze Zeit an einem Ort gewohnt, in dem Dorf bei Metz, in dem er geboren wurde, dann in Pirna, Dresden, und nachdem er zu Hause ausgezogen war, in den Garnisonsstädten, schließlich an den wechselnden Orten des Kriegs (auf die das Wort wohnen nicht zutraf), und nun hatte er geglaubt, das sei vorbei.

Georg war acht Jahre Soldat gewesen, sechs davon im Krieg, und vielleicht ist es so, wie er sagte: dass er nur deshalb

Berufssoldat wurde, weil auch sein Vater und sein Großvater Berufssoldaten waren, während er sich durchaus einen anderen Beruf vorstellen konnte, einen richtigen. Freilich, als ich ihn fragte, welchen, musste er überlegen, um dann Berufe zu nennen, die Leute dieser Schicht immer nannten, wenn sie nicht Soldat wurden, er zögerte einen Moment und sagte dann: Tierarzt, Förster, vielleicht, mit Blick auf den Garten, in dem wir saßen, Landwirt. Aber das war nicht infrage gekommen.

Jedenfalls: er hatte immer woanders gewohnt, unterwegs. Nun, in Plothow, hatte er zum ersten Mal eine eigene Wohnung, die Einrichtung hatten sie zusammen ausgesucht und gekauft, es waren keine fremden Möbel, zwischen denen er lebte, sondern eigene. Er schlief im eigenen Bett, hängte seine Sachen in den eigenen Schrank; vom Fenster aus ging der Blick auf den Garten und den angrenzenden Acker; auf der Straße wurde er wiedererkannt, die Leute grüßten ihn. Auch dies etwas, das neu für ihn war.

Vielleicht hing er in dieser Zeit mehr an Plothow als seine Frau, die immer in dieser Stadt gelebt hatte und immer woanders hinwollte. Sie war es, die weg wollte, sie drängte, und er war es, der nachgab, und vielleicht war es das, woran er sich erinnerte, als er aus dem Gefängnis kam und erfuhr, wem oder besser: welchem Umstand er seine Freilassung verdankte.

5

Dableiben also.

Doch dann kam der Brief. Eines Morgens lag er auf dem Tisch. Er sah ihn sofort, als er in die Veranda trat. Jemand hatte ihn aufgehoben und auf den Tisch gelegt.

Daran war nichts Ungewöhnliches. Es wohnten drei Parteien im Haus, man kannte sich, wenn auch nicht gut, man sah sich im Hof, auf der Treppe, man betrat das Haus durch die Veranda und ging durch die Veranda auf die Straße. Traf man jemanden in der Veranda, setzte man sich einen Moment an den Tisch, der dort stand, und redete über Dinge, die das Haus betrafen.

Der Briefträger kam gegen zehn, warf die Post durch den Schlitz in der Tür, sie fiel auf den Boden, und der Erste, der sie dort liegen sah, hob sie auf und legte die nicht für ihn bestimmten Briefe auf den Tisch, und so hatte es jemand auch mit diesem Brief getan.

Es war nur einer, der dort lag, ein blauer Umschlag mit einem roten Stempel, der ihm sofort ins Auge stach, oben links stand Nur zustellbar innerhalb der Bundesrepublik Deutschland und Westberlin. Und als er den Brief umdrehte, sah er den Absender, Der Bundesminister der Verteidigung.

Dieser Brief war nach Plothow geschickt worden, an seine Adresse. An der Grenze hatten die Leute von der Staatssicherheit einen Blick darauf geworfen. Die Briefsortierer hatten ihn in den Händen gehalten, der Briefträger hatte ihn ausgetragen und durch den Schlitz in der Tür geworfen, jemand hatte ihn auf dem Boden liegen sehen, aufgehoben und auf den Tisch gelegt.

Die Tür zum Treppenhaus stand offen, ebenso die Tür zur Wohnung, er hörte seine Frau in der Wohnung herumgehen. Er zog die Tür zu, setzte sich auf einen Stuhl und riss den Umschlag auf.

An diesem Tag war er zu Hause geblieben. Vielleicht war das der Grund dafür, dass man ihn noch nicht verhaftet hatte. Er war nicht ins Werk gefahren, weil er an diesem Tag zu einer Beerdigung gehen musste. Wäre er ins Werk gefahren, hätte Kabusch ihn unter einem Vorwand in sein Zimmer rufen lassen, und nachdem er ihn aufgefordert hatte, sich zu setzen, wären, beinahe lautlos, zwei unauffällig gekleidete Herren eingetreten und neben der Tür stehen geblieben.

Kabusch hätte die Hände auf die Knie gelegt, sich vorgebeugt und ihn angesehen, und während Kabusch noch mal auf das Attest zu sprechen kam, den Herzfehler, den Lungenschatten, hätten die beiden, ohne sich einzumischen, hinter ihm an der Tür gestanden. Er hätte gewusst, dass sie da sind, aber sie hätten so getan, als wären sie nicht da, und dadurch hätte er ihre Anwesenheit erst recht gespürt. Später, wenn das Gespräch auf den Westen kam, würden sie anfangen, ebenfalls Fragen zu stellen. Sie würden zwei Stühle heranziehen und sich neben ihn setzen, der eine links von ihm, der andere rechts. Irgendwann würde Kabusch hinausgehen, und dann wäre er mit ihnen allein.

Es war Mitte April, aber schon warm, die Sonne schien, die Veranda war rundherum verglast, die Sonne heizte den kleinen Raum auf wie ein Gewächshaus. An der Wand lehnte der Kranz, den er zur Beerdigung mitnehmen wollte, in der Hitze strömten die in die Tannenreiser geflochtenen Blumen einen süßlichen Geruch aus, der ihm den Atem nahm. Die ganze Veranda war von diesem widerlich süßen Geruch erfüllt.

Es war am Vormittag, die Beerdigung sollte am frühen Nachmittag stattfinden, um 14 Uhr. Inzwischen war sicherlich aufgefallen, dass er nicht ins Werk gekommen war. Sie werden die Busch gefragt haben, seine Sekretärin, ob sie weiß, wo er ist. Darauf würde sie antworten: Zu Hause.

»Er hat sich doch freigenommen, weil er zu einer Beerdigung muss.«

Dann, dachte er, sind sie jetzt auf dem Weg. Das Werk lag dreiundzwanzig Kilometer von Plothow entfernt. Sollte er überhaupt zur Beerdigung gehen, oder wäre es nicht vernünftiger, hier zu warten? Ja, das wäre vielleicht das Beste. Sonst könnte es sein, dass sie zum Friedhof kamen, und das wollte er nicht. Es war ein guter Bekannter, der beerdigt wurde, nein, ein Freund, und Lilo, die Witwe, war die beste Freundin seiner Frau, und wenn er nicht wollte, dass die Beerdigung gestört wurde, wäre es sicherlich am besten, hier auf sie zu warten.

Dann aber, als sie am Mittag noch immer nicht aufgetaucht waren, um ihn abzuholen, als es gegen halb zwei Zeit wurde, sich auf den Weg zu machen, ging er doch, und zwar aus demselben Grund, aus dem er überlegt hatte, zu Hause zu bleiben. Es war nicht irgendjemand, der beerdigt wurde, sondern Günter, Lilos Mann. Er konnte nicht einfach zu Hause bleiben. Und wenn sie jetzt noch nicht aufgetaucht waren, hatten sie die Verhaftung ja vielleicht um einen Tag verschoben, um sie nicht hier vorzunehmen, in Plothow, wo sie Aufsehen erregen würde, sondern im Werk. Er war ein wichtiger Mann in der Verwaltung, Parteimitglied, Stellvertretender Direktor, das könnte bei ihren Überlegungen eine Rolle gespielt haben. Beinahe sah es so aus.

Er zog den dunklen Anzug an, seine Frau das schwarze Kleid, und als sie die Wohnung gerade verlassen wollten (sie stand schon in der Tür), ging er noch mal zurück, trat ins Wohnzimmer und sah sich um.

Der Brief lag auf dem Tisch, dort konnte er nicht liegen bleiben. Aber wohin damit? Verbrennen? Nein, Unsinn. Er öffnete den Schrank, zog die Schubladen heraus. Sollte er ihn in das Fach mit den persönlichen Unterlagen legen, zwischen die Fotos oder, vielleicht besser, in den Schlafzimmerschrank unter die Wäsche? Schließlich hob er den Teppich an, schob ihn darunter und stellte einen Stuhl darauf, genau auf die Stelle, unter der der Brief lag.

»Was machst du denn noch?«, hörte er sie von der Veranda her rufen.

»Ich komme«, sagte er, aber mehr zu sich selbst, und sah sich noch einmal um. Dann dachte er, dass dies vielleicht das Dümmste sei, was er tun konnte: den Brief verstecken. Man wusste nicht, wann sie kommen und ob überhaupt. Aber wenn sie kämen und ihn dort fänden, war das so gut wie ein Geständnis. Er zog den Brief wieder hervor, legte ihn auf den Tisch und schob die Zeitung darüber. So sah man ihn nicht sofort. Er lag wie zufällig unter der Zeitung, der Volksstimme, die sie abonniert hatten. Dann ging er in den Flur, trat ins Treppenhaus und schloss die Wohnung ab.

Sie wartete in der Veranda auf ihn, sie hatte sich gesetzt. Sie saß an dem Tisch, auf dem am Vormittag der Brief gelegen hatte, die Hände übereinander im Schoß, ruhig, beinahe wie in Trance, und sah in den Garten hinaus, auf den Acker, der sich an den Garten anschloss.

»Komm«, sagte er, nahm den Kranz, der an der Wand lehnte, und sie gingen durch den Vorgarten auf die Straße hinaus, auf der sie andere trafen, ebenfalls Freunde ihres Freundes, ebenfalls schwarz gekleidet. Sie nickten sich zu. In der einen Hand hielt er den Kranz, mit der anderen fasste er ihren Arm. Sie spürte, wie sich seine Hand um ihren Arm schloss, dann, vielleicht damit es nicht aussah, als müsste er sie stützen, schüttelte sie die Hand ab und hakte sich bei ihm ein.

So gingen sie, Abstand zu den anderen haltend, um sich besser bereden zu können, durch die Stadt, den dörflichen Teil der Stadt, zum Friedhof. Während sie leise miteinander sprachen, sah er sich um. Vielleicht warteten sie bis zum nächsten Tag, aber sicher war das nicht.

Schon als sie an der Schule vorbeikamen, in die ihr Junge ging, hatte Herta ihre Hand unter seinen Arm geschoben und den Kopf an seine Schulter gelegt.

»Was«, sagte sie, ohne aufzuschauen, »wenn du auch morgen zu Hause bleibst?« Wenn sie am nächsten Morgen von der Post aus im Werk anriefe und sagte, er sei krank.

»Dann holen sie mich aus der Wohnung.«

Sie schwieg.

»Und was«, sagte sie dann, »wenn der Brief gar nicht bemerkt worden ist? Wenn weder der Absender noch der rote Stempel jemandem aufgefallen ist?«

Er schüttelte den Kopf. Diese Möglichkeit schied aus, sie wussten es beide. Ein blauer Brief mit einem roten Stempel. Er musste schon bei der zentralen Briefsammelstelle aufgefallen sein. Oder noch vorher, an der Grenze. Daran gab es nicht den geringsten Zweifel.

Aber warum war er ihm dann zugestellt worden? Warum war er nicht einfach verhaftet worden? Wollten sie sehen, was er, nachdem er ihn erhalten hatte, unternahm? War das die Chance, die sie ihm gaben? Warteten sie ab, ob er damit zur Parteileitung ginge und sagte: Guckt euch das an, Genossen, das ist mir heute ins Haus geflattert? Ist das nicht eine Ungeheuerlichkeit? Eine Provokation? Ein Versuch, mich aus euren Reihen herauszubrechen? Würde sie das von der Wahrheit ablenken?

»Ja«, sagte sie, »so wird es sein.«

»Aber dann«, sagte sie gleich darauf, »hättest du ihn nicht öffnen dürfen.«

»Ja, dann hätte ich ihn nicht öffnen dürfen.«

Nun, da er ihn geöffnet hatte, sah es aus, als sei er nicht im mindesten überrascht gewesen, einen Brief aus Bonn zu erhalten, und als sei ihm die Gefahr, die darin lag, erst im Nachhinein klar geworden, nachdem er ihn gelesen hatte. Und was stand denn darin?

Unter dem Briefkopf die Anschrift, dann: »Sehr geehrter Herr Karst, ich erinnere mich gern an unser Gespräch und würde mich, nach Rücksprache mit dem Hauptabteilungsleiter, freuen, wenn Sie Ihre Bewerbungsunterlagen recht bald bei uns einreichten.«

Dann ein paar Floskeln, die Unterschrift (unleserlich), der Dienstgrad.

Konnte man sich da herausreden? Ihre Bewerbungsunterlagen, unser Gespräch. Da stand es schwarz auf weiß. Nicht nur, dass er – bedenklich genug – in den Westen gereist war, er war auch in Bonn gewesen, im Kriegsministerium, er hatte mit den Feinden gesprochen. Oder sollte er behaupten, dass er den Verfasser des Briefs, diesen Oberstleutnant, hier getroffen habe, auf dem Gebiet der DDR? Das hätte die Sache nicht besser gemacht, im Gegenteil.

Nein, aus dieser Klemme kam er nicht heraus.

Sie gingen zum Friedhof, und auf dem Weg dahin fiel die Entscheidung, die sie die ganze Zeit über aufgeschoben hatten, nach seiner Rückkehr aus Hannover hatten sie nicht mehr darüber gesprochen, die Sache ruhte, aber nun war es klar. Er musste weg, nach Westberlin. Nicht irgendwann, in jener ungenauen Zukunft, von der sie vorher gesprochen hatten, vor seiner Reise nach Hannover, sondern sofort. Nun war keine Zeit mehr zum Abwägen, die Zeit war vertan, die Entscheidung, die sie hinausgeschoben hatten, war ihnen abgenommen worden. Es musste sofort gehandelt werden. Oder wenn nicht sofort, dann nach ihrer Rückkehr vom Friedhof. Aber wie? Wenn der Brief durchgelassen worden war, um ihn auf die Probe zu stellen (so musste es sein), wurde er beobachtet. Dann wurde jeder Schritt, den er tat, überwacht.

Er zog sie an sich heran. Indem er den Arm, in den sie sich eingehakt hatte, an den Körper presste, zog er Herta so nah an sich heran, wie es beim Gehen nur möglich war. Ihre Nähe tröstete ihn, sie machte ihn unsichtbar, für einen Moment jedenfalls und auf eine andere Weise als später – als er tatsächlich unsichtbar wurde, in der Schieferstadt, in den Wochen nach ihrer Trennung. Er schaute auf ihre Füße, dann schaute er wieder auf. Hinter ihnen ging der Kaufmann, der seinen Laden neben der Post hatte, der Tierarzt, beide mit ihren Frauen. Er wusste es, ohne sich umzudrehen. Und vor ihnen der Lehrer, der Malermeister, der Lindenwirt, gute

Bekannte, sie sahen auf ihre schwarzen Rücken. Es würde eine große Beerdigung werden. Günter war beliebt gewesen, Inhaber eines Radiogeschäfts, das er von den Eltern seiner Frau übernommen hatte. Mit ihm bekannt zu sein konnte die Wartezeit auf einen Fernseher verkürzen; und nun würde Lilo, die Witwe, das Geschäft weiterführen, unterstützt von ihren fast erwachsenen Stiefsöhnen. Nein, unter denen hier, den Leuten, die mit ihnen zum Friedhof gingen, gab es keinen, der ihn beobachtete. Die kannte er alle. Hier beobachtete jeder jeden, aber nicht in dem Sinn, in dem er jetzt ans Beobachten dachte.

Unter der Aprilsonne gingen sie, ein schwarzer Zug, an den niedrigen Häusern vorbei. Er trug den Kranz, Herta blieb bei ihm eingehakt, ihr Kopf an seiner Schulter. Leise sprachen sie miteinander.

»Ist es vernünftig, dass du mitkommst?«, fragte sie, ohne aufzuschauen.

»Wie meinst du das?«

»Wenn sie nun nicht bis morgen warten, sondern schon heute jemanden schicken?«

»Wen denn?«

»Radinke zum Beispiel. Wenn er nun kommt, um dich abzuholen?«

Radinke? Ja, es kam vor, dass er unangemeldet auftauchte, um ihn, den Genossen Stellvertretenden Direktor, zu einer plötzlich angesetzten Besprechung abzuholen, auch am Abend, spät am Abend, oder am Wochenende. Dann stand er, wenn Herta öffnete, mit seinem bekümmerten Doggengesicht vor der Tür und sagte: Tut mir leid, Frau Karst, aber.

»Radinke doch nicht«, wehrte er ab.

»Meinst du, sie sagen ihm, dass die Besprechung bloß ein Vorwand ist, um dich ins Werk zu locken?«

Natürlich nicht. Das wusste er auch.

Was also? Was schlug sie vor? Sollte er umkehren, seine Sachen packen und sich nach Westberlin absetzen? Ja, das sollte er. Er sollte auf der Stelle umkehren.

»Aber das geht doch nicht«, sagte er.

»Warum nicht?«

Jetzt sah er sich doch um. Richtig: der Kaufmann, der Tierarzt. Sie erriet seine Gedanken. Sie wusste, woran er dachte: Die Leute.

»Es kann dir doch schlecht geworden sein«, sagte sie. »Ja, du bist krank.«

»Und Lilo?«

»Das werd' ich ihr schon erklären.«

Er zögerte.

»Und du?«, fragte er dann. »Und der Junge?«

»Wir kommen nach.«

»Wann?«

»In ein paar Tagen.«

Er spürte die Bewegung ihres Arms, sie versuchte, ihn wegzuziehen. Da fiel ihm noch etwas ein. Er spannte den Arm an und hielt sie fest. Hatten sie nicht gesagt, dass sie ihn, wenn sie den Brief durchgelassen hatten, um ihn auf die Probe zu stellen, längst beobachteten? Oder dass sie, wenn es zu schwierig war, ihn hier zu beobachten, hier, wo jeder jeden kannte, das Nadelöhr im Auge behielten, durch das er entschlüpfen könnte: den Bahnhof? Ja, das war am wahrscheinlichsten. Sie warteten dort auf ihn. Dort würden sie ihn in Empfang nehmen.

»Und wenn nicht?«, sagte sie. »Wenn es nicht so ist?«

Aber dann gab sie ihm recht. Sie würden ihn schon am Fahrkartenschalter abpassen. Oder sie würden warten, bis er in den Zug gestiegen war und dann ebenfalls einsteigen, ins selbe Abteil oder in ein anderes. Es könnte sein, dass sie mitfuhren, unerkannt, um sich ihm erst im letzten Moment zu erkennen zu geben, in Potsdam etwa, wo er in die S-Bahn umsteigen musste, oder noch später, auf der letzten Station vorm Westen. Dann würde alles noch schlimmer sein. Und es war ja schon schlimm genug. Der Brief, der zeigte, dass er seine Dienste der feindlichen Armee angeboten hatte. Wie nannte man das? Vorbereitung zum Hochverrat? Mit all dem Wissen, das er sich in den inneren Zirkeln der Macht, in den oberen Etagen der Schwerindustrie, in den Konferenzen und Planungsstäben erworben hatte, hatte er überlaufen wollen. Und wieso Vorbereitung? Warum die Sache verharmlosen? Hochverrat, das war es, worauf die Anklage lauten würde. Worüber war im Bonner Kriegsministerium denn gesprochen worden? Über seinen Eintritt in die Bundeswehr. Worüber noch? Wie viel von seinem geheimen Wissen hatte er preisgegeben? Und wie viele Gespräche hatten schon vorher stattgefunden? In Hannover, in Bonn oder hier, auf dem Territorium der DDR? Vorher, bevor ihn der Brief als den entlarvt hatte, der er in ihren Augen jetzt war?

Nein, es wäre wohl besser, wenn er nicht umkehrte. So einfach war das nicht. Sie blieb bei ihm eingehakt, mit ihrer freien Hand streichelte sie seinen Arm, seine Hand, die, da sein Arm angewinkelt war, vor seiner Brust lag. Und sie gingen weiter.

Es war ein Totentanz, dachte ich an dem Nachmittag, an dem er mir davon erzählte, und denke ich noch, jetzt, Jahre danach. Dieses Festhalten, Loslassen, Heranziehen, Abstoßen war wie ein Totentanz, und der Weg zwischen Wohnung und Friedhof war die Bühne, auf der er aufgeführt wurde. Sie lebten noch, sie waren zusammen, sie hielten sich am Arm, aber zwischen ihnen ging ein Dritter, der Abschied. Er war es, der sich bei ihnen eingehakt hatte. Oder doch, wie ich manchmal meine, der Tod? Was stand denn auf Hochverrat? Welche Strafe? Wie viele Jahre? Zehn? Zwanzig? Oder die letzte, die höchste? Das muss man bedenken, wenn man verstehen will, was dann geschah. In der Schieferstadt.

Aber so weit sind sie noch nicht.

6

Ein strahlender Apriltag, früher Nachmittag, sehr hell, dann Dämmerlicht, Kühle, der aufdringliche Geruch der Blumen, mit denen die Kapelle geschmückt ist. Der Sarg an der Schmalseite, gegenüber dem Eingang. Sie gehen durch den Mittelgang und bleiben stehen, sie bei ihm eingehakt, dann löst er sich von ihr, legt den Kranz nieder, streicht die Schleife glatt, sodass man die Aufschrift lesen kann, letzter Gruß, unvergessen. Und nachdem er einen Schritt zurück getan hat, stehen sie wieder nebeneinander.

Sie ist nicht mehr ganz so schlank wie in der Zeit, in der es hieß, sie werde wohl Mannequin werden, hat aber, wie man in dem von der Tür hereinfallenden Lichtstreifen gut sehen kann, noch immer schöne Beine und schmale Fesseln. Sie trägt ein Kleid, das sie selbst genäht hat, und er einen schwarzen Anzug, der ein wenig zu weit ist. Er hat abgenommen, er arbeitet zu viel. Sein schwarzes Haar ist nach hinten gekämmt. Er ist einen Kopf größer als sie und hält sich so gerade, als hätte er einen Stock verschluckt.

Während die Blicke der Leute in der Kapelle auf sie gerichtet sind, stehen sie einen Moment lang ganz still. Vor ihnen der Sarg, hinter ihnen die sich langsam füllenden Stuhlreihen, das Füßescharren, das Flüstern. Und in ihnen klopft die Angst.

Dies ist der Moment, in dem ich sie am deutlichsten sehe, dieses Bild, in dem ihre Verletzlichkeit am größten ist. Sie nebeneinander, ich betrachte sie mit den Augen der anderen, der Leute in der Kapelle. Auch wenn ich nicht dabei war, sehe ich sie, wie sie von ihnen gesehen wurden: ein schönes Paar. Da steht es, im Halbdunkel. Dann löst sich das Bild auf, sie drehen sich um und schieben sich in die zweite Stuhlreihe, in der ersten sitzen Lilo, Günters Frau, und Günters fast schon erwachsene Söhne aus erster Ehe, sie setzen sich in die Reihe dahinter, auf die Stühle, auf denen ein Blatt Papier mit ihrem Namen liegt. Sie sitzen nebeneinander, ihr linkes Bein gegen sein rechtes gepresst, ihre linke Schulter an seine rechte, die Finger ihrer linken Hand in die seiner rechten geflochten. Ein bisschen ist es wohl wie an dem Abend, an dem sie sich kennengelernt haben. Man will noch nicht auseinandergehen, weiß aber, dass man es muss. Sie haben sich 1939 kennengelernt und 1942 geheiratet. Seit 1945 lebt er in Plothow, länger als in jeder anderen Stadt zuvor, Dresden, die Stadt, aus der sein (kaum noch wahrnehmbarer) Dialekt stammt, ausgenommen. Und dies ist also der letzte Tag. Die Sommer ziehen an ihm vorbei, die Winter.

Als er ein Geräusch von der Tür hört, dreht er sich um. Aber es ist nur der junge Berkamp, der zu spät gekommen ist und, den Rücken an die Wand gelehnt, neben der Tür stehen bleibt. Nein, hier in der Kapelle ist er sicher.

Und nun, während er spürt, wie sich die Nägel seiner Frau in seinen Handballen bohren, denkt er darüber nach, wie die Flucht zu bewerkstelligen sei, praktisch jetzt, nicht mehr bloß als Idee. Vor ihm sitzt Lilo, eingerahmt von Günters Söhnen, die, gerade sechzehn und achtzehn, schon denselben gedrungenen Körperbau haben wie ihr Vater, denselben breiten Schädel, der, ohne Hals, direkt auf dem Rumpf sitzt, und dieselben rotblonden Haare. Wenn er zwischen dem älteren und Lilo hindurchblickt, sieht er den Pfarrer, der durch die kleine Seitentür getreten ist.

Also, was tun?

Vorausgesetzt, dass man noch etwas tun kann. Dass sie nicht schon draußen warten. (Draußen ist jetzt nicht mehr nur vor der Kapelle, vorm Friedhof, auf der Straße, sondern alles außerhalb dieses Raumes, an dessen Kopfseite der Sarg steht). Was also? Aber dann sieht er wieder Lilo, die vor ihm sitzt, ihren Kopf, ihren Nacken, den Hut, unter dem das Haar hochgesteckt ist, ein Stück des Schleiers, der jedes Mal, wenn sie ausatmet, auffliegt, und wenn sie wieder einatmet, vors Gesicht gezogen wird, Lilo, eingerahmt von diesen Klötzen von Stiefsöhnen mit den Quadratschädeln und dem roten drahtigen Haar, und die Gedanken kommen nicht weiter.

Solange der Gottesdienst andauert, weiß er sich sicher. Aber dann, als es hinausgeht, hinter dem Sarg her, in dem Günter liegt, sieht er sich um. Als sie vor die Kapelle treten, reckt er sich, um über die Köpfe der Trauergemeinde hinwegzusehen. Geht jemand zwischen den Gräbern herum, der nicht hierher gehört? Oder drüben im Schatten der Ziegelmauer? Nein, niemand. Durch das Lattentor, das in die Mauer gelassen ist, sieht er, dass die Straße dahinter leer ist, das heißt, soweit man sie von hier aus überblicken kann. Die ganze Zeit, während sich der Zug von der Kapelle weg zum Grab bewegt, schlägt die Glocke, es klingt, als schlüge jemand mit einem Stück Holz auf einen Blecheimer, so flach klingt es, so erbärmlich. Es ist warm. Die Sonne scheint immer noch, fast ist es schon sommerlich. Höchste Zeit, die Beete anzulegen. Aber das wird wohl nun nichts mehr.

Sie gehen hinter Lilo und den beiden Jungen her, die sich

offensichtlich in ihre Konfirmandenanzüge gezwängt haben. Er sieht sie zum ersten Mal im Anzug. Bei jedem Schritt, den sie tun, sieht es aus, als müssten sie aus den Anzügen herausplatzen. Hier draußen, im Licht des Nachmittags, ist ihr Haar heller. Es ist nicht mehr nur rot. Es ist von einem hellen, ins Rötliche spielendem Blond. Ihre Ähnlichkeit mit Günter ist ihm nie so aufgefallen wie gerade jetzt, da er hinter ihnen her geht. Bis vor ein paar Jahren haben sie bei ihrer Mutter gelebt. Als Günter sie zu sich genommen hat, waren sie schon keine Kinder mehr, sondern Halbwüchsige, Lehrlinge, die, wann immer er sie zu Gesicht bekam, in grauen Arbeitskitteln steckten. Zwischen ihnen wirkt Lilo, obwohl ebenso groß, ja, mit Pumps und Hut sogar größer, klein und zerbrechlich.

Dann sind sie angekommen. Die Sargträger stellen den Sarg auf den Brettern ab, die über die Grube gelegt sind. Jetzt stehen sie mit dem Rücken zum Eingang, er spürt, wie sich Herta, die sich wieder bei ihm eingehakt hat, umdreht. Aber sie ist zu klein, sie stehen ganz vorne, hinter ihnen die anderen, die sich wie eine Wand zwischen sie und den Eingang geschoben haben. Sie kann unmöglich über sie hinweg sehen. Er wartet noch. Dann, als der Pfarrer zu sprechen beginnt, dreht er sich ebenfalls um, er wendet den Kopf und sieht in das Gesicht von Gönnerwein, der ihm zunickt, als wollte er sagen: Ja, so ist es, das Leben, es endet im Tod. Er nickt zurück. Schon um Gönnerweins Trauerblick, der sich an ihm festgesaugt hat, loszuwerden. Recht hast du, Gönnerwein. Aber die Sicht auf den Eingang, durch den sie kommen würden, ist verdeckt. Jetzt, denkt er, jetzt ist der Moment, in dem sie hinter der Mauer hervortreten. Und senkt, als er den Pfarrer sagen hört: Nun lasst uns beten, den Kopf. Als er ihn wieder hebt, sieht er weit weg, am gegenüberliegenden Friedhofsende, einen Jungen auf der Mauer sitzen und denkt, dass es Philipp sein könnte, natürlich, das ist er. Er stößt Herta an, aber da ist der Junge verschwunden, und nun ist er sich nicht mehr sicher.

Als sie vom Friedhof zurückkommen, sind sie noch immer nicht da. Kein Auto wartet vor der Tür, keiner drückt sich in der Nähe des Hauses herum. Über der Stadt die mittägliche Stille, in der man ein Auto kilometerweit hört. An der Gartentür bleibt Herta stehen, blickt die Straße hinunter und lauscht. Dann nickt sie und drückt die Tür auf. Sie gehen durch den kleinen Vorgarten, die Stufen hinauf. Die Katze des Nachbarn liegt zusammengerollt auf dem Abtreter vor der Verandatür. Er bückt sich und setzt sie auf die Mauer, von der die Treppe zur einen Seite hin eingefasst ist. Sie hebt kurz den Kopf, rollt sich wieder zusammen und schläft weiter. Dann schließt er die Tür auf, und sie gehen durch die Veranda, durchs Treppenhaus in die Wohnung.

Auch hier ist es still, ganz still. Der Junge ist nach der Schule zu den Großeltern gegangen. Herta hat ihre Mutter gebeten, am Nachmittag auf ihn aufzupassen. Als Erstes öffnet Georg die Tür zum Wohnzimmer, tritt an den Tisch und hebt die Zeitung auf. Ja, da liegt er, der Brief. Die Stempel starren ihn noch genauso gefährlich an wie vor der Beerdigung, als er ein Versteck für den Brief suchte.

Am Vormittag wollte er auf sie warten, weil er glaubte, sie seien schon auf dem Weg. Er wollte sich hier festnehmen lassen, in der Wohnung, dann, als sie um halb zwei noch nicht da waren, ging er mit zum Friedhof, und unterwegs fiel die Entscheidung: Er würde weder hier auf sie warten noch sich ihnen am nächsten Tag ausliefern.

In der Kapelle kam er mit seinen Gedanken nicht weiter, nun aber – was soll er mitnehmen? Den Koffer, die Tasche? Kann er es überhaupt wagen, am helllichten Tag mit dem Koffer durch die Stadt zu gehen? Dann wüsste doch jeder, dass er verreist. Wohin verreist Karst im April? Und der Bahnhof? Haben sie nicht gesagt, er würde wohl überwacht werden? Jetzt wäre es gut, ein Auto zu haben. Aber das hat er nicht, er hat kein Auto. Von den Leuten, denen er traut, hatte nur Günter ein Auto, aber Günter war tot, Lilo konnte nicht fahren, und Günters Söhne, die zwar fahren konnten (Günter hatte es ihnen beigebracht), aber keine Fahrerlaubnis hatten, waren zu jung, als dass er sie in die Sache hineinziehen durfte. Möglichst wenig Gepäck also. Nur die Tasche. An die Tasche sind die Leute gewöhnt, er geht jeden Tag mit der Tasche zum Bahnhof, es ist die Tasche, in der die Unterlagen stecken, die er zum Arbeiten mit nach Hause nimmt, und in einem davon getrennten Fach das Frühstücksbrot. So kennt man ihn, so sieht man ihn jeden Morgen zum Bahnhof gehen und jeden Abend zurückkommen, das heißt, wenn er nicht mit dem Dienstwagen gebracht wird.

Während er die Sachen zusammensucht, die er mitnehmen will, steht sie im Wohnzimmer am Fenster. Jetzt geht Wille vorbei, jetzt Berkenzien. Sie meldet ihm jeden, der auf der Straße vorbeigeht. Das Fenster ist geschlossen, sie steht hinter der Gardine, ein wenig seitlich (für den Fall, dass man hindurchsehen kann), während das Fenster im Zimmer des Jungen offen steht. Es liegt zum Hof hinaus. Wenn sich jemand dem Haus nähert, den sie nicht kennt und der so aussieht, wie diese Leute aussehen, oder wenn ein unbekanntes Auto vorm Haus hält, soll Georg in den Hof springen, über den Zaun klettern und über das Feld in den Wald laufen. Während er, falls es bloß Radinke ist, der vorfährt, die Tür zuziehen und sich ruhig verhalten soll. Mit Radinke glaubt sie fertigzuwerden.

»Tut mir leid«, wird sie sagen, »aber mein Mann ist ins Werk gefahren. Wie geht es Ihnen, Radinke?«

Sie wird ihn nicht in die Wohnung bitten, aber für einen Moment mit ihm in der Veranda Platz nehmen und herauszufinden versuchen, was er weiß.

»Wer hat Sie geschickt? Kabusch? Wenn mein Mann geahnt hätte, dass Sie kommen, hätte er doch nicht mit dem Zug zu fahren brauchen. Was gibt es denn Wichtiges?«

So ungefähr phantasiert sie sich, während sie die Straße im Auge behält, das Gespräch zusammen, und als sie sich umdreht, sieht sie, dass ihr Mann noch immer den schwarzen Anzug anhat. Er rennt im Beerdigungsanzug von Zimmer zu Zimmer.

Die Tasche steht, gegen das Fußende gelehnt, auf dem Bett. Es ist nicht viel, was hineinpasst. Jedes Mal, wenn er etwas hineingelegt hat, das mitgenommen werden muss, nimmt er es gleich wieder heraus, weil ihm etwas anderes, Wichtigeres, eingefallen ist. Die Schranktüren stehen offen. Er sieht den Sommeranzug, den er sich vor einem Jahr machen ließ, daneben die Fächer mit den Hemden und Pullovern, und an der Garderobe im Flur den Wintermantel, aus so festem Stoff, dass er dachte, er würde noch mindestens zehn Jahre halten. Er hängt noch vom Winter her da, der erst seit einem Monat vorbei ist; bis in den März hinein hat es geschneit. Diese Sachen werden nun hier bleiben, das ist nicht wichtig. Aber was ist denn wichtig? Die Geburtsurkunde, die Zeugnisse und Versicherungsunterlagen, kurz: alles, was sein achtunddreißigjähriges Leben mit Hilfe von Stempel und Siegelwachs bezeugt. Das muss auf jeden Fall mit, und nicht nur das, sondern auch das, was Geburt, Leben und Tod seiner Eltern bezeugt, dazu die Briefe, die Bilder, die kleinen Gegenstände, die ihn, solange er zurückdenken kann, begleiten, sodass sie ein Teil von ihm geworden sind. Das Taschenmesser, das Feuerzeug, der Reisewecker, die Krawattennadel, all die kleinen Dinge, die den Charakter von Talismanen angenommen haben und deren Verlust mit dem des Glücks bezahlt werden müsste.

Er sucht alles zusammen, stopft es in die Tasche, nimmt es, als er merkt, dass sie zu schwer wird, wieder heraus und legt es auf die Kommode zurück, auf der er es zusammengetragen hat. Nur das Feuerzeug, ein Hochzeitsgeschenk seines in Afrika gefallenen Bruders, steckt er ein. Er schiebt es in die Hosentasche und vergisst es dann; als er sich umzieht, bleibt es in der Beerdigungshose zurück. Dann ist er fertig, die Tasche gepackt. Aber wohin mit dem Brief? Am liebsten würde er ihn zerreißen und ins Klo werfen, aber das wäre unklug. So sehr er ihn hier belastet, so wichtig wird er dort sein. So wie er hier ein Beweisstück gegen ihn ist, wird er dort ein Beweisstück für ihn sein.

Diesen Idioten, der aus Dummheit, Achtlosigkeit oder Berechnung mit seinem Leben gespielt hat, wird er sich vorknöpfen. Der wird abgelöst, in die Wüste geschickt, darauf kann der sich verlassen.

Als er Herta seinen Namen rufen hört, schrickt er zusammen und geht schnell hinüber ins andere Zimmer.

Sie steht noch immer am Fenster. Sie hat es einen Spalt weit geöffnet. So, denkt sie, bekommt sie besser mit, was draußen vorgeht. Nur zu sehen reicht ihr nicht, sie muss auch hören. Die Gardine hat sie ein Stück zur Seite geschoben. Mit der rechten Hand hält sie sie fest. Es sieht aus, als hätte sie vergessen, sie wieder loszulassen.

»Eben ist Rita nach Hause gekommen«, sagt sie und winkt ihn heran.

Als er neben ihr steht, flüstert sie: »Soll ich sie nicht zu Mutti schicken?«

»Warum?«

»Es ist gleich fünf«, sagt sie. Und da er nicht antwortet, fügt sie hinzu: »Um fünf, hab' ich zu ihr gesagt, sind wir von Lilo zurück.«

Dass der Junge nicht da ist, ärgert ihn schon die ganze Zeit. Es verwirrt ihn, es stört seinen Ordnungssinn. Er kann doch nicht wegfahren, ohne sich von ihm zu verabschieden.

»Warum denn das?«, sagt er.

»Es ist besser so«, flüstert sie und neigt den Kopf zum Fenster, als hätte sie etwas gehört, ein Auto vielleicht, das in die Straße eingebogen ist.

»Was ist besser?«

»Es ist besser, wenn er nicht hier ist.«

Er denkt darüber nach und gibt ihr recht. Ja, es stimmt. Wie soll man dem Jungen die Situation erklären? Wenn er morgen aus der Schule kommt, kann sie ihm sagen, sein Vater sei verreist. Aber jetzt? Wenn sie noch auftauchen – Soll Philipp mit ansehen, wie er aus dem Fenster springt, über den Zaun klettert und über den Acker wegrennt?

»Ja«, sagt er, »tu das. Schick sie zu deiner Mutter.«

»Dann bleib hier«, antwortet sie, plötzlich ebenso laut, wie er gesprochen hat, und reicht ihm, wie eine Stafette, den Gardinenzipfel, den sie festgehalten hat, setzt sich an den Tisch und schreibt an ihre Mutter: Liebe Mutti, bitte behalt Philipp über Nacht bei dir.

Faltet den Zettel zusammen und läuft hinaus.

Er sieht, wie sie über die Straße geht. Sie hat noch das schwarze Kleid an, die schwarzen Schuhe, die schwarzen Strümpfe, die Nähte sind ein wenig verrutscht. Sie geht in ihrem schwarzen Kleid, in den schwarzen Schuhen und den schwarzen Strümpfen mit den ein wenig aus der Wadenmitte gerutschten Nähten über die Straße, klopft gegenüber an die Haustür, tritt sofort ein, um gleich darauf zusammen mit Rita wieder in der Tür zu erscheinen. Sie gibt dem Mädchen einen Klaps auf den Rücken, und es geht mit seinem schaukelnden Gang die Straße hinunter, den Zettel in der hin und her schlenkernden Hand. Als Rita stehen bleibt und sich umdreht, winkt Herta ihr aufmunternd zu. Man muss vorsichtig sein. Sie ist nicht ganz richtig im Kopf. Man kann ihr Aufträge erteilen, darf sie aber nicht drängen, dann wird sie bockig. Nun geh schon, denkt er, geh. Sie steht breitbeinig auf der Straße und schwenkt den Zettel über dem Kopf. Endlich dreht sie sich um und geht, langsamer als zuvor, weiter. Herta sieht ihr nach und kommt dann über die Straße zurück. Dabei schaut sie zum Fenster hoch und kneift die Augen zusammen, als prüfte sie, ob man durch die Gardine hindurchsehen kann.

Gleich darauf hört er die Veranda-, dann die Wohnungstür, und als Herta wieder ihren Posten am Fenster bezogen hat, geht er hinaus.

Die Räder stehen aneinandergelehnt im Schuppen, das etwas kleinere Rad des Jungen, Hertas und seins; seins zuunterst.

Er rückt die beiden anderen an die gegenüberliegende Wand, schiebt sein Rad in den Hof und wischt mit der Hand über den Sattel. Jetzt weiß er, was er tun muss. Er hat nicht darüber nachgedacht, aber jetzt weiß er es. Sobald es dunkel ist, muss er nach Brandenburg fahren. Eine andere Möglichkeit gibt es nicht. Wenn es so ist, wie sie glauben: dass sie hier am Bahnhof auf ihn warten, muss er dort in den Zug steigen, in der Nachbarstadt. Er drückt den Dynamo an die Felge, hebt das Hinterrad hoch und treibt es mit der flachen Hand an, das Licht flackert auf. Ja, alles in Ordnung.

Er lehnt das Rad an den Schuppen und geht in den Garten, der sich an den Hof anschließt; der Nussbaum, die Kastanie, die Kirsche, die drei niedrigen Apfelbäume mit den gekalkten Stämmen, die im Sommer von Tuschnelken und Löwenmäulchen eingefassten Beete, Salat, Karotten, Radieschen, Erdbeeren. Er schlägt den Kragen hoch. Es ist nicht mehr so warm wie am Mittag, die Sonne hängt in einem blauen Dunstschleier über dem Acker. Es riecht nach der frisch umgebrochenen Erde. Jetzt kommen sie nicht mehr, denkt er. Und denkt dann, dass es bald dunkel wird. Und dass sie am liebsten in der Dunkelheit kommen. Aber jetzt ist er draußen, der Erdgeruch, der Kanalgeruch, der harzige Kieferngeruch, und draußen, in dieser weichen Luft, kann man sich nur schwer vorstellen, dass man wieder hineingezerrt wird in die andere Welt, die der engen Stuben und geschlossenen Räume, in denen das Unglück verhandelt wird.

Während er an den Beeten vorbeigeht, atmet er tief durch. Er füllt die Lungen mit Luft, wie um einen Vorrat anzulegen. Am Zaun kehrt er um. Im ersten Stock brennt schon Licht, während unten, hinter ihren Fenstern, alles dunkel ist.

Als Herta die Tür klappen hört, schaut sie auf und sieht ihn durch den Korridor gehen. Die Badezimmertür, das in die Wanne rauschende Wasser – er lässt kein Bad ein, sondern wäscht sich über der Wanne –, seine Schritte im Schlafzimmer. Mit dem einen Ohr verfolgt sie seine Wege durch die Wohnung, mit dem anderen lauscht sie auf die Straßengeräusche, die Vorhänge sind geschlossen, aber das Fenster ist einen Spalt geöffnet. Kurz darauf kommt er herein, nicht mehr im schwarzen Anzug, sondern im grauen, den sie ihm aufs Bett gelegt hat, setzt sich an den Schreibtisch, öffnet die Schublade und nimmt das rote Mitgliedsbuch heraus, steckt es in einen Umschlag und adressiert ihn »An den Genossen Kabusch«.

Dann zieht er ein Blatt Papier heran und schreibt: »Lieber Walter, was immer Ihr von mir annehmt, ein Verräter bin ich jedenfalls nicht.«

Das war ihm wichtig. Die Vorstellung, als Verräter in Erinnerung zu bleiben, quält ihn die ganze Zeit schon. Und als auch das erledigt ist, schiebt er den blauen Brief mit dem roten Stempel, um ihn nachher nicht zu vergessen, in die Gesäßtasche und dreht sich zu ihr um. Nun beginnt die Zeit, von der sie übereinstimmend sagen, dass sie schlimmer war als alles davor und danach an diesem Tag, die Stunde zwischen Noch-nicht-wirklich-dunkel und Ganz-dunkel, die Zeit des Wartens. Er ist noch da, aber mit den Gedanken schon auf der Straße.

Auch dieses Bild, wie sie sich, jeder in einem Sessel, gegenübersitzen, außerhalb des Lichtkreises der Tischlampe, in der kaum beleuchteten Hälfte des Zimmers (die wie aus einem dichten Nebel vor meinen Augen auftaucht), wie sie zusammenrücken, bis ihre Knie aneinanderstoßen, wie sie die Arme ausstrecken und sich an den Händen halten. Auch in diesem

Bild sehe ich sie, sodass man vielleicht sagen kann, dass das ganze Erzählen nur einen einzigen Sinn hat: die auf keinem Film überlieferten Bilder aufzubewahren.

Lange sitzen sie so, wortlos, dann, als er nickt, stehen sie auf und gehen hinaus, durch das Treppenhaus in den Hof, in dem sein Rad steht.

7

Später bin ich dieselbe Strecke gefahren.

Eine Weile führt die Chaussee am Kanal entlang, tagsüber sieht man ihn zwischen den Bäumen hindurchschimmern, Kiefern, Birken, Robinien, dann verdichten sich die einzeln stehenden Bäume zu einem Wald, sodass man den Wasserlauf nicht mehr sieht, und plötzlich, wenn sich der Wald wieder lichtet, ist er verschwunden.

Ein starker Wind wehte. Ich beugte mich über den Lenker und trat in die Pedale.

Eine kleine Ansammlung von Häusern, an der Georg kurz hinter Plothow vorbeikommt, heißt Dunkelforth, dann erneut Wald zu beiden Seiten der Straße, und irgendwann Plaue, ein kleines Städtchen mit einer Trambahnverbindung nach Brandenburg. Die Schienen winden sich zwischen den Häusern hindurch und führen nach Erreichen des Ortsausgangs neben der nun wieder geraden Straße nach Brandenburg hinein; zur Linken die Havel, zur Rechten der See, über den er mit Herta gerudert ist, als sie mit Philipp schwanger war. Kurz darauf wie ein riesiger Schrotthaufen, an dem sich ein Gewirr von Röhren hochrankt, das Werk, in dem er arbeitet oder gearbeitet hat, an jenem Abend, an dem er daran vorbeikommt, ein pulsierendes, Feuer speiendes Ungetüm, in dem Stahl gekocht wird. Über den Hochöfen ist der Himmel feuerrot, aus den Schornsteinen wachsen schwarze Rauchsäulen.

Als er zum Verwaltungstrakt hinüberschaute, bemerkte er

in seinem Büro Licht, ebenso in dem von Kabusch, das auf demselben Stock lag. Es war halb zehn, ja, das kam vor, dass Kabusch so lange im Werk blieb. Aber dass auch in seinem Büro Licht brannte, konnte nur eins bedeuten: dass die Leute vom Werkschutz seine Schränke und seinen Schreibtisch durchwühlten oder dass sie die Runde, in der über ihn beraten wurde, von Kabuschs in sein Zimmer verlegt hatten, dass sie jetzt dort oben saßen und überlegten, was mit ihm geschehen solle.

Er hatte den grauen Anzug angezogen, weite Hosenbeine, die er, damit sie nicht in die Speichen gerieten, über den Knöcheln mit Klammern festgesteckt hatte, einen Pullover, darüber das Jackett. Auf dem Gepäckträger, zusammengerollt, der graue Regenmantel. Die Aktentasche hing am Lenker. An den Füßen trug er dieselben schweren Halbschuhe wie bei der Beerdigung. Ich hatte Jeans an, ein Polohemd, eine dünne Windjacke und Turnschuhe.

Er fuhr ein schweres Herrenrad mit Rücktritt und Handbremse, die, wenn man sie anzog, wie ein Stempel auf den Vorderradreifen drückte. Das Dynamorädchen surrte an der Felge. Ich hatte ein leichtes Rad mit zehn Gängen, und doch merkte ich, wie ich mich auf der Geraden, die am Stadion vorbei in die Stadt hineinführte, anstrengen musste.

Hier war die Straße breiter, und der Wind kam von vorn. Es ist gleich zehn, sagte ich mir, wenn du den Zug nach Potsdam erreichen willst, streng dich an. Es ist der letzte, vergiss das nicht.

Als ich beim Bahnhof ankam, war es gegen sechs. Ich schloss das Rad an einen Laternenpfahl und trat in die Halle.

Von den vier Schaltern war, wie an dem Abend, an dem er

hereinkam, nur ein einziger geöffnet, davor eine lange Schlange. Ich stellte mich an, doch kurz bevor ich an der Reihe war, scherte ich aus, wie er es getan hatte. Denn plötzlich hatte er hinter dem Mann am Schalter einen zweiten entdeckt, der jeden, der eine Karte kaufte, musterte, worauf er sich umgedreht hatte und wieder hinausgegangen war, am Bahnhofsgebäude entlang, am Zaun; der Wind karrte schwere Wolken heran, ein paar Regentropfen fielen, Vorboten des richtigen Regens, der wenig später einsetzte.

Die Laternen warfen runde Lichtkreise auf den Weg, und als er aus ihnen heraus war, kletterte er über den Zaun und lief, vorbei an den Fahrradunterständen, quer über die Schienen – die Steine drehten sich mit einem kollernden Geräusch unter seinen Schuhen – hinüber zum Bahnsteig, von dem der Zug nach Potsdam abfuhr; im Arm die Aktentasche, der zusammengerollte Mantel, in der Gesäßtasche der blaue Brief.

Ich machte es mir einfacher. Ich stieg die Treppe hinab und ging durch die Unterführung. Die Wände waren mit Graffiti besprüht, und obwohl schon lange keine Dampfloks mehr fuhren, roch es noch immer nach Ruß. Ich ging bis zum Ende des Bahnsteigs und überlegte, wo er gestanden haben könnte, um im letzten Moment auf den Zug aufzuspringen, der ihn nach Potsdam bringen würde, wo er die S-Bahn nach Westberlin nehmen konnte.

Auch dem Weg, den Herta ging, folgte ich an diesem Abend.

Für die Rückfahrt nahm ich den Zug, mit dem Fahrrad hatte ich anderthalb Stunden gebraucht, der Zug schaffte die Strecke, mit Halt in Wusterwitz und Kirchmöser, in zwanzig Minuten. Ich brachte das Rad zum Hotel, schloss es an den Ständer und ging dann, ein Stück der Chaussee nach Jerichow und Havelberg folgend, zu ihrer Wohnung hinaus. Es war gegen neun, als ich dort ankam. Das Haus in der Waldstraße lag im Dunkeln, die Jalousien (die es damals noch nicht gab) waren heruntergelassen. Die Gartentür war geschlossen.

Nachdem sie durch den Vorgarten auf die Straße getreten waren, stieg Georg nicht gleich auf, sondern schob das Rad ein Stück über den Bürgersteig, erst an der Stelle, an der die Brettiner- auf die Waldstraße stößt, schwang er das rechte Bein über den Sattel und stieß sich mit dem anderen ab.

Herta stand in der Gartentür und sah ihm nach. Sie hörte das Knacken der Kette und erwartete, das Licht aufflackern zu sehen, aber es blieb dunkel. Er fuhr ohne Licht; nur ab und zu drang das matte Leuchten des Katzenauges herüber. Sie lauschte einen Moment, lief dann ins Haus und holte ihren Mantel.

Anders, als ich es tat, ging sie die Waldstraße hinunter bis zum Gut, dessen Scheune im Jahr zuvor bis auf die Grundmauern niedergebrannt war, dann durch den Park, über die Kanalbrücke in die Mühlenstraße hinein, vor zur Brandenburger, an der das Haus ihrer Freundin lag. An der Ladentür hing ein Schild: Wegen Trauer geschlossen. Das Hoftor war versperrt, die Klingel abgestellt. Also machte sie es wie damals als junges Mädchen. Sie hämmerte mit den Fäusten gegen das Tor, und nach einer Weile hörte sie Lilos Stimme: »Was ist denn?«

»Ich bin's.«

»Du?«

Worauf das Tor einen Spalt aufging, und Herta hineinschlüpfte.

»Entschuldige, es ist etwas passiert.«

Sie saßen in derselben Küche, am selben Tisch wie wir früher, wenn wir bei Lilo zu Besuch waren und sie gefragt hatte, was ich möchte. Einen Kakao, Fips? Hier gab es so etwas. Es war ein großer, nicht sehr hoher Raum, von dem eine halbe Treppe zur jetzt, am Abend, dunklen Werkstatt hinabführte.

Wenn Lilo nicht eingeweiht war in ihre Fluchtpläne, musste Herta sie jetzt ins Vertrauen ziehen. Sie musste ihr von Georgs Besuch in Bonn erzählen, von dem am Vormittag eingetroffenen Brief, der erklärte, warum sie nach der Beerdigung nicht mit in den Krug gekommen waren, in dem es für die Trauergäste Kaffee und Kuchen gab.

Lilo, die selbst des Trostes bedurfte, hörte zu. Dann schaute sie auf und sagte: »Und jetzt?«

Herta zuckte mit den Schultern. Es war ja zu spät. Für alles zu spät. Nichts war vorbereitet. Die Möbel, die Teppiche, die Bilder, das Porzellan, alles würde zurückbleiben müssen. Das Einzige, was man vielleicht noch tun konnte, war, das Geld vom Sparkonto abzuheben. Aber dann? Was fing man damit an? Es war ja drüben nichts wert. Was behielt seinen Wert? Schmuck? Gold? Ja, natürlich. Aber wenn man weder das eine noch das andere besaß, sondern nur ein paar hundert Mark?

»Wie viel ist es denn?«, fragte Lilo.

»Sechshundert«, erwiderte Herta.

»Sechshundert?«

»Vielleicht ein bisschen mehr.«

Lilo überlegte.

»Eine Kamera«, sagte sie dann.

»Eine Kamera?«, fragte Herta. »Aber woher?«

Lilo legte ihr die Hand auf den Arm und sagte: »Lass mich, ich mach das.«

Nachdem sie alles besprochen hatten, brachte Lilo Herta in den Hof, doch anstatt umzukehren, ging sie ein Stück mit. Sie trat hinter Herta durchs Tor auf die Straße, hakte sich bei ihr ein, und sie gingen die Brandenburger hinunter, dicht an den Häusern entlang. Fast wie damals, als junge Mädchen, als sie die Straße auf und ab flaniert waren und sich ihr künftiges Leben in Berlin ausgemalt hatten.

Die Laternen brannten nicht mehr, zwischen den schnell ziehenden Wolken der Mond, der alles in ein bleiernes Licht tauchte, das Pflaster war noch gesprenkelt vom Regen, Ausläufer des größeren Regens, den Georg auf das Zugdach prasseln hörte, während er, auf der Toilette eingeschlossen, Potsdam entgegenrollte.

Am Fuß der Brücke umarmte Lilo Herta, sagte noch mal: Ich mach das, dachte wohl schon daran, bei Heinze zu klopfen, und kehrte um, während Herta den Brückenhang hochstieg. Oben blieb sie stehen und atmete tief durch, die Luft war frisch, Regenluft. Unter ihr das blinkende Band des Kanals, dahinter, eingefasst von Bäumen, die Parkwiese: der Ort des ersten Traums.

Es gab drei Fotogeschäfte in Plothow, in denen auch Kameras verkauft wurden, Fotoatelier sagte man, wobei das Atelier aus einem kleinen Raum bestand, der hinter dem Laden lag. Saalmann, Heinze und Wille. So die Namen ihrer Inhaber. Hatten sie schon einen Fernseher? Oder hatten sie (wenigstens einer von ihnen) einen bestellt, einen Rubens oder Rembrandt, der noch lange nicht geliefert wurde, weil zu viele vor ihnen auf der Warteliste standen?

Das war es, woran Lilo dachte. Woraus sie ihre Zuversicht bezog. Nachdem sie durch die Mühlenstraße gegangen war, bog sie nach rechts ein in die Magdeburger, in der Heinze wohnte, der ihr eingefallen war, als sie an die Liste dachte. Es war lange nach zehn. Aber was machte das? Sie kannten sich ja. Im ersten Stock sind die Fenster hell erleuchtet, aber unten, im Parterre, wo Heinze wohnt, sind die Läden geschlossen. Sie klopft, er öffnet einen Spalt. Ach, du bist es. Kann ich hereinkommen? Natürlich. Sie ist in Trauer, hat gerade ihren Mann verloren, aber das wird bei dem Tausch, den sie ihm vorschlägt und auf den er sich einlässt, keine Rolle gespielt haben.

»Tja«, sagte er, nachdem ihm Lilo die Situation, ohne Namen zu nennen, geschildert hatte. »Am besten eine Exakta Varex.«

Sie saßen im Wohnzimmer. Er blätterte die Listen durch, die er aus dem Laden geholt hatte.

Eine einäugige 24 x 36 mm Spiegelreflexkamera, standardmäßig ausgerüstet mit einem Zeiss-Tessar, 1:2, 8/50 mm Blendenvorwahl, seit Neuestem mit drei Blitzbuchsen.

Lilo nickte, ja, die nehmen wir.

Aber es war ja nicht so, dass Heinze einfach in den Laden hinüberzugehen und ins Regal zu greifen brauchte. Auch die Kamera musste bestellt werden, die mit Sicherheit.

Wie auch immer. Sei es, dass ihnen der Zufall zu Hilfe kam, sei es, dass Heinze durch die Aussicht auf einen Platz an der Spitze der Warteliste für einen Fernseher, Marke Rembrandt, alle Hebel in Bewegung setzte – jedenfalls, als wir drei Tage danach in den Zug stiegen, hatte Herta die Kamera dabei. Sie hatte einen großen Koffer, eine Tasche, das Buch mit den Sagen aus dem Harz, aus dem sie dem Jungen, als sie auf die Grenze zurollten, vorlas. Und unten im Koffer, zwischen der Leibwäsche, die Kamera.

Nachdem sie die Wohnung in der Heubachstraße bezogen hatten, lag sie im Schlafzimmerschrank, wo alles von Wert aufbewahrt wurde.

*

Die Fahrradtour nach Brandenburg im Dezember einundneunzig? Sie lebten noch. Ja, Dezember, nicht die erste Reise, aber die erste, bei der ich mich, ausgelöst durch Hertas Rückkehr nach Tautenburg, auf ihre Spur setzte. Anfang Dezember losgefahren und Mitte Dezember zurückgekommen, an einem Tag, der so stürmisch war, dass sich der Taxifahrer, der mich nach Hause brachte, weigerte, auszusteigen.

»Da fliegt einem ja der Hut weg«, sagte er, und tatsächlich hatte er einen auf, einen kurzkrempigen Lederhut, der ihm wie ein Karnevalsdeckel auf dem Hinterkopf saß. Nachdem er das Geld eingesteckt hatte, umklammerte er mit beiden Händen das Steuer.

»Der Kofferraum ist offen«, sagte er und stierte hinaus auf die Straße, sodass ich einsah, dass nichts zu machen war. Ich stieg aus, ging ums Auto herum, öffnete die Heckklappe und nahm den Koffer heraus.

In den Tagen zuvor war in Ostdeutschland so viel Schnee gefallen, dass die Autos für die kurze Strecke von Potsdam nach Plothow, die sie sonst in einer Dreiviertelstunde zurücklegten, drei Stunden brauchten. Ein überraschender, vorzeitiger Wintereinbruch, wie er seit Jahren nicht mehr erlebt worden war.

An dem Tag, an dem ich nach Frankfurt zurückfuhr, taute es bereits wieder, aber der Schnee lag noch immer, zu Wällen zusammengeschoben, am Straßenrand, und die Felder, durch die der Zug rollte, waren mit Schnee bedeckt; dann, nach Magdeburg, wurde die Schneedecke dünner, und hinter Helmstedt war sie, als stellte die alte Grenze nun die Linie zwischen zwei Klimazonen dar, ganz verschwunden; ein graues, vom Regen gleichmäßig blank gewaschenes Land zeigte sich. Und als ich aus dem Zug stieg, war es frühlingshaft warm; nur der Wind eben, der immer wieder auffrischende, sich zwischendurch zum Sturm aufplusternde, Hüte in die Luft wirbelnde Wind.

Das war im Dezember, und im Januar habe ich mit den Spaziergängen begonnen, zu denen mir der Arzt geraten hatte, den ich wegen der Herzbeklemmung konsultierte.

Ich lief durch dieselben Straßen, durch die ich mit Mila gegangen war. Die Siedlung: ein Sammelsurium von in den Sechziger- und Siebzigerjahren errichteten Ein- und Zweifamilienhäusern; die Straßen heißen Danziger Straße oder Ostpreußendamm; Heimstatt für Handwerker und Angestellte, und obwohl es sich also um keines der teuren Viertel handelt, wunderte ich mich auf einmal über den überall feststellbaren Wohlstand: Es schien, als seien die Häuser sicherer gebaut als in Plothow, solider und fester begründet, und sogar noch in der Anlage der in einem grauen, Regen tropfenden Licht liegenden Gärten glaubte ich, den Plan zu erkennen, der dahintersteckte.

Doch bald war es gerade das, was mich zu langweilen begann, sodass ich ins Ried hinausging, den Obsthang hinauf, ein Stück über den mittleren Weg, der durch die Felder führt und dann hinab in den Wald. Aber auch die Landschaft machte einen so wohlgeordneten Eindruck, dass ich die Freude daran verlor. Es war eine symmetrische Welt, in die ich zurückkehrte, und die andere setzte alles daran, ihr gleich zu werden: Überall in Ostdeutschland sah man Baukolonnen, die die Erde aufrissen, die Häuser erhielten einen neuen Verputz, und vor der Stadt irrten Vermessungstrupps herum, die nach ihrem Abzug Schilder hinterließen, auf denen stand, was dort gebaut werden sollte: eine Kläranlage, ein Krankenhaus, ein Einkaufszentrum. In Berlin war es so, in Potsdam und Plothow.

Chausseen wurden begradigt, meterbreite Feuerschneisen in die Wälder geschlagen, Löcher zugeschüttet, Bahnübergänge mit Schranken oder zumindest Ampelanlagen versehen, zu Ruinen zerfallene Fertigungshallen heruntergewirtschafteter Betriebe abgerissen, Wohnhäuser, ja ganze Straßenzüge und Viertel saniert, Dächer neu eingedeckt, kaputte Türen und Fenster ausgetauscht …

8

Plothow war eine Ackerbürgerstadt, die in ihrem dörflichen Teil, dem mir vertrauteren, aus ein-, höchstens zweistöckigen in Gärten gelegenen Backsteinhäusern bestand. Ein Bauerndorf ursprünglich, gruppierte es sich um zwei Zentren: das ehemalige Gutshaus mit dem Park und den strahlenförmig davon weglaufenden Straßen auf der einen und die von Fliederbüschen und verkrüppelten Robinien eingewachsene Kirche auf der anderen Seite. Hier vor allem lagen die zweigeschossigen Häuser, die Schule, die Bauernhäuser und die Häuser der Schiffer, die auf ihren Kähnen oft wochenlang unterwegs waren.

Tautenburg hingegen war eine Schieferstadt. Es war eine Schiefergegend, in die sie geraten waren. Bog man von der Autobahn ab, kam man an den Schieferbrüchen vorbei, großen, von Splittern übersäten Plätzen, die in die Spitzkehren der Straßen geschlagen waren, und sah dann für einen Moment die Rammen, mit denen der Stein aus dem Berg gebrochen wurde, die hoch aufragenden Laufbänder und die Lastwagen, graue Ungetüme, vor denen man, wenn sie wie Abgesandte der Schieferwelt hinter einer Kurve plötzlich auftauchten, am Straßenrand hielt, um sie vorbeizulassen.

Die Stadt selbst liegt, durchschnitten von einem mit grauen Feldsteinen eingemauerten Flüsschen, zwischen zwei Bergen, oder besser, den Ausläufern zweier Höhenzüge: Auf der einen Seite endet, zugleich eine Sprachgrenze anzeigend, der Westerwald, auf der anderen beginnt das Rothaargebirge. In der Regel bestand der Sprachunterschied nur in einer winzigen Verschiebung der Laute, die Fremden nicht auffiel, Einheimischen aber zeigte, aus welchem Teil der Stadt jemand stammte, im Ganzen aber war es ein R-gurgelnder, wie mit gelähmter Zunge tief in der Kehle gesprochener Dialekt, der Fremden nicht zugänglich war.

Die Häuser waren mit Schiefer verkleidet, die Dächer mit Schiefer gedeckt, die Altstadtstraßen so eng, dass in den Siebzigerjahren ganze Häuserzeilen abgerissen werden konnten, ohne dass eine Lücke im Stadtbild entstand. An derselben Stelle, an der sich das im Siebenjährigen Krieg zerstörte Schloss befand, erhebt sich über der Stadt, einem gereckten Finger gleich, ein an eine mittelalterliche Festung gemahnender Turm, den man, sich der Stadt mit dem Zug nähernd, als Erstes und, sie verlassend, als Letztes sieht, und ein Stück darunter die aus demselben grauen Stein gemauerte Stadtkirche, bis in die erste Hälfte des achtzehnten Jahrhunderts Grablege der nassauischen Grafen, die im Schloss residierten.

Geht man dort oben herum, zwischen Turm und Kirche, kann man in die Täler hineinschauen. Links und rechts der Straßen, über die noch in den späten Fünfzigern, als wir dort hinzogen, vor allem Traktoren mit ihren Anhängern rollten, ist heute Industrie angesiedelt, das Emaillewerk, die Ziegelei, das Stahlwerk, daneben eine Reihe kleinerer Firmen, Zuliefererbetriebe, Baumärkte, Autowerkstätten und Tankstellen, während das Gelände der Tuchfabrik, in der Georg nach ihrer Ankunft Arbeit fand, nicht zu sehen ist. Sie wird, obwohl an der Taute gelegen, von den Dächern der Altstadthäuser verdeckt.

Was man sieht, ist die untere Heubachstraße, benannt nach einem hinter den Häusern verlaufenden Rinnsal, das auf halber Strecke in einem Rohr verschwindet und unterirdisch weiter geführt wird, bis es bei der Obertorbrücke in die Taute mündet, und das Haus mit ihrer ersten und letzten gemeinsamen Wohnung im Westen. Vor dem erhöht liegenden Eingang stand ein gusseiserner Brunnen, eine Art Wanne, in die aus dem Maul eines an einem rostigen Rohrende angebrachten Löwenkopfs ein dünner Wasserstrahl fiel – es war der Treffpunkt der Kinder, die sich dort nachmittags, nach Erledigung der Schularbeiten, versammelten.

Das Haus hatte einen Namen, Die Tabakfabrik, wobei nicht klar ist, ob es als Fertigungsstätte gebaut wurde oder so hieß, weil sich seine Bewohner mit der Tabakverarbeitung abends ein Zubrot verdienten, während sie tagsüber einem anderen, ihrem eigentlichen Beruf nachgingen; jedenfalls war es so, dass die Blätter auf dem Dachboden zum Trocknen ausgelegt und danach in den unteren Stockwerken geschnitten und in Dosen gefüllt oder zu Zigarren gerollt wurden. Aber es war nicht Tabak, nach dem es im Haus roch, sondern Moder.

Obwohl es erhöht lag, drang ein fauliger Geruch aus dem Keller, der sich im Sommer mit den Essensgerüchen aus den Wohnungen und dem der auf halber Treppe gelegenen Klos zu einem brütenden Gestank vermischte, weshalb meine Mutter jedes Mal, wenn sie die Treppe hinabging, die Fenster aufriss, aber es half nichts, der Gestank blieb; er steckte in den Steinen, den Balken, dem Strohgeflecht des Fachwerks.

Ein anderes Haus in der Straße hieß Der betrunkene Mann, weil es sich wie ein Halt suchender Betrunkener gegen das Nachbarhaus lehnte; ein drittes, in dem ein Verbrechen geschehen war, Das Teerloch. Ein Mann hatte seine Frau mit Benzin übergossen und angezündet. Ulli, einer der Jungen, mit denen ich nachmittags am Brunnen stand, erzählte, er hätte sie brennend auf die Straße stürzen sehen. Aber das konnte nicht sein, denn ein anderer, Richard, wusste, dass die Sache mindestens vierzig Jahre her war. Und ein dritter sagte: Nicht vierzig, sondern hundertvierzig, und dass es nicht Benzin, sondern Teer war, daher der Name.

Aber Richard tippte mit dem Finger an die Stirn.

»Teer, so'n Quatsch.«

Er war ein paar Jahre älter als ich, in der letzten Volksschulklasse, und wohnte mit seiner Mutter, einer Witwe, die mit ihm auf dem Arm aus dem Sudetenland geflüchtet war, auf demselben Stock wie wir. Er hatte einen kleinen gedrungenen Körper (der mir in der Erinnerung genauso hoch wie breit erscheint), rote Haare und helle, beinahe weiße Wimpern.

*

Im Frühjahr siebenundfünfzig also. Georg hatte sofort Arbeit gefunden.

Es war die Zeit, in der jeder gebraucht wurde. Ein paar Jahre später sah man in den Wochenschauen übernächtigte Männer mit schwarzem Bartschatten auf Kinn und Wange aus dem Zug steigen und verwirrt auf die Blumensträuße schauen, die ihnen von rundgesichtigen, zur Begrüßung des hunderttausendsten Gastarbeiters erschienenen Politikern hingehalten wurden. Sie kamen aus Süditalien und zogen in die Randgebiete der Großstädte, in denen die Industriebetriebe angesiedelt waren, und irgendwann trafen die ersten auch in der Schieferstadt ein; anfangs wohnten sie in der Holzbaracke am Wäldchen, und nach einiger Zeit zogen sie in dieselbe Straße, dasselbe Haus, in dem zuvor Herta und Georg gewohnt hatten.

So weit war es noch nicht, aber wie ein Vorbote jener Wanderbewegung eröffnete bald nach ihrer Ankunft der Eissalon Venezia; er lag am Oranienplatz, der zentralen Stelle der Schieferstadt, und wurde von einer italienischen Familie betrieben, die im Winter, wenn mit dem Eisverkauf kein Geschäft zu machen war, nach Italien zurückkehrte und im Frühjahr wiederkam. Der Verkaufsraum mit der langen Eistheke, den Tischen und Stühlen befand sich in der von den Zwischenwänden befreiten Parterrewohnung eines alten Fachwerkhauses, deren hintere Wand vollständig von einem Spiegel eingenommen wurde, davor ein Regal mit blitzenden Gläsern; an den Wänden schräg aufgehängte Plakate – Rialtobrücke, Markusplatz; bis auf die Straße hinaus roch es nach Vanille und Schokolade.

Abends, wenn der Junge im Bett lag, flüchteten sie manchmal vor der Ärmlichkeit des Hauses in die Stadt und bummelten an den Schaufenstern vorbei; in den Geschäften standen Fernseher der Marken Grundig und Philips, in einem Hoteleingang prangte ein blau lackiertes Schild mit der Aufschrift Rotary Club; neben einem Fotogeschäft, in dessen Schaufenster kleine Kameras lagen, hing ein Glaskasten mit Bildern vom Schützenfest, die man im Laden bestellen konnte. Und in der Marktstraße, in die es Herta vor allem zog, war im Vorjahr mit einer Modenschau das Kaufhaus Herzog eröffnet worden, Kleidung für die ganze Familie. Wie bei Parvus erstreckten sich die Verkaufsräume über zwei Stockwerke. Herta trat nah ans Fenster heran, legte die Hand über die Augen und nickte. Ja, das kannte sie. Diese Schnitte waren ihr, da sie sich in Westberlin mit Modezeitschriften einzudecken pflegte, vertraut.

Sie schauten sich alles an, wanderten dann am großen Torbogen des Gymnasiums, in das der Junge nun ging, vorbei, die Wielandstraße entlang bis zum Untertor. In der Luft hing der Malzgeruch der beiden Brauereien, die es damals noch gab, und aus den zur Taute hin gelegenen Höfen drang das Klirren der mit Lastwagen angelieferten Kisten und Flaschen. Vorm Stadtschloss wandten sie sich nach rechts und traten, nachdem sie auf den Oranienplatz gelangt waren, ins Venezia. Sie setzten sich an einen der kleinen Marmortische und warfen einen Blick in die Karte. Ein bisschen war es jetzt wie in der Zeit, in der sie sich kennengelernt hatten, alles war wieder neu. Herta schob ihren Arm über den Tisch, und er legte seine Hand darauf.

Wenn es möglich war, saßen sie am Fenster. Auf der Straße gingen die Mädchen mit wippenden Röcken vorbei, junge Burschen, braungebrannt, kurvten im Cabrio um den Platz, in dessen Mitte das Denkmal für die Gefallenen des Ersten Weltkriegs stand, eine mit Ketten umgebene Eisensäule, in die die Namen der Toten eingraviert waren.

Nach einer Weile wurden sie unruhig: der Junge. Georg winkte den Kellner heran und zahlte. Sie gingen, nun schneller, die Hauptstraße hoch, und wenn sie ins Haus traten, sahen sie hinter der Tür die zerbeulten Briefkästen, in denen morgens die Umschläge mit den Kaufhauskatalogen steckten. Die Leute im Haus bestellten die Dinge, die sie brauchten, in den Versandhäusern, nicht nur ihre Möbel und Kleider bezogen sie von dort, sondern auch Lebensmittel, Suppen- und Würstchendosen, Obst- und Gemüsekonserven. Zuerst brachte der Briefträger die Kataloge, und zwei Wochen danach kam ein anderer und brachte die großen Pakete.

Sie stiegen die Treppe hoch und schauten, nachdem sie in die Wohnung gekommen waren, als Erstes nach dem Jungen, der, als er sie durch den Flur gehen hörte, rasch das Licht löschte. Sie öffneten vorsichtig die Tür und sahen, dass er schlief. Zumindest schien es so. Tatsächlich schlief er erst ein, wenn sie wieder da waren und er ihre Schritte vernahm, ihre gedämpften Stimmen. Dann atmete er tief durch. Nach einer Weile, schon fast im Wegdämmern, hörte er, wie sie im Wohnzimmer Platz nahmen und leise miteinander sprachen.

War es so? Ja. Nichts deutete auf Trennung hin. Nicht das Geringste. Und doch hatte sie schon begonnen. An einem dieser harmlosen Abende, an dem sie nach ihrer Rückkehr aus der Eisdiele fragte, was sie mit der Kamera anstellen sollten. Behalten? Nein. Also verkaufen. Aber wie? Nun, man musste in ein Geschäft gehen und sie anbieten. In den Fotoladen in der Hauptstraße, vor dem sie vorhin gestanden hatten? Beispielsweise. Ja, klar. Er nickte.

9

In Plothow war Georg mit dem Zug zur Arbeit gefahren, nach Brandenburg brauchte er zwanzig Minuten, und wenn es abends zu spät wurde, brachte ihn Radinke nach Hause, der Fahrer. In der Schieferstadt schaffte Georg den Weg in fünf Minuten. Er ging nur die Heubach hinunter, bog dann nach links in die obere Hauptstraße ein, überquerte kurz vor der Obertorbrücke die Chaussee, und schon war er auf dem Industriegelände an der Taute, auf dem die Tuchfabrik ihre Büroräume und Lagerhallen hatte.

Obwohl er sich mit Greiner, dem Inhaber, gut verstand, war er nicht glücklich mit dieser Arbeit. Der Betrieb war ihm zu klein, der Tuchhandel nicht seine Sache. Dass er die Stelle trotzdem annahm, wird auf Schwepp zurückgehen, den er aus dem Stahlwerk kannte. Er stammte aus Plaue, dem kleinen Städtchen bei Brandenburg, und war nach seiner Flucht in die Nähe gezogen, nach Siegen, von wo er abends manchmal herüberkam. Er fuhr mit seinem Ford Taunus, dem mit der sich oben aus der Kühlerhaube hervorwölbenden Weltkugel, über die Kalteiche, einen Berg zwischen Siegen und Tautenburg, kam die Heubachstraße hoch und stellte das Auto so dicht neben dem Brunnen ab, dass die Kinder, die dort bis zum Einbruch der Dunkelheit herumstanden, damit drohten, seine Reifen zu zerstechen. Es machte sie wütend, dass jemand es wagte, in ihren Kreis einzubrechen. Aber Schwepp winkte einen heran und beförderte ihn per Handschlag zum obersten Autowächter, der ihm persönlich verantwortlich war. Zum Beweis für das in ihn gesetzte Vertrauen ließ er die Fahrertür offen. Er erklärte dem Jungen das Armaturenbrett und zeigte aufs Handschuhfach. Nix drin, sagte er. Wenn du willst, kannst du dich hinters Steuer setzen. Danach kam er die Treppe hoch und hockte mit Georg und Herta bis in die Nacht hinein in der Küche.

Herta freute sich, ihn zu sehen, Georgs wegen. In Schwepps Gegenwart schien er die Sorgen, die sich seiner bemächtigt hatten, zu vergessen. Auf eine Bemerkung Schwepps hin, deren Sinn anderen (auch Herta) verborgen blieb, da sie sich auf die Arbeit im Stahlwerk bezog, brach er in ein Gelächter aus, das einen kurzen, von immer neuen Lachsalven unterbrochenen Wortwechsel einleitete, dem niemand zu folgen vermochte. Es waren kurze Ausflüge in die Vergangenheit, die sie unternahmen, und die Worte, die sie sich zuriefen, waren Codes einer mit Andeutungen und Kürzeln gespickten Sprache, deren erklärtes Ziel es war, andere auszuschließen.

Nach seiner Flucht in den Westen, ein Jahr vor uns, war Schwepp in seinen alten Beruf zurückgekehrt. Er war Kaufmann, einer, der mit allem Möglichen handelte, von Büromöbeln bis zum Alteisen, im Osten aber hatte er im selben Werk gearbeitet wie Georg. Nebenan, nur durch einen Drahtzaun vom Werksgelände getrennt, waren – nicht zufällig, wie sie meinten – russische Panzertruppen stationiert, und wenn sie in der Kantine saßen und nicht wussten, ob der Mann am Nebentisch vertrauenswürdig war, bedienten sie sich dieses Jargons, den sie noch immer so gut beherrschten, dass sie bei Bedarf jederzeit darauf zurückgreifen konnten, dann flachsten sie herum, bis sie an dem sich ausbreitenden Schweigen merkten, dass es Zeit war, zu der allen verständlichen Sprache zurückzukehren.

Das ist doch nur für den Anfang, Georg, wird er gesagt haben und dann damit rausgerückt sein, dass die Tuchfabrik eigentlich gar keine war, sondern bloß so hieß.

Ein paar Jahre nach dem Krieg hatte ihr jetziger Inhaber, ein Enkel des Firmengründers, bei einem Besuch in England beschlossen, die Produktion einzustellen. Er hatte sich in die englische Lebensweise verliebt, in den englischen Tee, in ham and eggs und das englische fair play, in dem er neben dem Humor einen Grundpfeiler des demokratischen Gemeinwesens erblickte. Greiners Tuchfabrik stand noch immer über der Einfahrt zum Gelände an der Taute mit den großen eingeschossigen Hallen, dem Greiner'schen Wohnhaus und dem Pavillon, aber nun wurden die Stoffe importiert. Sie kamen in mannshohen Ballen aus England, wurden vom Lastwagen geladen und in die Hallen gebracht, in denen früher die Webstühle gestanden hatten.

»Tweed«, sagte Greiner eines Abends, als er mich beim Herumstreunen auf dem Gelände entdeckte.

Das machte ich manchmal, wenn ich meinen Vater von der Arbeit abholte. Ich wartete am Eingang oder ging, wenn mir die Zeit zu lang wurde, zur Greiner'schen Villa, die in einem Garten hinter dem Hof lag. Ich klinkte die Tür auf und wanderte auf dem Plattenweg vorbei an den Blumenrabatten zum Haus, von dem eine Pergola zu einem über der Taute thronenden Pavillon führte.

»Merk dir das, Philipp, es gibt nichts Besseres auf der Welt als Tweed.«

Dabei sprach er meinen Namen so englisch aus, wie es nur möglich war. Philipp so kurz, dass es wie Flip klang. Daran erinnere ich mich. Und an den Anzug, den er an diesem Tag trug, einen sandfarbenen Dreiteiler, und an den Füßen Schuhe aus einem ebenfalls braunen, genarbten Leder, mit einem sich um den Rand ziehenden Lochmuster. Und an noch etwas: sein Auto, ja, an das vor allem, einen grauen Bentley mit einem Armaturenbrett aus Holz, das in einem bestimmten Licht in einem warmen, durchsichtigen Gelb wie Bernstein leuchtete. Er war so hoch, dass ich darin beim einzigen Mal, bei dem ich mitfuhr, stehen konnte, ohne gegen den über die Decke gespannten Stoff zu stoßen, den Himmel. Das Steuer war auf der rechten Seite, weshalb ich erschrak, wenn ich das Auto auf der Straße sah, weil ich automatisch nach links schaute, wo niemand saß, schaute ich aber nach rechts, war es oft schon vorbei, sodass ich nicht sagen konnte, wer es gelenkt hatte, Greiner oder Kriwett, der Chauffeur, der als Einziger außer dem Chef damit fahren durfte.

Der Chef, sagten die Leute zu Greiner, oder Jochen.

Ja, auch der Vorname war in Gebrauch, nicht in der direkten Anrede, nicht so, dass Greiner es hörte, aber wenn er nicht dabei war, sprachen die Leute von Jochen. Man kannte ihn von klein auf und erlaubte sich nun, da er erwachsen war, im Gespräch über ihn beim Vornamen zu bleiben.

Greiner hatte dieses kastenförmige Auto, und Lisa, seine Frau, einen Mini mit einem Union-Jack-Aufkleber neben dem Rücklicht. Ich sah ihn manchmal im Hof stehen, wo er zusammen mit dem Bentley von zwei jungen Burschen gewaschen und trocken gerieben wurde. Meistens lehnte Kriwett in der Nähe an der Wand und hatte ein Auge auf sie, und einmal, als ich vorbeikam, sagte er, nachdem er mich erkannt hatte: »Ist das Auto von Frau Lisa.« Abfällig, weil es so klein war.

In diesem Moment kam Frau Greiner heraus, sie trat, einen

roten Schal um den Hals, aus dem Bürotrakt und stöckelte die paar Stufen herab, worauf Kriwett die Hände aus den Taschen nahm und rief: »Braucht noch eine Minute, das Autochen.« Aber sie ging, ohne den Kopf zu heben, wohl auch ohne ihn gehört zu haben, in Richtung Stadt davon. Kriwett schaute ihr nach, bis sie, ein schwingender roter Punkt, am Ausgang des Hofs die höher gelegene Chaussee überquerte, hinter der die Hauptstraße begann.

Auch er, Kriwett, sprach ein besonderes R, nicht das gurgelnde der Leute in Tautenburg, nicht das englische von Greiner, sondern das baltische R, das wie ein Trillern klang. Er stammte aus Riga und wohnte mit seiner Familie in einem Anbau der Villa, denn er war nicht nur Chauffeur, sondern auch Hausmeister. Meistens trug er eine Schirmmütze, die so tief heruntergezogen war, dass seine Augen im Schatten lagen.

Einen der Jungen, die Kriwett zum Autowaschen bestimmte, kannte ich. Axel war Lagerarbeiter bei Greiner; abends stand er mit Richard am Brunnen und rauchte. Richard war Boxer, er war im Verein, und anfangs glaubte ich, dass Axel auch im Verein sei, auch Boxer, aber dann sah ich, dass er einen verkrüppelten linken Arm hatte, er konnte ihn nicht richtig anwinkeln, weshalb er die Zigarette (hielt er sie in dieser Hand) nicht an den Mund führte, sondern den Mund zur Zigarette, was an einen Vogel erinnerte, der sich über einen Wassernapf beugte. Er war einen Kopf größer als Richard, sein Gesicht von Pusteln übersät, und da er mich öfter im Hof gesehen hatte, erzählte er, dass Kriwett bei den Schlaraffen sei und den Namen Löwe der östlichen See trage, während sich Greiner, der der Vereinigung ebenfalls angehörte, nach einem Ort in

Irland, in dem ein besonders haltbarer Tweed gewebt wurde, Edler von Clifden nenne.

»Unsinn«, sagte mein Vater, als ich ihm davon erzählte, aber ein paar Tage danach sahen wir sie, Kriwett und Greiner. Es muss ein Sonntag gewesen sein, Nachmittag, Kaffeezeit. Nach einem Spaziergang über den Schlossberg gingen wir in das Lokal in der mittleren Hauptstraße mit dem blauen Rotary-Club-Schild neben der Tür und setzten uns an einen Tisch neben dem Fenster, er an die Schmalseite, mit dem Rücken zur Wand, meine Mutter und ich uns an den Längsseiten gegenüber.

Die Bedienung ging, ein Tablett balancierend, durchs Restaurant, klinkte mit dem Ellbogen die Tür zum Nebenraum auf, einem Feierlichkeiten vorbehaltenen Saal, die Tür schwang zurück, und da sah ich, wie sich die Augen meines Vaters verengten und es um seinen Mund zu zucken begann, und als ich mich umdrehte, erkannte ich durch die geöffnete Tür Kriwett.

Er saß, angetan mit einer grünen Weste, aus der geplusterte Hemdsärmel ragten, ein wenig erhöht an der Stirnseite des Saals, um den Hals eine schwere Kette, und davor, an einem der zu zwei Reihen zusammengestellten Tische, hockten mittelalterlich kostümierte Menschen, die zu ihm hoch schauten. Einer davon war Greiner; auf dem Kopf trug er eine grüne Kappe mit einer dünnen, in der Luft zitternden Feder. An der Wand hinter Kriwett hing ein Transparent mit der Aufschrift In arte voluptas. Die Bedienung reichte ein Glas über den Tisch, und als Greiner sich vorbeugte, um es ihr abzunehmen, entdeckte er uns und grüßte, indem er die Hand hob und winkte. Mein Vater nickte, und wieder sah ich dieses Zucken um seinen Mund, als hielte er nur mit Mühe das Lachen zurück.

»Was ist?«, fragte meine Mutter, die nichts mitbekommen hatte, aber er schüttelte nur leicht den Kopf und sah mich scharf an.

Auch in der Schieferstadt gab es drei Fotoläden, zwei an der Hauptstraße und einen eingangs der Solmsstraße, deren Häuser, ebenso wie das Gestüt, aus den Steinen des zerstörten Schlosses errichtet worden waren und in der ein Großteil der Kreisverwaltung untergebracht war.

Georg war kein Verkäufer, es war ihm unangenehm, als Bittsteller aufzutreten, so empfand er es, wenn er mit den Ladeninhabern verhandeln musste. Er ging abends, nach seiner Rückkehr von Greiner, los, jeden zweiten oder dritten Abend. Er hatte ja nur abends Zeit. Tagsüber arbeitete er, und jeden zweiten oder dritten Tag kam er früher nach Hause, klappte die Tasche auf, nahm die Brotbüchse heraus, legte die Kamera hinein und schloss die Tasche wieder. Jede Bewegung einzeln, als hingen Gewichte an seinen Armen. Ich saß auf der Küchenbank und beobachtete ihn, und wenn er es merkte, nickte er.

»Dann wollen wir mal, was?«

Zuerst besuchte er die Fotogeschäfte in Tautenburg. Aber keines zeigte Interesse. Danach fuhr er in die Nachbarstädte, nach Siegen, wo Schwepp wohnte, und dann in die andere Richtung, nach Wetzlar. Und jedes Mal, wenn er in ein Geschäft trat, musste er diesen dummen Satz sagen: Ich habe hier eine Kamera. Dumm, weil man ja sah, dass er sie hatte. Er trat ein, legte sie auf den Tresen und sagte:

»Ich habe hier eine Kamera. Glauben Sie, dass Sie daran Interesse haben?«

»Zeigen Sie mal! Ist die neu?«

»Ganz neu.«

»Kann ich die Quittung sehen?«

»Die hab ich nicht mehr.

»Und den Karton?«

»Welchen Karton?«

»Die Verpackung. Sie muss doch in irgendwas verpackt gewesen sein.«

Als hätte Herta nichts Besseres zu tun gehabt, als einen Karton über die Grenze zu schleppen.

Sie beäugten ihn, beäugten die Kamera. Und dann boten sie einen Preis, der so lächerlich war, dass er sie wieder in die Tasche legte und ging. Und am nächsten Tag oder am übernächsten fing es von vorn an.

»Hätte ich dieses Ding bloß nicht mitgebracht«, sagte Herta, wenn er zurückkam. Worauf er erwiderte: »Nein, das war richtig.«

»Eine Schnapsidee war das.«

Es ging schon lange nicht mehr um das Geld, sondern darum, ihr zu beweisen, dass sie recht gehabt hatte.

Wenn er zurückkam, sah sie ihm entgegen. Nachdem er die Tasche wortlos auf den Stuhl gestellt hatte, stand sie auf, ging hinüber, öffnete sie, nahm die Kamera heraus, brachte sie ins Schlafzimmer und legte sie in den Schrank zurück. So ging es den halben Sommer über, bis zu dem Abend, an dem er zurückkam und schon in der Tür sagte, dass es ihm gelungen sei, sie zu verkaufen.

Ja, ein Sommerabend, das Fenster steht offen, Licht fällt herein. Es ist das einzige Fenster, weshalb nicht viel Licht hereinkommt, es macht die Küche nicht wirklich hell. Es bleiben immer dunkle Ecken. Auch an wirklich hellen Tagen gibt es Stellen, die im Halbdunkel liegen. Von unten dringen die

Rufe der Kinder herauf, die am Brunnen stehen oder auf dem Geländer vorm Haus sitzen, an- und abschwellendes Rufen, wie von Vögeln, die sich entfernen und wieder näher kommen.

Sie steht am Waschbecken, sie hat gerade das Geschirr zusammengetragen und in die Spüle gestellt. Als sie ihn hereinkommen hört, richtet sie sich auf und dreht sich um. »Die Kamera?«, fragt sie. Und da sie ihn so ungläubig ansieht, nickt er. Gegen jede Gewohnheit nickt er heftig mit dem Kopf. Er steht neben der Tür, er hat ein weißes Hemd an, das aus der dunklen Türecke hervorleuchtet, sie steht am Waschbecken, während ich auf der Küchenbank sitze. Auf dem Fußboden das matte Lichtviereck.

Endlich löst er sich aus der Ecke, kommt heran und blättert, wie zum Beweis, vier Scheine auf den Tisch. Sie wischt die Hände an den Hüften ab, tritt heran und betrachtet das Geld.

So dieses Bild.

Das war am Freitag, ja, am Freitagabend, und zwei Tage danach klopfte es, ein lautes Pochen gegen das rissige Holz der Tür, und gleichzeitig ertönte das Scharren der Drehklingel, so heftig, so laut, dass ich in meinem am anderen Ende der Wohnung gelegenen Zimmer hochschreckte. Ich war schon wach gewesen, hatte aber noch vor mich hingedöst.

Es war nicht mehr ganz früh, gegen halb neun, ich sah es an den mit Bleistiftstrichen aufs Fensterkreuz gemalten Markierungen, mit deren Hilfe ich die Uhrzeit bestimmte, je höher die Sonne stieg, umso mehr wanderte der Schatten am Fenster herab. Die langen Striche bedeuteten eine Stunde, die kurzen eine halbe.

Draußen Stimmen, Schritte, Knarren der Dielen. Ich stand auf, öffnete die Wohnzimmertür und sah in den kleinen Gang hinein, der zur Küche führte. Mein Vater saß mit zwei Männern am Tisch, er war noch im Schlafanzug, während die beiden bekleidet waren, der eine trug eine Uniform, der andere einen Anzug; diese Ungleichgewichtigkeit, vielleicht ist das der Grund, warum er mir so schutzlos vorkam. Die weiten Schlafanzughosen, seine nackten Füße in den offenen Schlappen. Er fragte, ob sie ihm erlaubten, sich anzukleiden. Natürlich. Sie nickten.

Herta stand neben dem Fenster, die Hand auf dem Messingknauf, der Anzugmann drehte sich zu ihr um und sagte, es tue ihm leid, aber sie müssten ihn mitnehmen, worauf sie, anscheinend ohne den Sinn der Worte zu begreifen, ebenfalls nickte. Sie hatte einen gestreiften Männerbademantel an; die zu langen Ärmel waren umgekrempelt, aus dem Schalkragen schauten die Spitzen ihres Nachthemds.

Er ging ins Schlafzimmer, der Uniformierte drängte sich hinter ihm her durch die Tür, kurz darauf kamen sie wieder zurück, er nun bekleidet, und stiegen die Treppe hinab, zuerst der im Anzug, dann er, zuletzt der Uniformierte.

Ich erinnere mich deshalb daran, weil er die beiden vorgehen lassen wollte, in der Tür hob er die Hand und bedeutete ihnen, dass sie, bitte, vorangehen sollten. Aber das kam nicht infrage, sie nahmen ihn in die Mitte. Er duckte sich, als er durch die Tür ging, um nicht mit dem Kopf gegen den Querbalken zu stoßen (eine Bewegung, die er von Jugend an gewöhnt war, weshalb er keinen Gedanken daran verschwendete), während sich die beiden anderen nicht zu ducken brauchten. Gleich darauf hörte man sie die Treppe runterpoltern.

Und noch etwas fällt mir ein: sein Summen. Als er durch die Tür ging, summte er. Sein Mund war geschlossen, aber er summte ein Lied oder etwas Liedähnliches. Dieses Summen umgab ihn wie eine Hülle; manchmal, in Momenten größter Anspannung, war es zu hören, vielleicht weniger ein Summen als ein Vibrieren, etwas, das tief aus seiner Brust zu kommen schien, eine unregelmäßige Abfolge von Tönen, die sich erst nach und nach zu einer Melodie formte. Er summte oder pfiff vor sich hin, weil er fürchtete, sonst die Haltung zu verlieren. Es half ihm, das Gleichgewicht zu bewahren, es besänftigte seine Erregung, es war ein Strohhalm gegen die Angst.

Zwischen dem Summen und seiner Angst gab es einen Zusammenhang, aber offenbar sahen die beiden, die ihn abführten, darin eine besonders verwerfliche Form der Respektlosigkeit, denn ihre anfangs mitfühlenden Mienen wurden immer abweisender. Je mehr er sich hinter die Wand aus Tönen zurückzog, umso ruppiger wurden sie, und als wir nach Verstummen des Getrappels im Treppenhaus aus dem Fenster schauten, sahen wir, dass sie ihn vor sich her stießen zum Auto, einem dunkelblauen VW, der neben dem Brunnen wartete, eine Sensation an diesem stillen Sonntagmorgen, die die Kinder aus dem Haus und die Erwachsenen ans Fenster lockte. War es nicht auch Zeit für den Gottesdienst? Ja, die Stunde der cremefarbenen Strickjacken und weißen Söckchen sowie der gut sichtbar vor der Brust in der Hand gehaltenen Gesangbücher; die Kirchgänger trappelten die Heubachstraße herab, schwenkten ein Stück hinterm Brunnen rechts in die enge, wieder bergan zur Stadtkirche hochführende Gasse ein und drehten, als sie das Polizeiauto sahen, auskunftheischend die Köpfe.

Die Kinder standen um den Brunnen und das Auto herum, die Erwachsenen lehnten am Fenster, die Kirchgänger drehten die Köpfe, sodass man sagen kann, dass alle in der Straße, deren Wohnung über ein auf den Schauplatz des Abtransports zeigendes Fenster verfügte oder die zu dieser Zeit schon unterwegs waren, Zeugen seiner Verhaftung wurden.

Sie schoben oder stießen ihn voran, und als sie das Auto erreichten, öffnete der Uniformierte die Tür und klappte den Sitz nach vorn, während der andere ihn auf den Rücksitz nötigte. Er stieg ein, und als er, schon halb im Auto, noch einmal zu dem Fenster hochschaute, an dem wir standen, drückte der Zivile seinen Kopf herunter. Er schüttelte die Hand ab und richtete sich noch einmal auf, sodass es einen Moment aussah, als lieferten sich die beiden einen Ringkampf, doch dann gab er nach, kletterte ins Auto, und gleich darauf rollte der Wagen die Straße hinab – unter dem Beifall der Zuschauer, will ich sagen, aber so war es nicht oder nicht nur. Kaum war wieder Ruhe eingekehrt, drückte sich die kleine Frau Wolf, Richards Mutter, in die Küche, setzte sich neben Herta und nahm ihre Hand.

10

An diesem Abend, dem Freitagabend, war mein Vater schon auf dem Weg zum Bahnhof gewesen, um nach Gießen zu fahren, die Stadt, von Tautenburg aus, hinter Wetzlar, doch dann kehrte er um und ging in die Firma. Es war längst Feierabend, aber er hatte ja einen Schlüssel. In den zwei Monaten, die Georg bei Greiner arbeitete, war er ihm unentbehrlich geworden, sodass er nicht nur Zugang zu den Büroräumen hatte, sondern auch zum Tresor, der in Greiners Büro stand. Er öffnete ihn und nahm dreihundertzwanzig Mark heraus, was ungefähr dem Betrag entsprach, den er für die Kamera hätte erhalten müssen. Das war es, was Herta in Ostmark gezahlt hatte.

Greiner war am Morgen nach London geflogen, um einen Geschäftsfreund zu treffen, den Mann, der ihn mit Tuchen belieferte, und wollte am Mittwochabend zurück sein. Am Montag war der erste Juli, der Tag, an dem das Gehalt überwiesen wurde, Georg wollte es gleich abheben und die dreihundertzwanzig Mark, die er herausgenommen hatte, in den Tresor zurücklegen. Aber dann war es ganz anders gekommen. Greiner war, aus welchem Grund auch immer, nicht nach London gefahren und stattdessen, wie manchmal, am Samstag ins Büro gegangen; er hatte das Fehlen des Gelds bemerkt und, unter Hinweis darauf, dass außer ihm nur noch sein Mitarbeiter Georg Karst einen Schlüssel zum Tresor besaß, Anzeige erstattet.

Das war es, was Georg ihr, als sie endlich mit ihm sprechen durfte, erzählte. Er hatte das Geld nicht stehlen, sondern sich leihen wollen.

Die Polizeiwache befand sich in einem Seitentrakt des Rathauses, gegenüber der kleinen Fußgängerbrücke über die Taute, wurde aber durch den Haupteingang des Rathauses betreten. Sie durchquerte den hallenden Vorraum mit den Wandtafeln und Stellwänden, stieg drei Stufen hoch und trat durch die Schwingtür auf den Flur, der das Rathaus mit dem Seitentrakt verband, und saß ihm dann in einem kleinen Raum, dessen vergittertes Fenster zur Taute hin zeigte, an einem braunen Holztisch gegenüber. Aus den Augenwinkeln sah sie die graue Feldsteinmauer, mit der das Flüsschen eingefasst war. Als sie, wie bei ihren Verabredungen in Plothow, die Hände über den Tisch schob, um ihn zu berühren oder um seine Hand in ihre zu nehmen, erhob der Beamte, der hinter ihr neben der Tür saß, Einspruch.

»Bitte lassen Sie das«, rief er und reckte den Kopf.

Worauf sie die Hände zurückzog. Und wieder auf Georgs Stimme lauschte.

»Dann ist doch alles gut«, sagte sie.

Natürlich war die Sache nicht korrekt, nicht ganz korrekt. Andererseits hatte ihr Mann nicht vorgehabt, sich zu bereichern oder der Firma Schaden zuzufügen. Wäre Greiner, wie geplant, über das Wochenende weggefahren, hätte er von alldem gar nichts mitbekommen.

»Du musst mit ihm reden«, sagte sie. »Dann wird er einsehen, dass du nichts Unrechtes tun wolltest.«

Aber er schüttelte den Kopf.

»Nein«, sagte er. »Nein, das hat keinen Sinn.«

»Warum nicht?«

Und nun hörte sie die andere Version. Nun erzählte er ihr, was die anderen sagten, das heißt, Greiner, dessen Sicht sich die anderen zu eigen gemacht hatten, die Polizisten, der Staatsanwalt, der inzwischen mit der Sache befasste Untersuchungsrichter, sie alle waren der Darstellung von Greiner gefolgt, der nicht den Verlust der verhältnismäßig kleinen Summe von dreihundertzwanzig Mark angezeigt hatte, sondern den von zwölftausend.

»Zwölftausend?«, rief sie.

Er drehte den Kopf zur Seite und nickte.

»Zwölftausend. Dabei haben höchstens – nein, genau, ich habe das Geld ja gezählt – dabei haben genau sechshundert im Tresor gelegen.«

»Hast du das den Beamten gesagt?«

»Natürlich.«

»Und?«

»Greiner bleibt dabei. Er vermisst zwölftausend Mark.«

Und da hatte sie die Hände vor den Mund geschlagen, weil sie wieder diesen Ton in sich aufsteigen fühlte, den Heulton.

In den ersten Julitagen, kurz vor den großen Ferien, war es so heiß, dass die noch vom Winter her in den Mauern steckende Feuchtigkeit verdunstete; die Steine erwärmten sich, und das dunkle Grau nahm eine kalkige, wie Salzausschwitzung erscheinende Färbung an; die Taute war fast ausgetrocknet, sodass man im Flussbett zwischen den zusammengefallenen Schaumbergen die großen, oben schon getrockneten Steine sah, an denen sich hier und da, als suchten sie Halt, tote Fische ansammelten, die hellen Bäuche nach oben. Und über allem hing der von der Hitze freigesetzte, aus den Gullys und dunklen Winkeln aufsteigende Modergeruch.

Nachdem sie das Haus mit dem Brunnen davor betreten hatte, stieg sie die von Essens- und Klogerüchen durchzogene Treppe hoch, und auf halbem Weg muss sie gedacht haben, dass sie nun dazugehörte. Sie mochte weder die Stadt noch die Landschaft, am wenigsten aber das Haus, in dem sie wohnten, die Enge, den Gestank. Jetzt, dachte sie, war es auch ihr Gestank. War es nicht so, dass kurz nach ihrem Einzug, ebenfalls an einem Sonntagmorgen, ein Polizeiauto vorm Haus gestanden und man das Trappeln von Schuhen, das Pochen an einer Tür, laute Rufe – Aufmachen! – gehört hatte, weil ein des Autodiebstahls, des Einbruchs, der Messerstecherei beschuldigter Mann, der im ersten Stock wohnte, abgeholt worden war? Das war offenbar nichts Besonderes hier. Nun gehörten sie dazu, sie, ihr Mann, ihr Junge. Nun gehörten sie zu diesen Leuten. Jetzt waren sie angekommen.

Guten Tag, Tautenburg. Da sind wir.

Nachdem sie berichtet hatte, was sie mir erzählen zu können meinte, ging sie ins Wohnzimmer, zog die Vorhänge zu – das Rasseln der Ringe, mit denen sie an der Stange befestigt waren – und saß dann im grünlichen Licht reglos im Sessel, die Füße noch in den Schuhen nebeneinander. Bis zum Abend, ohne sich ein einziges Mal von der Stelle zu rühren. Es blieb lange hell, doch schließlich ging das Hellgrün in ein dunkles Flaschengrün über. Die Dämmerung kam, dann Dunkelheit. Ich schlich auf Zehenspitzen durch den Korridor, vorbei an der offenen Tür, wagte aber nicht, sie anzusprechen, schnitt schließlich in der Küche eine Scheibe Brot ab und ging damit in mein Zimmer.

»Fips, Fips«, rief sie, »du musst etwas essen.«

Konnte sich aber anscheinend nicht dazu durchringen,

selbst etwas zu essen oder sich wenigstens aus ihrem Sessel zu erheben. Endlich sah ich, dass im Korridor Licht gemacht wurde, ich hörte das Knarren der Dielen und sah sie auf Strümpfen durch den Korridor kommen.

»Meinst du, du kannst allein zu Bett gehen?«

Ich nickte. Natürlich. Warum sollte ich das nicht können?

»Gut«, sagte sie, »dann tu das bitte, ja?«

Sie nahm den Mantel vom Haken und ging zur Tür. Ihre Schuhe, Pumps, wie ich heute weiß, hingen noch an dem nach innen gekrümmten Zeige- und Mittelfinger ihrer linken Hand, sie ließ die Schuhe auf den Boden fallen, richtete sie mit dem Fuß auf und schlüpfte hinein. Bevor sie die Tür öffnete, warf sie einen Blick in den Garderobenspiegel, aber nicht wie sonst, wenn sie losging, sondern in einer Art Reflex, mit derselben Nachlässigkeit wie am Mittag, als sie sich auf den Weg zur Polizeiwache gemacht hatte.

Das war gegen neun. Als sie zurückkam, war es elf. Ich sah es auf dem dunklen Zifferblatt meiner Armbanduhr. Sie war zwei Stunden weg gewesen. Als ich ihre Schritte auf der Treppe hörte, löschte ich das Licht, das die ganze Zeit gebrannt hatte, und stellte mich schlafend, neben mir das Buch, in dem ich zu lesen versucht hatte, aber nicht hatte lesen können, weil mir die Buchstaben vor den Augen tanzten. Ich wünschte mir Ablenkung durch die im Buch erzählte Geschichte, aber kaum schlug ich es auf, verwirrte sich alles.

»Fips, du bist wach«, sagte sie, als sie hereinkam.

Beugte sich vor und legte mir die Hand auf die Schulter.

»Hörst du mich?«

Aber ich atmete nur tief ein und aus, und als ich einen Luftzug an meinem Ohr spürte, drehte ich mich, unwillig tuend, auf den Bauch und zog das Kissen über den Kopf.

Worauf sie über meinen Rücken strich, sich seufzend abwandte und hinausging. Und so hörte ich erst am nächsten Tag, wo sie gewesen war. Sie war zu Greiner gegangen, um ihn zur Rede zu stellen, und da sie ihn nicht zu Hause antraf, hatte sie sich auf die Treppe gesetzt und auf seine Rückkehr gewartet. Endlich war das Auto in den Hof gefahren, nicht der Bentley, sondern der Mini; sie waren zusammen ausgestiegen, er und seine Frau. Sie war ihnen entgegengegangen und hatte gesagt:

»Herr Greiner, ich bitte Sie.«

Worauf er gleich geantwortet hatte, er wolle sehen, was sich machen ließe, aber dass er die Sache anzeigen musste, würde sie ja wohl verstehen.

Ein paar Tage danach wurde ich nachts davon wach, dass die Fensterflügel aneinanderschlugen, eine warme Sommernacht, windig wie vor einem Gewitter. Ich stand auf, schloss das Fenster und ging in die Küche, um mir ein Glas Wasser zu holen. Die Tür zum Schlafzimmer war nur angelehnt. Als ich einen Blick hineinwarf, sah ich, dass das Bett nicht angerührt war. Herta war nicht zu Hause. Sie wird doch nicht, dachte ich, nach Plothow zurückgekehrt sein, denn es gefiel ihr ja nichts. Sie war es, die weggewollt hatte und nun, da sie weg war, am liebsten wieder zurückgegangen wäre. Oder wenigstens glaubte ich das. Ich schaltete alle Lampen an, in der ganzen Wohnung machte ich Licht und setzte mich dann ins Wohnzimmer in einen der neuen Sessel, die, glaube ich, grün waren. Und dann – ich weiß nicht, wie lange ich da saß, war ich eingeschlafen? – hörte ich ihre Schritte auf der Treppe, das Rasseln des Schlüssels im Schloss.

»Was machst du hier?«, sagte sie, als sie hereinkam. »Warum schläfst du nicht? Komm, Lieber, leg dich hin. Ich war nur kurz draußen, Luft schöpfen.«

Am nächsten Abend blieb ich wach, auch am übernächsten. Dann, gegen zehn, es war schon fast dunkel, hörte ich ein Rumoren in der Küche und gleich darauf das leise Klappen der Tür. Meine Sachen lagen über dem Stuhl. Ich zog mich an, sprang hinter ihr her die Treppe hinab und lief, am Brunnen vorbei, auf die Straße. Ja, da war sie. Auf dem Pflaster das Klappern ihre Absätze, sie ging nahe am Bordstein, schon fast auf der Straße, ich nahe an den Hauswänden. Sie hatte keinen Koffer dabei, nur einen kleinen Beutel, in den höchstens ein Butterbrot passte, ein Päckchen, ja so sah es aus, etwas Viereckiges, Würfelförmiges beulte den dünnen Taschenstoff aus, damit fuhr man nicht über die Grenze zurück, und doch dachte ich, dass es besser sei, sie im Auge zu behalten.

An der Kreuzung bog sie nach links ab, das war nicht der Weg zum Bahnhof, sondern zur Obertorbrücke, zur Taute, nun hätte ich umkehren können, aber ich ging weiter, hinter ihr her über die Chaussee aufs Gelände der Tuchfabrik, das im Dunkeln lag. Sie durchquerte den Hof und klinkte die Gartentür auf, hinter der das Greiner'sche Haus lag.

Sie will noch mal mit ihm reden, dachte ich, sie will ihm sagen, dass er die Anzeige zurückziehen soll.

Aber seltsamerweise bog sie nicht auf den Plattenweg zum Wohnhaus ein, sondern auf den Kiesweg, über den man, ohne am Haus vorbeizukommen, direkt zur Taute und dem darüber liegenden Pavillon gelangte. Sie hielt sich in der Mitte des Pfads, während ich daneben ging, auf dem Rasen, damit sie mich nicht hörte; halb verborgen von den Bäumen und Büschen, Kastanien und Rhododendren, folgte ich ihr.

An diesem Abend waren die Vorhänge, die gewöhnlich

offen standen, geschlossen, dicke gelbe Vorhänge, durch die ein schwaches Licht herausdrang, das man erst sah, wenn man sich dem Pavillon bis auf wenige Meter genähert hatte, dann bemerkte man das honigfarbene Licht, auf das sie, ohne zu zögern, zuhielt. Ich hörte sie klopfen, dreimal rasch hintereinander, und sah, wie ihr geöffnet wurde. Für einen Moment erkannte ich Greiner, dann schloss sich die Tür wieder. Ich setzte mich ins Gras, den Rücken an einen Baum gelehnt, und wartete. Es würde ja nicht lange dauern, bis sie wieder herauskam. Als mir langweilig wurde, stand ich auf und ging hinüber, um zu hören, worüber sie sprachen. Aber obwohl die Wände nur aus zusammengefügten Brettern bestanden, drang kein Laut heraus, kein Wort, und trotz der tiefliegenden Fenster war wegen der Vorhänge nicht das Geringste zu erkennen. Ich ging um die acht Ecken des Pavillons herum, und dann sah ich es doch.

Auch der Vorhang vor dem zur Taute hin zeigenden Fenster war zugezogen, aber es gab einen winzigen Spalt, durch den man ins Zimmer blicken konnte, es war nur ein Zimmer, der ganze Pavillon bestand aus einem einzigen Raum, der mit alten Möbeln eingerichtet war, die früher vielleicht drüben im Wohnhaus gestanden hatten, nun aber hierher gebracht worden waren, ein paar mit Leder bezogene Stühle, eine Kommode, und vor der Wand, auf die ich schaute, ein Sofa, auf dem sie saßen, das heißt, sie saß, während er vor ihr kniete, den Kopf zwischen ihren Beinen, die sie ein wenig gespreizt hatte, ihr Kleid war bis über den Bauch hochgeschoben, ihre Augen geschlossen.

Über das, was dann geschah, gibt es zwei Versionen, von denen ich, obwohl doch beteiligt, nicht sagen könnte, welche der Wahrheit entspricht. Oder ob nicht am Ende beide erfunden sind.

Die eine besagt, ich hätte mit einem Stein die Scheibe zertrümmert und mir beim Versuch, durchs Fenster zu klettern, die Verletzung am Arm zugezogen (deren Narbe bis heute sichtbar ist), ich sei also, da ich zwischen den Fenstersprossen hängen blieb, gar nicht ins Zimmer gelangt. Die andere: ich sei, nachdem die Scheibe herausgeschlagen war, ins Zimmer gesprungen und hätte mich, noch immer den Stein in der Hand, auf Greiner gestürzt, der mich nur abzuwehren vermochte, indem er mich im Ringkampf zu Boden schleuderte, auf die vorm Fenster verstreuten Scherben, ich hätte den Sturz mit den Händen abzufangen versucht, sei aber mit den Armen voran ins Glas gefallen.

Sicher ist nur, dass die Wunde, ein Schnitt am Unterarm, so heftig blutete, dass mein Hemd, die Hose, Hertas Kleid, der Fußboden, das Sofa, auch Greiners Anzug mit Blut besudelt wurden, wie eine Fontäne sprang es aus der verletzten Vene, bis Greiner eine Handbreit über dem Schnitt endlich die Stelle fand, an der er sie abdrücken konnte.

»Ins Krankenhaus«, sagte er. »Ich fahr' ihn ins Krankenhaus. Bleib du hier.«

»Nein«, sagte sie, »ich komm' mit.«

Während der Fahrt stand ich zwischen ihren Beinen, hinten im Fonds. Sie hatte die Hände fest um meinen Arm gelegt, aber sobald sie den Griff lockerte, tropfte das Blut auf ihr Kleid, das sie in der Eile falsch zugeknöpft hatte. Während wir durch die Stadt zum Krankenhaus fuhren, über die Taute, die Bahnschienen, durchs Neubaugebiet den Berg hinauf, sah ich den durch die falsche Öffnung geschobenen Knopf, der den Stoff über der Brust zusammenraffte, sodass er zwei hässliche Falten warf und ein Stück vom Hals abstand. Aber da ich glaubte, ich würde ohnmächtig, sobald ich den Mund aufmachte, sagte ich nichts, sondern schaute nur auf ihr Kleid, ihren Hals.

Greiner saß vorn und lenkte. Ab und zu drehte er sich um und sagte: »Er soll sich hinlegen.«

Ich konnte ihn nicht sehen, aber ich hörte es am Klang der Stimme, wenn er den Kopf wandte. Oder war es Kriwett, der fuhr?

Ja, auch Kriwett war da. Er war es, der den Wagen aus der Garage geholt und eine Decke auf den Boden gebreitet hatte, während die beiden, Herta und Greiner, die Blutung zu stillen versuchten. Inzwischen, schon im Hof, hatten sie einen Gürtel zu Hilfe genommen, den sie um meinen Oberarm schlangen, aber es gelang nicht, so fest sie auch zogen, das Blut rann weiter herab, am sichersten war es, den Daumen auf eine bestimmte Stelle am Arm zu legen und zuzudrücken.

»Was machst du bloß?«, flüsterte Herta. Da sie keine Hand frei hatte, um mich zu halten, umschlang sie mich mit den Beinen, die sie um meine Hüften geschlossen hatte.

Das war alles, diese paar Worte. Nach dem kurzen Palaver mit Greiner im Pavillon, war es das Einzige, was sie sagte. Was machst du bloß? Danach schaute sie wieder vor sich hin und schwieg. Auch später im Krankenhaus war es Greiner, der redete. Der Arzt kam mit fliegenden Kittelschößen den Gang herauf und beugte sich zu mir herab, während Greiner über ihm stand und in sein Ohr hineinsprach. Er erklärte ihm etwas, worauf dieser nickte und Herta und mich in das Behandlungszimmer schob. In der Tür drehte ich mich um und sah Kriwett noch mal, wie er hereinkam, die Mütze in der

Hand, und hinter ihm, gleich am Eingang, den Bentley, den er in der Auffahrt abgestellt hatte, damit Greiner gleich einsteigen konnte, wenn er zurückfuhr.

*

Am letzten Tag vor den großen Ferien wartete Georg vor der Schule auf mich. Er stand nicht, wie die Mütter und Väter, die gekommen waren, um ihre Kinder in Empfang zu nehmen, hinter dem Torbogen, der den Schulhof zur Straße hin abschloss, sondern auf der anderen Straßenseite. Dort hatte eine der beiden Brauereien eine Abfüllanlage errichtet, einen Flachbau mit einem die ganze Vorderfront einnehmenden Fenster, hinter dem man das Laufband mit den grünen Limonadenflaschen vorbeiziehen sah.

Die Jacke hatte er ausgezogen und über den Arm gehängt. Als er mich bemerkte, zögerte er, als sei er unsicher, ob es mir recht sei, dass er mich abholte. Doch als ich auf ihn zulief, setzte er sich in Bewegung und kam mir entgegen.

»Na«, sagte er. »Wollen wir ein Eis essen gehen?«

»Bist du wieder da?«

Er nickte und legte mir die Hand auf die Schulter. Wir gingen durch die Marktstraße und setzten uns, nachdem wir in die Hauptstraße eingebogen waren, im Eissalon Venezia an einen der Tische, die draußen unter den Sonnenschirmen standen. Er war am Morgen entlassen worden und gleich nach Tautenburg gekommen. Nachdem er bestellt hatte, fiel sein Blick auf mein linkes Handgelenk, das noch verbunden war. Seit dem Unfall, wie Herta meinen Einbruch ins Gartenhaus nannte und wie ich mir ihn ebenfalls zu nennen angewöhnt hatte, war eine knappe Woche vergangen. Der Verband war zweimal gewechselt worden, beide Male war ich mit Herta den Berg hochgestiegen, und beide Male hatte ich gehört, dass die Heilung gute Fortschritte mache und von der Verletzung nicht mehr als eine kleine Narbe zurückbleiben würde.

»Tut es noch weh?«, fragte er.

Ich schüttelte den Kopf.

Er schaute weg, verlegen, wie es schien, dann räusperte er sich und sagte: »Das tut man nicht.«

»Was?«

»Jemandem nachgehen.«

Er sagte es so leise, dass ich nicht sicher war, ob ich ihn richtig verstanden hatte, aber dann wiederholte er es: »Jemandem nachgehen. Fips«, sagte er dann, nun lauter, »Fips, ich werde jetzt eine Weile woanders wohnen.«

Und erst da merkte ich, dass er eine Tasche dabei hatte, nicht die, mit der er bei seiner Verhaftung die Treppe runtergegangen war, sondern eine andere, eine größere, die neben seinem Stuhl stand.

»Eine Weile?«

»Ja, ich melde mich.«

*

Später, viel später, als ich ihn bat, mir etwas über die Umstände ihrer Trennung zu erzählen, erfuhr ich, dass am Morgen nach der Frühstücksausgabe der Schließer in seine Zelle gekommen war und ihn aufgefordert hatte, seine Sachen zu packen. Er brachte ihn zum Büro des Direktors, wo ihm mitgeteilt wurde, dass der Haftbefehl aufgehoben worden sei und er das Gefängnis verlassen könne. Auf seine Frage, wieso, wusste der Direktor keine Antwort, das Einzige, was er sagen konnte, war, dass die Anzeige zurückgezogen worden sei, weil der Haftgrund entfallen war. Offenbar hatte sich, fügte er in seinen Papieren blätternd hinzu, das vermisste Geld, die Zwölftausend, wieder angefunden.

In den frühen Siebzigern, bei einer meiner ersten Reportagen, die ich für die Sonntagsbeilage einer großen Zeitung machte, war ich in diesem Gefängnis. Ich fotografierte den Hof, die Werkstätten, die Gänge, den Zellentrakt, die Zellen. Ich hatte mir diese Anstalt ausgesucht, weil sie eine der größten in Hessen war, aber das war nicht der einzige Grund. Wichtiger war, dass es sein Gefängnis war. Er hatte dort gesessen. Ich wollte den Ort sehen, an dem er festgehalten worden war, das Städtchen in der Wetterau, den alten Backsteinbau mit den vergitterten Fenstern.

Der Direktor führte mich herum, und als ich das Drahtnetz bemerkte, das wie ein Sprungtuch über den Schacht zwischen den Zellengängen gespannt war, dachte ich, dass er jedes Mal, wenn er daran vorbeikam, auf dieses Netz geschaut hatte … dass es ihn daran erinnerte, dass man es tun konnte und dass man es, wenn es so nicht ging, eben auf eine andere Weise versuchen musste. Man konnte es mit einem Stoffstreifen tun, den man aus dem Bettlaken riss und, nachdem man ihn zu einem Strick zusammengerollt hatte, um die Heizung knotete, mit einer Rasierklinge oder mit einer über den Kopf gestülpten Plastiktüte. Aber das hatte er nicht getan. Dieser Versuchung hatte er widerstanden.

11

In Plothow schickte mich Herta im Sommer manchmal mit der Thermosflasche zum Eisholen zur HO an der Seedorferstraße; mittags kochte sie Milchreis, der mit Zucker und Zimt bestreut wurde, oder Griesbrei, über den selbstgekochter Himbeersirup gegossen wurde, und wenn ich drängelte, dass ich zum Baden wolle, rollte sie zwei große Handtücher zusammen, steckte sie in das rote Netz, und wir gingen an den alten Kanal, der ein Stück hinterm Park vom neuen abzweigt, um nach ungefähr anderthalb Kilometern wieder in ihn einzumünden.

Die eine Badestelle lag hinter der Brücke auf der vom neuen und alten Kanal gebildeten Insel. Wir stiegen die Treppe zum Uferweg hinab, der von Pappeln gesäumt war und ein Stück weiter von Gebüsch überwuchert wurde; auf den sich zur Linken anschließenden Wiesen standen Pferde und Kühe, zur Rechten sah man über den Kanal hinweg die Gärten und die Rückseiten der Seedorferstraße-Häuser, die so niedrig waren, dass sie nur hier und da mit ihren Dächern über die Obstbäume ragten, einzig der Kirchturm, der inmitten eines kleinen Platzes hinter der Seedorfer auf seinem Sockel hockte, bildete eine Ausnahme und erhob sich, gut sichtbar vom Kanalufer, breit und gewichtig über den Bäumen und Dächern.

Am Ufer zog sich ein breiter Schilfstreifen entlang, der sich nur an wenigen Stellen zu einem Einlass öffnete. Ging man ins Wasser, war man sofort im Tiefen; die Füße standen auf etwas Glitschigem oder auf einer sich aus dem Grund hervordrückenden Wurzel, und das Wasser selbst war so schwarz, dass man nicht hindurchzuschauen vermochte, sodass jemand, der bis zum Bauch darin stand, wie ein Torso aussah, wie ein Halbierter.

Im Baumschatten breitete Herta die Handtücher aus und kramte etwas zu lesen hervor, während ich mich umschaute, ob nicht ein Junge da war, den ich kannte. Ab und zu rumpelte ein Pferdefuhrwerk über die Brücke, dann rieselte feiner Sand durch die Bohlenlücken, der in der schräg stehenden Sonne wie ein Mückenschwarm aussah. Am späten Nachmittag kamen die größeren Jungen, die die Schule hinter sich hatten und bei einem Handwerksbetrieb in die Lehre gingen, lehnten die Fahrräder an die gemauerte Brückeneinfassung, rannten zum Kanal hinab, spritzten sich Wasser ins Gesicht, unter die Achseln, stiegen wieder den Hang hinauf, kletterten auf das Eisengeländer und sprangen, was wegen des auf dem Kanalgrund liegenden Gerümpels, an dem man sich verletzen konnte, eigentlich verboten war, in der Luft alle möglichen Faxen machend, ins Wasser.

Die andere Stelle, die sich schon fast am Abzweig zum neuen Kanal befand, war den Erwachsenen vorbehalten, was wochentags hieß, den Müttern; hierher gingen sie mit den kleineren Kindern, um dem Trubel an der Inselbrücke auszuweichen, weshalb es in den beiden letzten Plothower Jahren regelmäßig Streit gab, wenn Herta zum Bogen – so hieß die Stelle – gehen wollte. Dort durfte ich nicht allein ins Wasser, und was sollte ich mit den kleinen Kindern, die vielleicht noch nicht mal zur Schule gingen, anfangen? Das waren doch keine Spielkameraden.

Dort war es, dass Lilo manchmal auftauchte, unverhofft.

Wenn sie uns zu Hause nicht antraf, dachte sie sich, dass wir zum Baden gegangen waren, und machte, bevor sie unverrichteter Dinge in die Stadt zurückkehrte, den Umweg zum Kanal, um nach uns zu sehen. Sie kam angeradelt, setzte sich zu Herta auf die Decke und packte Kuchen- oder Wassermelonenstücke aus, die sie mitgebracht hatte. Danach ließen sich die beiden zurücksinken und unterhielten sich, auf die Ellbogen gestützt, leise, oft den ganzen Nachmittag, während sie zwischendurch zu den Kähnen hinüberschauten, die auf dem neuen Kanal nach Parey unterwegs waren, wo sie nach Passieren der Schleuse in die Elbe kamen.

Zum Schwimmbad in der Schieferstadt gelangte man auf drei Wegen, von denen der kürzeste über das Gelände der Tuchfabrik führte. Man ging an den Lagerhallen vorbei, zwängte sich am hinteren Hofende durch einen kaputten Drahtzaun und kam so auf einen alten Sportplatz, der von den Schulen bei Wettkämpfen genutzt wurde, sonst aber nur noch der Jugendmannschaft des Fußballvereins als Trainingsplatz diente; nun hatte man, bei entgegenkommendem Wind, schon den Chlorgeruch in der Nase, der vom Freibad herüberwehte. Im Jahr vor unserer Ankunft eröffnet, verfügte es über ein großes Becken mit einer wettkampftauglichen Fünfzig-Meter-Bahn; von den ursprünglich hier liegenden Streuobstwiesen war der eine oder andere Apfelbaum stehen geblieben, der von den Kindern lange vor Reifen der Früchte geplündert wurde.

Dieser Weg, wie gesagt, war der kürzeste. So war ich vor Georgs Verhaftung und ein paar Mal danach gegangen. Nach dem Unfall aber machte ich um die Tuchfabrik einen Bogen, lief an der Taute entlang und überquerte dann eine eigens für den Freibadzugang errichtete Fußgängerbrücke.

Ich zog mich in der Sammelkabine um, hängte meine Sachen über den Bügel, gab ihn am Tresen ab und ging über die Wiese zum Zaun, wo ich immer an derselben Stelle (wegen Richard, den ich einmal dort liegen gesehen hatte?) das Handtuch ausbreitete, das mir Herta in den Rucksack gesteckt hatte.

Ich legte mich auf den Bauch, den Kopf auf die Hände, und schloss die Augen. Es war noch früh und so still, dass man das Summen der Bienen hörte, die den im Gras blühenden Klee absuchten; das an- und abschwellende Brummen der Autos, die auf der Chaussee nach Haiger oder weiter über Kalteiche nach Siegen fuhren, beziehungsweise von dort kamen.

Später, wenn sich das Bad füllte, baute sich eine aus vielen Einzellauten zusammengesetzte Geräuschglocke auf, ein sich über Becken und Liegewiese stülpendes Hallen, in das hinein vom Sprungbecken her das harte Federn und Nachfedern des Dreimeterbretts klang, gefolgt vom Eintauchgeräusch, einem beiläufigen Plopp, bei dem man unwillkürlich das elegante Wegschwingen des Körpers in die unteren Wasserregionen sah, oder ein breites, vom Tropfenprasseln gefolgtes Plumpsen und Platschen der Arschbombenspringer. Zwischendurch das ohrenbetäubende, an kleine Explosionen gemahnende Lautsprecherknacken, das den zumeist aus Anweisungen oder Suchmeldungen bestehenden Durchsagen des Bademeisters vorausging.

Im alten Kanal war das Wasser so stark von Pflanzenrückständen durchsetzt, dass man beim Tauchen buchstäblich die Hand nicht vor den Augen sah, hier aber, in der Schieferstadt, war es so klar, dass man im Nichtschwimmerbecken vom einen Rand zum anderen schauen konnte. Man vermochte sich unter Wasser zu orientieren, weshalb ich das Tauchen entdeckte, bei dem man mit den Arm- und Beinbewegungen eines richtigen Brustschwimmers zügig vorankam, sodass ich mich, in diesem Sommer fast mehr unter als über Wasser aufhielt. Wenn ich abends nach Hause kam, hatte ich Augen wie ein Kaninchen. Die Haut am Rücken, auf den Schultern, in den Kniekehlen war verbrannt und schälte sich nach ein paar Tagen; ich schlief auf dem Bauch, zugedeckt nur mit einem Laken, mein Nacken glühte, doch am nächsten Morgen rannte ich wieder los, die Heubach hinunter, über die Obertorbrücke, an der Taute entlang zum Schwimmbad.

»Am Mittag bist du zu Hause«, sagte Herta, aber es war etwas Unfestes in ihrer Stimme, das mich denken ließ, dass Mittag auch Nachmittag heißen konnte und Nachmittag Abend. Ich aß die Brote, die sie mir mitgegeben hatte, und wenn ich abends zurückkam und die Tür aufschloss (ich hatte jetzt einen Schlüssel), sah ich sie in der Küche an der Nähmaschine, die sie – ihr Herzenswunsch, sein Geschenk – als eins der ersten Dinge in der Schieferstadt gekauft hatten, daneben Schnittbogen oder auf einem herangezogenen Stuhl eine Modezeitschrift mit Abbildungen, auf die sie zwischendurch schaute.

»Aber Fips«, sagte sie, hob den Kopf und warf einen Blick auf die Uhr. »Fips, so geht das nicht. Ich habe Mittag gesagt. Hast du keinen Hunger?«

Sie ging, soviel ich mitbekam, kaum noch aus, nur zum Bäcker oder zum Rewe-Laden an der Ecke. Abends, nach dem Büro, schaute Frau Wolf herein, und daran, dass sie, während ich hinausgeschickt wurde, schon ihren Rock aufhakte, merkte ich, dass Hertas Näharbeit für sie bestimmt war.

Waren drei Tage vergangen, vier, eine Woche, als Georg zurückkam? Ich stieg die Treppe hoch, schloss die Tür auf und sah seine Tasche, die neben dem Waschbecken stand. Anscheinend hatte sie nicht mit ihm gerechnet, denn überall lag das Nähzeug herum, der Tisch, die Stühle, die Eckbank, alles war belegt, sodass er keinen Platz fand und sich mit der Schulter ans Fensterkreuz lehnte, während sie hinter der Maschine saß, sitzen geblieben war, wie er sie angetroffen hatte. Offenbar waren sie in ein Gespräch vertieft gewesen, denn als ich plötzlich dastand, sahen sie mich erschrocken an, wie ertappt. Dann fasste er sich, tat ein paar Schritte auf mich zu und zog mich an sich heran. Ich spürte seinen Atem am Ohr, am Hals. Er hatte getrunken, nicht viel, aber doch so, dass ich es roch.

»Na, Fips? Alles klar?«

Ich nickte und ging durch den kleinen Flur zum Wohnzimmer, hinter dem mein Zimmer lag. Am Abend, ich lag schon im Bett, hörte ich nebenan ein Rumoren, ein Hin- und Herschieben von Möbeln, und als ich noch einmal aufstand und zur Tür ging, sah ich, dass er das Sofa aufgeklappt und sich darauf ausgestreckt hatte. Er lag auf dem Rücken, die Hand auf der Stirn. Bei dem Geräusch wandte er den Kopf.

»Du schläfst ja nicht«, sagte er.

»Ich hab' doch Ferien.«

Das Sofa, die beiden Sessel, der höhenverstellbare Couchtisch, alles roch neu; der Stoff-, Holz-, Lack- und Leimgeruch, wie in einem Möbelgeschäft.

»Die Tür, kann ich sie auflassen?«

»Aber ja«, erwiderte er und drehte sich auf die Seite, sodass er mich im Liegen sehen konnte. Nach einer Weile stand er auf, löschte die Deckenlampe, kam in mein Zimmer, stellte sich ans Fenster und schaute hinaus; auf seinem Gesicht der Widerschein des Straßenlichts.

»Was ist denn das?«, sagte er.

Um den Fenstergriff hatte ich eine Schnur gewickelt, deren eines Ende durch das Loch im Boden einer leeren Konservendose gezogen war, die als Sprech- und Hörmuschel diente; die Schnur führte quer über die Straße zu einem Zimmer im ersten Stock des Rewe-Ladens, in dem ein Junge aus meiner Schule wohnte; ohne wirklich befreundet zu sein, spielten wir manchmal zusammen. Er nahm die Dose und hielt sie ans Ohr.

»Und?«, fragte er. »Funktioniert's?«

Am Morgen kam Herta herein, angezogen. Sie ging durchs Wohnzimmer an seinem schon leeren Couchbett vorbei, trat in mein Zimmer, an mein Bett, schaute mich an und ging wieder hinaus. Und als ich aufstand, sah ich, dass im Schlafzimmer, an dem ich vorbeikam, die Schranktüren offen standen, sie hatte einen Stuhl herangezogen, war hinaufgeklettert, angelte nach dem Koffer und warf ihn aufs Bett.

»Was ist los?«, fragte ich.

»Ach Fips«, sagte sie, »das ist manchmal so.«

Ihr Hin- und Hergerenne, mit gesenktem Kopf, ohne aufzuschauen, sodass man beiseitespringen musste, wollte man nicht umgerannt werden; Georg, wie leergeredet, in Hose und Hemd mit hängenden Schultern am gedeckten Küchentisch, die flüchtige Umarmung, mit der sie mich an sich drückte, das Aufnehmen des Koffers, ihre raschen Schritte auf der Treppe …

Heute denke ich, dass sich ihre Trennung, die mir so viel Kummer bereitete, beinahe lautlos vollzog. Was bei anderen

Gefühlsstürme auslöste, entfachte bei ihnen nicht mal einen kleinen Wind. So sah es aus. Er ging weg, dann kam er zurück, und nachdem er zurückgekehrt war, ging sie weg und zog in das Zimmer auf der anderen Tauteseite. Ein Hin- und Hertragen von Taschen und Koffern, das war alles.

12

Richards Mutter war eine kleine, etwas korpulente Frau, deren linkes Knie infolge eines bei der Flucht aus dem Sudentenland erlittenen Sturzes versteift werden musste, sodass sie das Bein nachzog und beim Gehen hin und herschaukelte. Sie hatte noch den Tonfall ihrer Heimat. In ihrer Küche stand eine große Radiotruhe. Am Samstagabend kamen ein paar Leute aus dem zweiten und dritten Stock, die sie eingeladen hatte, um mit ihr die neue Folge des vom HR gesendeten Krimis zu hören, einen Durbridge. Auf dem Gasherd wurden zwei Kringel Fleischwurst heiß gemacht, die sie mit einer Holzzange aus dem Wasser holte, in große Stücke schnitt und auf einen Teller legte; dazu gab es dick mit Butter belegte Brotscheiben, Senf aus einem offenen Steinguttöpfchen. Die Männer tranken Bier, das sie mitgebracht hatten, und die Frauen ein Glas Mosel.

Frau Wolf hatte ein schönes Gesicht, und ihr Haar, das grau zu werden begann, war so gut frisiert, dass es aussah, als ginge sie gleich zu einem Fest.

Auf einem Schränkchen neben der großen Radiotruhe stand ein Foto ihres Mannes mit einem Trauerflor über der rechten oberen Ecke. Er trug die Uniform der Wehrmacht und war, da er sich beim Einmarsch der Roten Armee zu Hause in Teplitz befand, von seinen tschechischen Nachbarn totgeschlagen worden. Richard, der zwei Jahre alt war, hatte alles mit angesehen und war daraufhin verstummt. Er hatte kein Wort mehr gesprochen, in Teplitz nicht, die ganze Flucht über nicht, nicht nach ihrer Ankunft in der amerikanischen Zone, nicht im Kindergarten an der Taute, in den er nach ihrer Ansiedlung in der Schieferstadt kam, nicht zu Hause in der Wohnung, in der sie noch immer lebten, nur manchmal im Traum ein tief im Rachen brodelndes Gurgeln, bis er eine Woche vor seiner Einschulung plötzlich den Mund aufmachte und sagte, dass er Hunger habe, worauf Frau Wolf, die eben von der Arbeit gekommen war, vor Schreck ihre Tasche fallen ließ und mit ihrem steifen Bein vor Glück zu tanzen begann. Richard redete völlig normal, er kannte alle Wörter, die andere Kinder seines Alters auch kannten, nur dass er in seiner fünfjährigen Schweigezeit den Tautenburger Dialekt angenommen hatte.

Das Hörspiel begann um acht und endete gegen neun, so lange lauschten alle, vorgebeugt, den Kopf ein wenig in Richtung Radiotruhe gewandt, die Unterarme auf den Knien. Nach der Absage, bei der sie sich wieder aufrichteten, stellte ich meinen Teller in die Spüle, gab Frau Wolf die Hand und ging über den Flur zu unserer Wohnung, in der mein Vater bei seinen Briefen saß oder dem grünen Buch, in das er seine Eintragungen machte, während die anderen noch ein bisschen zusammen blieben und später zur Radiomusik vielleicht auch tanzten.

Manchmal klopfte es kurz danach, und wenn ich öffnete, stand Richard davor und fragte, ob ich noch mit runterkommen wolle, vors Haus. Ich drehte mich zu Georg um, der mitgehört hatte und von seiner Schreibarbeit aufschaute.

»Ja«, sagte er, »geh ruhig.« Und schob dann nach: »Aber bleib beim Haus!«, worauf Richard an mir vorbei in die Küche rief: »Wir sind bloß am Brunnen.«

Zwei-, dreimal in der Woche sah man ihn, die Boxhandschuhe um den Hals, die Straße hinunterrennen, der Weg zum Training war bereits Training; manchmal, wenn ich Zeit hatte, schloss ich mich ihm an und lief neben ihm her zur Turnhalle, in der ein auf den Boden geklebtes Viereck den Ring darstellte. Die meiste Zeit ging mit Seilspringen drauf, mit dem Stemmen von Hanteln, der Arbeit am Sandsack, und später im Jahr – oder war es im nächsten, nach Hertas Verschwinden? – ging ich ins Kurhaus, in dem die Wettkämpfe stattfanden, ABC Tautenburg gegen BC Marburg, ABC gegen BC Wetzlar.

Der Ring wurde im großen Saal aufgebaut, in dem auch die Tanzveranstaltungen und Abiturfeiern stattfanden sowie die Missionswochenenden der Freikirchlichen Gemeinde. Die Zuschauer saßen auf Klappbänken, die eine Stunde vor Veranstaltungsbeginn aus einem Nebenraum geholt und um den Ring aufgestellt wurden. Da ich dabei half, brauchte ich nichts zu zahlen und saß, wenn es losging, in einer der hinteren Reihen. Bernd und Werner kamen auch, sie drängten sich zu mir in die Reihe, und wenn es vorbei war, gingen wir durch die Stadt zurück, den Berg hinab, über die Schienen, ein Stück durch die Friedrichsstraße, dann über das Flüsschen, die Obertorbrücke und, nun auf der anderen Seite, wieder den Berg hoch.

Richard war klein, breit, muskulös, aber nicht sehr beweglich. Feder-, später Leicht- und Weltergewicht, das waren seine Gewichtsklassen. Zu Beginn des Kampfs stand er auf platten Füßen im Ring, die Beine leicht gespreizt, den Kopf zwischen den hochgezogenen Schultern, die Arme angewinkelt vor der Brust. Die meisten Gegner überragten ihn um Kopfeslänge, sodass sie nur die Führhand vorzustoßen brauchten, um ihn sich vom Leib zu halten. Wenn er merkte, dass sie sich darauf verließen, schlug er die Hand, den Arm unwirsch zur Seite und versuchte, ein paar Körperhaken anzubringen, die ihnen die Luft nehmen und ihre Deckung nach unten ziehen sollten, damit der Weg zum Kinn frei war. Er pendelte die Schläge des Gegners nicht aus, sondern ließ sie, sich hinter der Doppeldeckung verschanzend, auf seine Handschuhe und Unterarme gehen, und wenn der andere sich müde geschlagen hatte, tauchte er unter dessen Armen hindurch und wühlte sich in ihn hinein, die Fäuste wie Dampframmen vorstoßend.

Nach dem Kampf, an der Hand des Ringrichters das Urteil erwartend, schüttelte er sich wie ein nasser Hund, der eben aus dem Wasser gestiegen war, und zog die linke Schulter hoch bis zum Ohr, während er nun endlich von einem Fuß auf den anderen tänzelte. Er war nicht schlecht; er hat mindestens so viele Kämpfe gewonnen, wie er verlor.

Später, fällt mir jetzt ein, heiratete er eine Vietnamesin, die er in Frankfurt kennengelernt hatte, und brachte sie mit nach Tautenburg. Als ihr auf dem samstäglichen Markt, den er mit ihr besuchte, eine anzügliche Bemerkung nachgerufen wurde, drehte er sich um und schlug das Großmaul mit einem linken Haken zu Boden.

13

Herta hatte sofort Arbeit gefunden, wenn auch von jener Art, der sie mit Mills Hilfe zu entrinnen gehofft hatte: im Bekleidungshaus Herzog, das sich über drei Stockwerke erstreckte. Ihre Stelle aber war unten, in der Damenabteilung, im Parterre.

Mittags, auf dem Heimweg von der Schule, machte ich manchmal einen kleinen Umweg und ging am Geschäft vorbei; sie hinterm Schaufenster zwischen den Verkaufstischen. Etwas Kühles, Hochmütiges hatte in ihre Bewegungen Einzug gehalten; ihre Gesten waren sparsam, der Blick, mit dem sie die Kundinnen musterte, eisig. Heute ist mir klar, was sie dachte: Glaubt bloß nicht, dass ich eine von euch bin. Dass ich mich mit einem eurer Männer gemein gemacht habe, hatte einen Grund, den zu verstehen euch mit euren Spatzenhirnen niemals gelingen wird. Und im Übrigen gebe ich ihn euch hiermit als zu gering zurück.

Denn das wusste man natürlich, dass sie es war, mit der sich Greiner getroffen hatte. Die Nachricht hatte sich wie ein Lauffeuer in der Stadt verbreitet und war sogar bis zu Richard gedrungen, der mich unter seinen hellen Wimpern her hochachtungsvoll anschaute, als er sagte: Meine Güte, mit Greiner. Und der Einzige, der dafür gesorgt haben konnte, war Kriwett, der Hausmeister und Chauffeur, der auf den Krach des splitternden Glases hin herbeigerannt war. Außer ihm gab es niemanden, der die Geschichte erzählt haben konnte. Und nun kamen nicht wenige in den Laden, bloß um sie in

Augenschein zu nehmen. Meistens erschienen sie zu zweit oder dritt, zwei oder drei Frauen, die an den Verkaufstischen vorbeischlenderten und Blicke herüberwarfen, während Herta noch eisiger zu schauen versuchte.

Bei aller zur Schau getragenen Verachtung wohl dünnhäutig, dreht sie sich, als eine Frau, eine Dörflerin mit dickem Dutt, die zum Einkaufen in die Stadt gekommen ist und ihre Geschichte gar nicht kennt, sie mit Fräulein anspricht, einfach um und geht weg.

»Hören Sie«, sagt daraufhin der Abteilungsleiter, der den Vorfall bemerkt hat und ihr gefolgt ist, »so geht das nicht«, worauf sie zum Spind eilt und ihren Mantel nimmt, dann aber, schon fast an der Tür, umkehrt und die Frau bedient, als wäre nichts geschehen.

Die Nähmaschine – also hatte sie sie damals schon?

Ja, ich sehe sie, den Rücken gebeugt, am Küchentisch, im gespitzten Mund die Nadeln, die sie aus dem unter dem Nähfuß schnell weglaufenden Stoff gezogen hat, um sie dann ein Stück oberhalb des Ellbogens an den Ärmel zu stecken. Das bedeutete, dass sie schon wieder zu nähen begonnen hatte, nicht mehr wie in der Kanalstadt auf der schweren, mit dem Fuß angetriebenen Singer, sondern auf einer kleinen Koffermaschine, einer der ersten elektrischen, auf deren Anschaffung sie nach ihrer Ankunft in Tautenburg gedrungen hatte, um zum Unterhalt der Familie beizutragen, und die dann doch nur noch zu ihrem eigenen beitrug, wenn überhaupt, denn sie verkaufte die Kleider, die sie nähte, ja nur im Ausnahmefall, in der Regel trug sie sie selbst. Sie benutzte sie, um sich von anderen zu unterscheiden. Entgegenkam ihr dabei ihr Formgedächtnis. Sie betrachtete ein Kleid von allen Seiten, prägte sich seine Besonderheiten ein und konnte es nachnähen; ebenso war es mit Kleidern, die sie auf Abbildungen sah, auf den ganzseitigen Fotos der Modezeitschriften, die, von einer anderen, aller Hässlichkeit baren, besseren Welt kündend, im Geschäft auslagen, ohne dass es die darin abgebildeten Kleider dort oder irgendwo sonst in der Stadt zu kaufen gab.

Für die anderen mochte die vom Bekleidungshaus Herzog geführten Sachen gut genug sein – für sie waren sie es nicht. Die Zeitschriftenbilder als Vorlage nutzend, nähte sie sich ihre Kleider selbst, kleine Kunstwerke, wie ich heute weiß, die sich weniger durch Extravaganz als durch Einfachheit und die Qualität der Stoffe auszeichneten, die die Vertreter in ihren braunen Musterkoffern in die Stoffabteilung brachten. Wenn einer von ihnen ins Haus kam, traf sie sich mit ihm auf dem breiten Treppenabsatz zwischen den Stockwerken; er schlug das große Musterbuch auf und hielt es, während sie die Finger über die Stofflappen gleiten ließ, gegen das Fenster.

Das Geschäft schloss um halb sieben. Sie kam, da sie mit niemandem Freundschaft geschlossen hatte, auf den sie warten musste, um mit ihm ein Stück zu gehen, als eine der ersten heraus. Über dem Arm die Tasche mit den in der Mittagspause gemachten Einkäufen, und zwischen diesen manchmal das heimlich eingesteckte Modeheft mit den ganzseitigen Fotos. Wenn ihre Kolleginnen zu zweit oder dritt aus dem Seitenausgang des Geschäfts traten, war sie meistens schon in der Passage, die auf die Hauptstraße führte; sie ging schnell, ohne nach links oder rechts zu sehen, überquerte vorm Rathaus die das Flüsschen überspannende Fußgängerbrücke, und verschwand nun, nachdem die Innenstadt mit ihren Reklamelichtern hinter ihr lag, schon im Dunkel der Straße, in der sich ihr Zimmer befand.

Meistens war es gegen fünf, wenn Georg zurückkam, ja, gegen fünf hörte ich seinen Schritt auf der Treppe. Er nahm zwei Stufen auf einmal. Daran erkannte ich, dass er es war, und schaute mich um, ob nicht irgendetwas herumlag, herumstand, mein Schulzeug, meine Turnjacke, ein Glas, aus dem ich getrunken hatte, Schokoladenpapier, ein von Richard geliehenes Jerry-Cotton-Heft.

Nicht dass Georg geschimpft hätte, aber sobald er etwas herumliegen sah, etwas, das dort nicht hingehörte, räumte er es weg. Das Glas stellte er in die Spüle, die Turnjacke legte er in mein Zimmer, das Schokoladenpapier warf er in den Mülleimer. Er sagte nichts, aber auf seinem Gesicht zeichnete sich der Schrecken ab, die Angst, dass wir in der Unordnung, im Chaos versinken könnten. So kurz nach der Trennung von Herta, denke ich, war dies seine größte Sorge.

»Na«, sagte er, wenn er hereinkam. »Na, Fips.«

Er sagte: Philipp, Fips, auch Filibuster.

Er zog das Hemd aus, stellte sich an den Ausguss und wusch sich die Arme. Er seifte sie kräftig ein, trocknete sich ab und deckte den Tisch, um, kaum war das Essen vorbei, das Geschirr in die Spüle zu räumen. Dann wischte er die Wachsdecke ab und breitete seine Papiere aus, Briefe und Unterlagen, die er aus einer Schublade des Wohnzimmerschranks holte. Und wenn ich sah, dass er darin vertieft war, nahm ich den Mantel vom Haken neben der Tür und sagte:

»Ich geh noch mal weg.«

Nebenbei, wie um ihn nicht zu stören, in Wirklichkeit

aber, um die Verletzung, die darin lag, dass ich zu ihr ging, so gering wie möglich zu halten, denn das war es ja wohl: eine Verletzung, die jedes Mal, wenn ich sagte »ich geh«, wieder aufbrach.

Er hob den Kopf, antwortete aber nicht, nickte nicht mal, sondern schaute in eine andere Richtung, pfiff vielleicht eine dieser sinnlosen Tonfolgen oder nahm den Radiergummi und radierte ein Wort weg, das er eben ins grüne Buch geschrieben hatte, war schon wieder bei seiner Arbeit, tat jedenfalls so.

Das Haus, in dem sie nun wohnte, war wie alle Häuser der Straße mit Schiefer verkleidet, das Dach mit Schiefer gedeckt, und ein Schieferhang war es, auf den sie abends, wenn sie heimkam, durchs Fenster schaute. Im Spätsommer, in dem sie einzog, war der Stein hellgrau, wie mit Kalk überstäubt, und bei Regen im Herbst schwitzte er noch eine Weile, nachdem es zu regnen aufgehört hatte, Wasser aus; es trat zwischen den Spalten hervor, sickerte herab und floss als kleines Rinnsal durch den Hof, eine dunkel-nassgraue Spur, die sich zwischen den Schuppen am Ende des Hofs verlor; in jenem Januar freilich, in dem sie verschwand, war der Schiefer gefroren. So kalt war es in diesem Winter, dass sich der Hang in eine glitzernde Glaswand verwandelt hatte, in der sich abends die Fensterlichter spiegelten.

An diesen Hang erinnere ich mich und an den Morgenmantel ihrer Wirtin, einen schwarzen, mit silbernen Sternen und goldenen Monden besetzten Morgenrock. Wenn ich Herta besuchte, war manchmal sie es, die öffnete, diese seltsame Frau, die ihren Kopf durch die Tür steckte und mich anschaute. »Ach, du bist es«, sagte sie mit ihrer vernuschelten

Stimme, die von einem schlecht zusammengenähten Riss in ihrer Oberlippe herrührte.

Sie, wie gesagt, öffnete manchmal, meistens aber war es Herta selbst. Sie kam auf Strümpfen an die Tür und zog mich herein.

»Komm«, sagte sie, und ich folgte ihr in das Zimmer mit der Nähmaschine am Fenster und dem Tisch in der Mitte, auf dem das Essen ausgebreitet war, das sie in der Mittagspause eingekauft hatte, Obst, Knäckebrot, Milch – alles lag, damit die Tischdecke nicht beschmutzt wurde, auf einer auseinandergerissenen Papiertüte.

»Hast du Hunger?«, fragte sie, worauf ich nickte, wie um sie nicht daran zu erinnern, dass ich schon mit ihm zu Abend gegessen hatte, mir einen Apfel nahm und hineinbiss. Wenn ich den Ärmel hochschob, sah ich, dass sie die Narbe an meinem Unterarm betrachtete, den roten Strich mit den drei roten Punkten auf jeder Seite, der langsam verblasste, und dachte dann, dass sie nun auf den Abend zu sprechen kommen würde, an dem ich ihr gefolgt war, aber das tat sie nicht.

So war es den Sommer über, den Herbst, den halben Winter. Abends, wenn ich wusste, dass sie von der Arbeit zurückgekommen war, lief ich in ihre Wohnung, blieb eine Stunde, und wenn ich ging, brachte sie mich zur Tür oder kam ein Stück mit und schlenderte, wie an jenem späten Augusttag, an den ich jetzt denke, neben mir her. Ihr Haar wippte auf und ab, der Duft ihres Parfüms wehte herüber, und nach einer Weile schob sie ihre Hand unter meinen Arm, sodass wir wie ein Paar nebeneinanderher gingen, die Frau und ihr junger Geliebter. Auf der Brücke blieb sie stehen, lehnte sich übers Geländer und spuckte ins Wasser. Ich stand neben ihr und sah ihr von der Sonne gerötetes Gesicht, ihren Hals, ihre sich unter dem Kleiderstoff abzeichnenden Schultern.

Es war damals, als sei die Stadt in zwei Hälften aufgeteilt, in die eine, die zu ihrem und in die andere, die zu seinem Terrain gehörte, und als sei das Flüsschen, die Taute, die Grenze, die nicht überschritten werden durfte. Oder nur im Ausnahmefall, morgens, wenn sie zur Arbeit gingen, dann fand, da sie auf seiner Seite arbeitete und er auf ihrer, eine Art Gebietsaustausch statt, der abends wieder rückgängig gemacht wurde. Er wechselte auf ihre Seite, und sie auf seine. Doch da sie verschiedene Brücken benutzten, er die Amtsbrücke, sie den Fußgängersteg, und da sie es zu verschiedenen Zeiten taten, bestand keine Gefahr, sich zu begegnen. Sie hatten sich nicht abgesprochen, und doch war die Taute zum Grenzfluss geworden, den nur ich überschreiten durfte, als Parlamentär oder Nachrichtenüberbringer, der ohne Nachricht ausgeschickt wurde und ohne zurückkam. Oder war ich selbst die Nachricht? An der Brücke verabschiedete sie sich von mir und kehrte wieder um.

An diesem Tag aber, Januar jetzt, Eis auf und unter der Brücke, dicke Mäntel, Handschuhe, hakte sie sich, nachdem sie sich schon gelöst hatte, wieder bei mir ein und ging weiter; es war Feindesland, das sie betrat, aber sie machte keine Anstalten, umzukehren, sondern schritt kräftig aus, sodass ich schon glaubte, sie habe sich entschlossen, zurückzukommen, doch eingangs der Straße, in der das Haus mit dem Brunnen lag, blieb sie stehen und schaute sich um, ängstlich auf einmal, als könnte sie ihn plötzlich auftauchen sehen. Aber das war eine unbegründete Sorge. Denn wenn er wusste, dass ich bei ihr war, ging er nicht aus, sondern wartete, bis ich zurückkam.

»Und nun, mein Freund«, sagte sie, »wirst du allein weitergehen müssen.«

Und kehrte, nachdem sie mir einen Klaps auf den Arm gegeben hatte, um.

Am nächsten Abend lief ich wieder los, die Treppe hinunter, die Straße entlang, über die Brücke, die andere Treppe wieder hoch und tippte zweimal gegen die Klingel. Und dachte mir nichts dabei, als nicht Herta es war, die an die Tür kam, sondern ihre Vermieterin, die Frau im schwarzen Morgenrock. Die Tür ging einen Spalt auf, und ihr Kopf erschien, ihr breites Gesicht mit dem Riss in der Oberlippe, der sie beim Sprechen die Schneidezähne entblößen ließ, und mit diesen Schneidezähnen sagte sie, dass sie mich nicht hereinlassen könne.

»Warum?«, fragte ich.

»Worim«, wiederholte sie. »Worim! Weil se weg is.«

»Weg?«

»Ausgezogen.«

»Wohin?«

Schulterzucken. Und damit begann es, etwas anderes. Mit diesem Hochziehen der Schultern begann das Danach. Ich wusste es nicht gleich, aber schon auf dem Rückweg war es mir klar. Die Frau schloss die Tür, ich stieg die Treppe hinab, und wie eben, auf dem Hinweg, noch alles zum Vorher gehört hatte, gehörte es jetzt zum Nachher. Die an dicken Stahlseilen über den Kreuzungen schaukelnden Laternen, an der Obertorbrücke der verspätete Weihnachtsbaum mit den im Wind tanzenden Kerzen, das Eisknistern, das gefrorene Pflaster, alles gehörte zur Zeit danach.

Als ich in die Küche kam, saß er wie vorher am Tisch, das

Gesicht hell vom Widerschein der Papiere, die vor ihm ausgebreitet waren, und schaute verwundert auf.

»Wie?«, sagte er. »Schon zurück?«

Und legte den Stift aus der Hand, einen blauen Stift mit dem Namenszug der Firma Greiner. Seltsamerweise hatte er nichts dabei gefunden, ihn zu behalten. Er wollte mit diesem Mann nichts mehr zu tun haben, aber den Kuli, auf dem der Name des Mannes stand, benutzte er weiter.

Das abschüssige Stück zwischen Treppe und Brunnen war zur Rutschbahn gefroren, das Brunnenwasser abgelassen, aus dem Löwenmaul hing eine Eiszunge. Am nächsten Morgen auf dem Weg zur Schule fiel mir ein, was Axel erzählt hatte, als wir dort standen: In Frankfurt sei nach einer der kalten Nächte ein Bettler gefunden worden, der erfroren auf einer Parkbank saß, zum Eisblock erstarrt, sodass man ihn nicht einfach in einen Sarg legen konnte, sondern ihn so, wie er war, abtransportieren musste, in dieser sitzenden Haltung, wobei äußerste Vorsicht geboten war, weil er im Fall eines Sturzes, etwa beim Verladen auf den Lastwagen, wie Glas in tausend Stücke zersprungen wäre. Und auf einmal wusste ich, was passiert war. Sie war am Abend noch mal hinausgegangen. Das tat sie manchmal. Wenn sie es in ihrem Zimmer nicht mehr aushielt, ging sie noch mal raus, zum Luftschöpfen, sie wanderte nur so durch die Straßen, das hatte sie erzählt. Und dabei war ihr etwas zugestoßen.

Es war Viertel vor acht, noch dunkel oder beinahe dunkel, um acht begann die Schule. Vorm Amtsgericht bog ich in den Hofgarten ein, ein kleiner Umweg, aber nun zog es mich in den Park, und als ich auf einer Bank etwas sah, etwas Schwarzes, das dort saß, klopfte mein Herz. Da saß sie. Aber als ich näher kam, sah ich, dass es etwas anderes war, ein schwarzer mit Abfällen gefüllter Sack. Ich stieß mit der Hand dagegen, er kippte um, eine Flasche fiel heraus und rollte über den Weg.

Sie ist tot, dachte ich trotzdem, erschlagen, erfroren. Bis mir Georg ein paar Tage danach den Brief zeigte, der am Morgen gekommen war.

»Hier«, sagte er und gab ihn mir.

Ich erkannte sofort ihre Schrift. Der Brief war an mich adressiert, mein Name war es, der auf dem Umschlag stand, aber er hatte ihn aufgemacht. Obwohl sie wusste, dass ich die kompliziertesten Bücher las, befleißigte sie sich eines Kindertons.

»Lieber Philipp«, schrieb sie, »es geht mir gut. Ich habe eine Arbeit angenommen, die mir Freude bereitet. Das Zimmer, in dem ich wohne, ist freundlich und hell.«

Das Zimmer, in dem ich wohne, schrieb sie, nicht aber den Namen der Stadt, nicht die Adresse, die verschwieg sie. Sie erwähnte sie weder im Brief, noch teilte sie sie ihn auf dem Umschlag mit. Insofern unterschied er sich nicht von den Briefen, die ich später bekam, von ihren Karten, den Ansichtskarten. Später waren es ja – sah man von dem Brief mit dem Automatenfoto ab – ausschließlich Ansichtskarten, die ich erhielt, und es stand fast nie etwas anderes darauf, als: Lieber Philipp, mir geht es gut. Wie geht es dir?

An diesem Abend ging er noch mal hinaus. Er ging nie abends aus. Seine Unsichtbarkeit hatte noch nicht begonnen, aber er ging nie aus. Nachdem er von der Arbeit gekommen war, blieb er zu Hause und saß, den Kopf in die Hand gestützt, unter der Küchenlampe über seinen Papieren, rauchte, stand auf, setzte sich wieder. Auch an diesem Abend würde es so sein, es sah ganz so aus. Nach dem Essen wischte er den Tisch ab, holte seine Papiere aus dem Wohnzimmerschrank und breitete sie aus. Aber nachdem er sich gesetzt hatte, stand er wieder auf, nahm den Mantel vom Haken neben der Tür und sagte: »Ich bin gleich zurück.«

Ich stellte mich ans Fenster und sah ihn aus dem Hausschatten treten. Er bewegte sich vorsichtig, doch plötzlich, kurz vorm Brunnen warf er die Arme hoch, sie ruderten durch die Luft, die Beine rutschten weg, aber dann fing er sich, strich den Mantel glatt, schaute zum Fenster hoch und ging weiter. Nach einer halben Stunde kam er zurück und legte etwas auf den Tisch, eine längliche Schachtel, die in braunes Packpapier eingeschlagen war, mit einem Bindfaden darum, der verknotet war, und in den Knoten eingebunden ein Zettel, auf dem mein Name stand.

Er war noch einmal in die Wohnung gegangen, zu der Frau mit der Hasenscharte. Sie hatte ihn nicht hereinlassen wollen. »Sie haben hier nichts zu suchen«, hatte sie mit ihren Schneidezähnen gesagt. »Gehn Sie! Oder ich hole die Polizei.«

Aber er hatte sie beiseitegeschoben, war zu dem Zimmer am Ende des Flurs gegangen, hatte die Tür aufgestoßen und sich, während die Wirtin im Flur stand und Drohungen ausstieß, umgeschaut. Der Tisch mit der Spitzendecke stand wieder in der Mitte des Zimmers, der Schrank, in dem ihre Sachen gehangen hatten, war leer, aber obenauf, auf dem Schrank, der so hoch war, dass die Vermieterin es nicht bemerkt hatte, lag ein Päckchen, an dem der Zettel mit meinem Namen hing: Für Philipp.

»Mach es auf«, sagte er.

Aber ich wollte nicht. Ich dachte überhaupt nicht daran, es aufzumachen. Wenn sie mir etwas geben wollte, sollte sie es selbst tun. Ich saß wie an dem Tag, an dem er morgens abgeholt worden war, auf der Eckbank, die Ellbogen aufgestützt, und machte ein verächtliches Gesicht.

»Na, komm«, sagte er, und als ich den Kopf schüttelte, seufzte er, ging zum Küchenschrank, nahm ein Messer heraus, schnitt den Bindfaden durch und riss das Papier auf.

Was drin war? Weiß nicht mehr. Ein Buch vielleicht, eine Schachtel Pralinen oder ein Paar Handschuhe, die sie in ihrem Bekleidungshaus gesehen hatte und die ihr gefielen. So wie sie Wert darauf legte, gut gekleidet zu sein, wollte sie ja, dass ich es ebenfalls war. Ja, sagen wir, dass es ein Paar besonders schöner Handschuhe war, das zum Vorschein kam, und dass ich sie ein paar Tage lang angezogen und dann irgendwo liegen gelassen habe, in der Schule oder in dem Papiergeschäft, in das ich nachmittags eine Weile regelmäßig ging. Auf den Regalen lag alles, was man zum Malen brauchte, Blöcke in verschiedenen Größen, Pauspapier, Farbstifte und Tuschkästen, Zeichenkohle und das durch ein gebogenes Röhrchen auf die Zeichnung zu sprühende Fixativ; in einer Ecke sogar eine Staffelei. Dorthin ging ich und schaute mir alles an, denn ich hatte zu zeichnen begonnen. Wenn ich eintrat, zog ich die Handschuhe aus und legte sie auf das Regal mit den Blöcken.

*

»Handschuhe?«, sagte Mila, der ich davon erzählte, viele Jahre später auf einer Reise in Biescas, wo wir Station machten, wo ich am frühen Abend in der nahe gelegenen Ermita de

San Juan de Busa meine Kamera aufgebaut hatte und auf den Morgen wartete.

»Handschuhe?«, wiederholte sie und schüttelte den Kopf. »Das glaube ich nicht. Bestimmt war es etwas anderes. Erinnere dich, Philipp, erinnere dich.«

Es war klar: Sie wollte, dass etwas anderes in dem Päckchen gesteckt hatte, ein Tagebuch oder ein langer Brief (am besten in der Form eines Romans aus dem 19. Jahrhundert, wie er in der Bibliothek ihres Vaters stand), ein Schreiben, in dem Herta erklärte, warum sie abgereist war, oder zumindest versprach, die Erklärung nachzuholen, später, wenn ich groß genug sein würde, ihre Beweggründe zu verstehen. Aber das war es nicht. Kein Tagebuch, kein Brief. Daran hätte ich mich erinnert.

Wie andere weite Pullover tragen, um ihre Dickleibigkeit zu verstecken, trug Mila weite Kleider, um darunter ihre Magerkeit zu verbergen. Jedenfalls war es so, als wir uns kennenlernten, in den Siebzigern am Theater, und so war es auch noch an dem Abend in Biescas, an dem wir auf die beiden zu sprechen kamen. Sie guckte unter ihrem Strohhut hervor und schüttelte, an ihrem Rotwein nippend, immer wieder den Kopf, während unter der Terrasse, auf der wir saßen, der Gállego vorbeitobte; mit großer Kraft warf sich das Wasser gegen die aus dem Flussbett ragenden Steine, fast wie in der Schieferstadt, wenn im Frühjahr das Schmelzwasser die Taute für ein paar Tage in einen richtigen Fluss verwandelte.

Aus einer bei dieser Reise benutzten Kladde:

M. – zerbrechlich, zartgliedrig, durchscheinend, langbeinig, langhalsig, dünn, dünnarmig; die Hände fassen Gegenstände, die sie aufnehmen, nur mit Daumen und Zeigefinger, als handelte es sich ausnahmslos um dünnwandige Teetassen … Unsinn natürlich, aber dadurch der Etepetete-Eindruck, den sie, darum wissend, durch gewollt kräftiges Auftreten zu widerlegen versucht. Dabei leise. Ihre Stimme erhebt sich (aus physischen Gründen?) nie über die untere Mittellage, sodass ich im Auto vor allem, mit dem wir über die Bergstraßen fahren – sie meistens am Steuer – oft nachfragen muss. Aber bemüht um lauteres Reden, also meiner beginnenden Taubheit entgegenkommend. Eindruck von Sanftheit. Abmachungen zwischen uns? Nein, wortlose Übereinkunft, wonach jeder das Spiel des anderen nach Kräften zu unterstützen, auf keinen Fall zu hintertreiben hat.

Wozu dieser Eintrag?

Früher, bei den Sitzungen im Theater, an denen ich manchmal teilnahm, saß sie mit rundem Rücken dabei und schrieb jedes Wort mit. Es war ihre erste Stelle, und sie glaubte, dass sich jedes Stück, das in den Spielplan aufgenommen wurde, am Ende in einen größeren Plan einfügen würde, den sie Gesamtdramaturgie nannte. Quatsch, sagte ich. Aber sie hielt daran mit einer solchen Ernsthaftigkeit fest, dass ich zu der Überzeugung gelangte, sie meine damit nicht nur den Spielplan (der, wie sie ja selbst sah, dauernd umgestoßen wurde), sondern noch etwas anderes, einen Lebensplan etwa, und wenn ich sagte: Das gibt es nicht, wurde sie wütend.

Ihre Kollegen, die Dramaturgen, liefen mit einem kleinen Buch herum, das aus ihrer Jackentasche hervorschaute: der Groddeck. Sie sagten: der Groddeck, Groddeck meint, im Groddeck steht. Kam man in das Café, in das sie nach den Proben gingen, sah man sie an einem Tisch sitzen und darin lesen, in der Hand einen Stift, mit dem sie am Rand Notizen machten.

Wenn sie einen bemerkten, hoben sie den Kopf und schauten herüber, wie um zu prüfen, ob sich das, was sie gelesen hatten, auf das, was sie sahen, anwenden ließ. Alles bedeutete etwas: ob man die Hand in die Tasche steckte, die Beine übereinanderschlug oder sich ans Ohrläppchen fasste. Und wenn sie einen dabei ertappten, lächelten sie, als wüssten sie etwas über einen, was man selbst nicht wusste. Die Dinge waren nicht das, was sie waren, sondern etwas anderes, und Mila hatte sich der Umdeutungswut ihrer Kollegen angeschlossen.

Diese Angewohnheit hatte sie abgelegt, aber den Glauben daran, dass die Dinge nicht zufällig geschahen, hatte sie sich bewahrt.

Nein, Philipp, sagte sie, kein Zufall, als ich ihr von dem blauen Brief erzählte. Kein Zufall, dass du nachts wach geworden und Herta nachgegangen bist. Und dass es nur ein Paar Handschuhe war, das in ihrem Päckchen lag? Unvorstellbar für die mit einem sicheren Gefühl fürs Dramatische Begabte.

Anfang der Achtziger hatten wir eine kurze, heftige Affäre, um dann festzustellen, dass wir nicht zueinander passten. In dieser Zeit war ich (wie konnte es anders sein?), ständig vom Wunsch besessen, sie zu fotografieren, doch die Bilder, die dabei herauskamen, waren so unbefriedigend wie unsere Liebesversuche, die immer mit einer Enttäuschung endeten.

»Es liegt an mir«, sagte sie, wenn sie sich unter mir wegdrehte.

Eben noch, als sie mich mit ihren Armen und Beinen umfing und sich an mich drängte, schien sie mir entgegenzufiebern, doch im nächsten Moment erstarrte sie und schob mich zurück.

Im ersten Jahr unserer Bekanntschaft lebte sie noch in Hamburg. Wir schrieben uns lange Briefe, in denen wir uns unserer Liebe versicherten, unserer Sehnsucht, unserer Begierde, doch wenn wir uns besuchten, fielen wir nicht etwa übereinander her, sondern saßen gesittet wie zwei Rentner beim Tee und sprachen über Theaterstücke, Filme, Ausstellungen, die wir gesehen hatten oder sehen wollten.

Da ich einerseits von ihrer Erscheinung bezaubert war und andererseits wusste, dass es keinen Sinn hatte, sie zu bedrängen – anscheinend brauchte sie Zeit, um sich aus einer früheren Beziehung zu lösen, Andeutungen wussten von einem komplizierten Verhältnis zu einem älteren Mann – ließ ich mich in der Hoffnung, sie irgendwann zu mir herüberzuziehen, auf das Spiel ein. Sie war ein paar Jahre jünger als ich und, wie mir zugetragen wurde, die Geliebte berühmter Männer gewesen, die alle älter waren, von einem Schauspieler war die Rede, einem Regisseur, einem Verleger, die sich, wie ich später merkte, als ich sie kennenlernte und die Rede auf Mila kam, alle in derselben Hoffnung gewiegt und genauso hingehalten und enttäuscht gefühlt hatten wie ich. Der Unterschied zwischen uns bestand darin, dass wir (Mila und ich) befreundet blieben, ja, dass die Freundschaft nach dem Ende unserer Beziehung eigentlich erst begann.

Ein Grund dafür mochte sein, dass sie Frauen liebte, was ihr nicht neu gewesen sein kann, ihr aber wohl erst in den Tagen unserer Trennung endgültig klar wurde, was nach anfänglicher Irritation den Vorteil hatte, dass damit die Fronten geklärt waren. Auch wenn sie bei mir übernachtete oder ich bei ihr, oder wenn sie für eine Weile bei mir wohnte oder wir, was öfter geschah, zusammen verreisten, war klar, dass das Eine nicht geschehen würde.

Es waren die nach Osten gelegenen Räume, die ich fotografierte, oder besser das Licht, das am Morgen hereinfiel. Wir fuhren die Landstraßen in der Provinz Huesca ab und machten in den Dörfern, die in der Nähe der oft schon halb verfallenen Kirchen aus dem zehnten, elften, zwölften Jahrhundert lagen, Station. Nicht die prächtigen Kathedralen in León oder Burgos interessierten mich, sondern die winzigen Kirchlein, die wie Steinhaufen in der Landschaft lagen.

Wir kamen am Nachmittag an, und während Mila nach einer Unterkunft suchte, ging ich in die Kirche, markierte die Stelle, an der ich die Kamera aufstellen wollte, und am nächsten Morgen, während Mila noch schlief, ging ich los, schraubte die Kamera aufs Stativ und richtete sie auf das Fenster am Kopfende der Apsis. Manchmal saß es hoch und schmal in der Mauer, sodass das Licht plötzlich wie ein Laserstrahl hereinschoss, ein anderes Mal hatte es die Form eines Schlüssellochs, und der Ausschnitt, den das Licht auf die gegenüberliegende Wand zeichnete, ähnelte einem Schwertgriff oder einem langstieligen Pilz. Für einen Moment schien das Licht hinter dem Fenster zu explodieren, und gleich darauf warf es ein Bild auf die Decke, die Wand, den Boden, das so scharf umrissen war, dass man meinte, es mit der Schere ausschneiden und mit nach Hause nehmen zu können.

Apsiden. Heute weiß ich, dass das Wort noch eine andere Bedeutung hat: Man bezeichnet damit auch den jeweiligen Punkt der kleinsten oder größten Entfernung eines Planeten vom Gestirn, das er umkreist.

Aus derselben Kladde:

Anstatt, wie wir es meistens tun, jeder in seinem Zimmer zu verschwinden, sitzen wir, als die Wirtin die Terrasse schließt, noch ein bisschen zusammen, Mila auf dem Bett, die Beine angewinkelt, und da sehe ich, als sie die Lampe beiseiterückt, sodass der Lichtstrahl einen Moment auf ihre Beine fällt, an den Schenkelinnenseiten, eine Handbreit unterm Schritt, über zwei hellen, also alte Narbenstreifen ein längliches vom Blut rot verfärbtes Pflaster. Worauf sie, meinen Blick bemerkend, das Hemd mit einem Ruck runterzieht.

Und eine Woche später, wieder in Deutschland:

Die beigefarbenen Koffernähmaschine von damals, das Ding, das in meiner Erinnerung herumrattert – dieselbe wie die, mit der sie auf Reisen ging? Und dieselbe, mit der sie zurückkam, beklebt nun mit diesen Abziehbildern, mit deren Hilfe sich ihr Weg rekonstruieren ließ?

14

Wir glaubten noch, es sei eine vorübergehende Abwesenheit. Oder ich glaubte es, während mein Vater es vielleicht nicht glaubte, aber nichts tat, um meinen Irrtum aufzuklären, im Gegenteil, er behielt diese zuversichtliche Miene bei, die mich auf eine gute Wendung der Dinge hoffen ließ.

Spritztour: ein Wort von ihm. Ein anderes, das sie ebenfalls benutzte: Luftschöpfen. Als sei die Luft etwas, das man mit dem Schöpflöffel aus einem Bottich holt. Ein drittes: Tote Zeit.

Seit Hertas Verschwinden war ungefähr ein Monat vergangen, als er nachmittags die Treppe hochgestürmt kam. Ich saß in der Küche am Tisch und hörte ihn die Treppe hochspringen, das Klappen der Wohnungstür, vom Korridor her seine Stimme: »Zieh dich an, Fips. Wir machen eine Spritztour.« Und schon stieß er die Küchentür auf.

»Eine Spritztour?«, fragte ich lahm und legte den Arm über das Zeitungsblatt, das vor mir ausgebreitet war.

»Ja, rasch«, rief er und schwenkte, um mich anzutreiben, den Schlüssel zwischen Daumen und Zeigefinger wie eine Glocke hin und her.

Unter der Zeitung lag ein Bogen Kohlepapier, darunter ein weißes Blatt, in der Hand hielt ich den Stift, mit dem ich die Umrisse einer sich an einem südlichen Strand räkelnden Badeschönheit nachgezogen hatte. Ja, ich pauste die Umrisse einer in der Zeitung abgebildeten Frau auf ein darunter liegendes Blatt – Kopf, Hals, Schultern, Hüften, Beine –, nahm danach das Kohlepapier weg und malte hinzu, was der Badeanzug verdeckt hatte: die Brustwarzen, den Bauchnabel, das Gekräusel des Schamhaars. Er hob den Kopf, als er herschaute. Aber wenn er das Foto bemerkte, sah er darüber hinweg. Er drehte sich um, ging in den Korridor, sodass ich Gelegenheit hatte, Zeitung, Kohlepapier und Zeichnung in der Schulmappe verschwinden zu lassen, kam mit meinem Mantel zurück und hielt ihn mir hin.

»Steig ein«, sagte er, als wir vors Haus traten.

Es war Schwepps Wagen, der Ford Taunus mit der sich aus der Kühlerfront hervorwölbenden Weltkugel, der neben dem Brunnen geparkt war. Er ließ den Motor an, lockerte die Handbremse, alles mit dem Augenzwinkern des Pflichtmenschen, der seine Zwänge für einen Moment abgestreift hat, und wir fuhren bergab, aus der Stadt hinaus, nicht über die Hauptstraße, sondern über Nebenstraßen, dann wieder bergan, vorbei an den im späten Februar wie ausgestorben daliegenden Schieferbrüchen (dem Berg zugefügte, jetzt verschorfte Wunden), an den kleinen, sich links und rechts der Straße öffnenden Tälern, in die man ein Stück hineinschauen konnte. Ich liebte diese Fahrten, bei denen das Unglück von ihm abzufallen schien; mit der Konzentration auf die Straße, aufs Fahren kam eine Ruhe über ihn, die sein Gesicht weich machte.

Ich saß neben ihm und spürte das Glück, in seiner Nähe zu sein, ein Gefühl der Geborgenheit, das ich weder in der Wohnung, noch sonst irgendwo empfand (schon gar nicht in der Schule), sondern nur bei diesen Fahrten, allein mit ihm, eingehüllt in den leichten Benzin-, Öl- und Gummigeruch, der sich mit seinem mischte, dem nach Zigarettenrauch und Rasierwasser, untermalt vom Summen des Motors, geschützt von der uns umhüllenden Blechhaut, schweigend meistens, in Gedanken.

Bis heute weiß ich nicht, was der Anlass für diesen Ausflug war. Löste er ein mir gegebenes Versprechen ein? Hatte er zugesagt, mir den Nachmittag zu schenken? Ich weiß es nicht mehr. Aber ich weiß noch, dass an diesem Tag etwas Neues begann, eine neue Phase des Unglücks.

Wir fuhren eine ganze Weile bergan, schließlich bog er zu einem Gasthof ab, der auf halber Höhe an einem Bergkegel lag, hielt an, und wir stiegen aus.

»Na«, sagte er und pumpte, die Arme in Schulterhöhe zurückwerfend, die Luft in sich hinein. »Ist es nicht schön heute?«

Ja, ein strahlendblauer Tag, so klar, dass man ringsum die weißen Bergkuppen sah, weiß nicht vom Schnee, sondern vom Raureif, von den in allen Weißschattierungen leuchtenden Bäumen; ein Tag mit einem Sommerhimmel, nur dass es kein Sommer war, sondern Winter, eiskalt, der Wind drang durch den Mantel. Wir stapften einen schmalen Pfad hinauf. Bei jedem Schritt spürte man unter den Schuhen, an denen das Gras knisternd entlangstrich, die hart gefrorene Erde, und wenn man etwas sagte, wehte einem der Atem wie Rauch vom Mund weg. Ein Fußweg von vielleicht zwanzig Minuten, oben der Blick nach allen vier Himmelsrichtungen, noch war es hell, aber das Strahlende war verblasst, die Sonne in einem rötlichen Schleier gefangen, nach Osten hin war der Himmel schiefergrau. Er schaute sich um und nickte.

»Hast du Hunger?«

»Ja.«

»Dann komm.«

Wir kehrten zum Gasthaus zurück. Schon im hallenden Vorraum schlug uns der Essensgeruch entgegen. Er öffnete die Tür, warf einen Blick in die Wirtsstube, drehte wieder um und lief hinaus. Ich weiß nicht, ob er jemanden entdeckt hatte, dem er unter keinen Umständen begegnen wollte, oder ob ihn die vielen Leute erschreckten, die an den Tischen saßen. Inzwischen war es dunkel geworden, und auf dem Parkplatz, auf dem zuvor nur unser Auto gestanden hatte, standen nun auch andere. Unwillkürlich hielt ich nach Greiners Wagen Ausschau, dem cremefarbenen Bentley, aber er war nicht dabei; nur ein Mercedes, ein Opel Kapitän und kleinere Wagen.

Vor dem Ford Taunus blieb er stehen.

»Na, Fips«, sagte er und warf mir einen unsicheren Blick zu, zog die gelbe Schachtel aus der Manteltasche, steckte eine Zigarette zwischen die Lippen, zündete sie an, und als er sie wieder aus dem Mund nahm, klebte sie an seiner Oberlippe fest und riss ein winziges Stück Haut heraus, unter dem ein Tropfen Blut hervorquoll, den er mit dem Handrücken abtupfte und nachdenklich betrachtete.

»Nanu«, sagte er.

Und damit begann es, deshalb erwähne ich den Ausflug, damit begann seine Verletzungszeit, auf die jene der Unsichtbarkeit folgte.

Zeit sage ich, in Ermangelung eines besseren Worts, meine aber nicht die verstreichende Zeit, nicht die in Tagen und Wochen messbare, sondern die Häufung von Missgeschicken, die sich in der Erinnerung wie ein eigener Lebensabschnitt ausnimmt, in dem nur hin und wieder kleine Pausen eintraten, abends etwa, wenn Schwepp manchmal aus Siegen herüberkam und mit seinem Clownsgesicht, dem Grienen in den Augen sowie den nach oben gezogenen Mundwinkeln die gedrückte Stimmung ein wenig auflockerte. Er hockte auf der Küchenbank und spielte mit dem Autoschlüssel, während Georg in den aus dem Wohnzimmer herbeigeschafften Akten blätterte.

Oder an manchen Abenden zu zweit, in denen er, das Blatt schräg vor sich, am Küchentisch saß und schrieb, Briefe, mit dem Füller natürlich, dem grünschwarz gestreiften, der schon in der Kanalstadt zu ihm gehört hatte, das Tintenfass, das blaufleckige Löschblatt, das braunlederne, mit einem Druckknopf verschließbare Federmäppchen, zwei, drei Kuverts und das große grasgrüne Buch, in das er, wenn er mit den Briefen fertig war, seine Eintragungen machte, während eine Zigarette nach der anderen auf der als Aschenbecher benutzten Untertasse verglimmte.

Hat er auch früher geraucht? Vor jenen mit dem Verkauf der Kamera (besser: Nichtverkauf) in Gang gesetzten Ereignissen?

»Ja«, sagte Lilo.

Hertas Freundin, bei der ich mich bei meinem ersten Besuch in Plothow danach erkundigte, bestätigte das, geraucht ja, aber in der Art von Herren, die sich in Gesellschaft eine Zigarette gönnen, er zündete sie mit einigem Pomp an, wedelte das Streichholz aus und warf es in den Aschenbecher, dann betrachtete er die Glut, führte die Zigarette an den Mund, sog den Rauch ein und ließ ihn, den Kopf zurückgelehnt, aus dem halb geöffneten Mund wieder austreten.

Lange bevor die Zigarette heruntergebrannt war, drückte er sie im Aschenbecher aus, wohingegen er jetzt noch den Filter mitrauchen zu wollen schien. Seine Finger, vor allem die Kuppen von Daumen, Zeige- und Mittelfinger, waren vom Nikotin dunkel gebeizt. Seine Hände, seine Haare, seine Haut, sein Atem – alles dünstete den Zigarettenqualmgeruch aus, er steckte in seinen Anzügen, seinen Hemden, seinen Pullovern, aber auch in den Fenstervorhängen, den Möbeln, in allem, was aus Stoff war oder eine Oberfläche hatte, die Geruchspartikel aufzunehmen imstande war.

War die Zigarette vorher ein Mittel gewesen, um den Genuss des Zusammenseins zu steigern, schien es jetzt, nach Hertas Verschwinden, als brauchte er sie zum Atmen, als müsste die Luft durch den Tabak gefiltert werden, um überhaupt den Weg in seinen Körper, seine Lunge zu finden, als sei die Atemluft nur durch die Anreicherung von Giften genießbar. Ständig hielt er eine brennende Zigarette zwischen den Fingern, zwischen den Lippen, oder eine Zigarette verglühte im Aschenbecher oder auf einer Untertasse.

Die Tage wurden länger, und immer öfter kam es vor, dass das Fenster nicht mehr nur für Minuten geöffnet wurde, damit der Qualm abzog, sondern die ganze Zeit offen stand, sodass man die Luft riechen konnte, die Erde, den nassen Schiefer.

Sobald es Zeit zum Abendessen war, legte er die auf dem Tisch ausgebreiteten Papiere zusammen, schob sie in eine Klarsichthülle und steckte sie in seine braune Aktentasche – das Zeichen für mich, den Tisch zu decken. Die Holzbretter, die Tassen, die Messer, alles holte ich aus dem Schrank, legte und stellte es hin, während er Wasser für den Tee in den Kessel laufen ließ.

Herta war abgereist, aber die Gewohnheiten, die sie geprägt, die Regeln, die sie aufgestellt hatte, waren geblieben. Wir kauften weiter in den von ihr bevorzugten Geschäften ein, aßen zur selben Zeit wie früher und saßen auf denselben Plätzen, nur dass ihr Stuhl neben das Fenster gerückt worden war und bloß noch herangezogen wurde, um als Ablage zu dienen oder wenn Schwepp kam.

Auch an der Bettgehzeit hatte sich, trotz meiner Versuche, sie nach hinten zu schieben, nichts geändert. Nun zeigte sich, dass er nicht weniger auf Ordnung hielt als sie. Ja, vielleicht war es so, dass erst jetzt, nach ihrer Abreise, die mit ihrem Auszug ins Wanken geratene Ordnung wiederhergestellt wurde. Spätestens um halb neun musste ich ins Bett, eine halbe Stunde danach kam er ins Zimmer und ermahnte mich, das Licht zu löschen, und morgens um halb sieben spürte ich seine Hand auf meiner Schulter und hörte seine Stimme: Fips, Fips, es ist Zeit.

In der Küche war dann der Tisch schon gedeckt, die Brettchen lagen an ihrem Platz, das Brot war geschnitten, das Marmeladenglas aufgeschraubt, die Milch dampfte im Topf; meine Kleider hingen über dem Stuhl, und darunter standen die Schuhe, frisch geputzt, nebeneinander.

Indem er so gut wie möglich an den täglichen Abläufen festhielt, war es, als erfüllte er ein Vermächtnis oder ein ihr gegebenes Versprechen, sodass ich manchmal dachte, sie seien vielleicht gar nicht im Unfrieden voneinander geschieden, sondern im Einvernehmen und er tue nur so, als wisse er nichts über ihren Aufenthaltsort, während er tatsächlich mit ihr in Verbindung stand und seine Instruktionen von ihr erhielt.

Ein paar Tage nach unserem Ausflug nahm er abends das Brot in die Hand, eines der großen, hartkrustigen Roggenbrote vom Bäcker in der oberen Hauptstraße, hielt es vor die Brust und setzte das Messer an, um uns ein paar Scheiben abzuschneiden, aber das Messer rutschte ab und fuhr ihm in den Handballen, er sprang auf, presste ein Papiertaschentuch auf die Wunde und schüttelte verwundert den Kopf.

Ein anderes Mal fiel ihm ein Glas aus der Hand, es zerbrach auf dem Boden, er bückte sich, um die Scherben einzusammeln, aber kaum streckte er die Hand danach aus, bohrte sich ihm ein Splitter unter den Fingernagel, der so winzig war, dass er ihn nicht herausziehen konnte, er schnitt den Nagel bis dicht über der Kuppe ab, stocherte mit der Pinzette herum, bekam den Splitter aber nicht zu fassen, sodass er sich in den Finger fraß und dann herauseiterte. Tagelang schwenkte er die Hand in einer aus Kernseife und heißem Wasser hergestellten Lauge hin und her, zuerst um die Entzündung und das Herauseitern zu befördern, dann zur Reinigung der Wunde, zwischendurch nahm er den Kessel vom Gasherd und schüttete heißes Wasser nach, das Wasser war sein Freund, bis es ihn ebenfalls verriet. Morgens, beim Kaffeeaufgießen stieß er den eben mit kochendem Wasser gefüllten Filter um und verbrühte sich die andere Hand, die linke, mit der er, einem Reflex gehorchend, den Filter aufzufangen versucht hatte.

Kaum waren die Hände verheilt – die Missgeschicke warteten stets ab, bis die Folgen der vorangegangenen abgeklungen waren –, kam er eines Abends die Treppe hochgesprungen, rutschte mit dem Fuß ab und knickte um, innerhalb von Minuten schwoll das Gelenk so stark an, dass der Fuß nicht mehr in den Schuh passte, und als er wieder hineinpasste, konnte er ihn noch Tage danach nicht zubinden, sondern musste ihn offen lassen und die Schnürsenkel herausziehen, damit er nicht darüber stolperte.

Das Brotmesser, das Glas, das Wasser, die Treppe ... sie waren zu Feinden geworden, zu einer Gefahr, er schnitt sich daran, rutschte ab, verbrühte sich, knickte um. An allem verletzte er sich, sogar am Papier, auch das Papier war zu einer Waffe geworden, die sich gegen ihn wandte, das dünne Zigarettenpapier und das scharfkantige Papier des Briefumschlags, den ich am Mittag nach der Schule aus dem verbeulten Blechkasten nahm, ein großer Umschlag, DIN A4, die Adresse war mit Maschine geschrieben, und der Absender nannte den Namen einer Firma, die so bekannt war, dass ich ihn schon gehört hatte.

Er trat, noch im Mantel, heran, öffnete den Brief, indem er mit dem Daumennagel unter die Lasche fuhr, und als er das Schreiben herauszog und gegen die Lampe hielt, sah ich, dass sich der Bogen unter seinem Daumenagel mit Blut füllte.

»Verdammt«, rief er, schlenkerte die Hand durch die Luft, ließ den Brief fallen und rannte hinaus. Ich hob den Brief auf und überflog ihn: Die berühmte Firma schrieb, dass die Position, die für ihn infrage gekommen wäre, leider gerade besetzt worden sei.

Ein so dicker Brief war es, weil ihm die Unterlagen beigefügt waren, die er bei seiner Bewerbung eingereicht hatte, sein handgeschriebener Lebenslauf, die Zeugnisse. Ich ging hinter ihm her und sah ihn im Wohnzimmer am Fenster stehen, er schaute auf die Straße hinunter und pfiff vor sich hin. Er hatte kein Licht angemacht, und obwohl es abends schon länger hell zu bleiben begann, waren bloß die Umrisse der

Möbel zu sehen und seine Gestalt vorm gerade noch hellen Fensterviereck.

Was arbeitete er damals? Hatte er überhaupt Arbeit?

Er ging morgens aus dem Haus und kam abends zurück, setzte sich an den Küchentisch und schaltete das Radio ein, das auf dem Bord neben dem Küchentisch stand. Das Briefeschreiben hatte er aufgegeben, er schrieb keine mehr, und es kamen auch keine mehr an. Stattdessen sprang er plötzlich auf, rannte, ein Staubtuch in der Hand, von Zimmer zu Zimmer und wischte die Armlehnen der Sessel ab, die Glasglocken der Lampen, den Spiegel im Flur, aber er schaute nicht mehr hinein. Früher hatte ich ihn manchmal dabei beobachtet, wie er vorm Spiegel stehen geblieben war und sich angeschaut hatte. Bevor er hinausging, stellte er sich vor den Spiegel, fuhr mit der Hand übers Haar, zupfte an seiner Jacke herum, und erst danach öffnete er die Tür. Das tat er nun nicht mehr.

Ohnehin ging er kaum noch aus, höchstens am Sonntag, aber er tat es nicht, um herumzuflanieren, wie er es früher getan hatte, als Herta noch da war, sondern meinetwegen, so wie er sich meinetwegen das Auto von Schwepp lieh. »Komm«, sagte er, wenn ihm gegen Abend auffiel, dass wir den ganzen Tag in der Wohnung verbracht hatten, »lass uns hinausgehen, Luft schöpfen.«

Es war noch nicht ganz dunkel, wenn wir vors Haus traten; die Kinder standen am Brunnen herum, schauten kurz auf und dann weg. Sie sahen ihn nicht, und er sah sie nicht. Ausgangs der Straße bog er nicht etwa in die Hauptstraße mit den Geschäften ein, sondern in die schmale Gasse, die dahinter verlief, in ihrem Rücken. Dennoch geschah es manchmal, dass uns jemand entgegenkam, den er kannte. Dann wechselte er auf die andere Straßenseite. Er grüßte nicht, und er wurde nicht gegrüßt, vielleicht, denke ich jetzt, gar nicht, weil die Leute ihn nicht grüßen wollten, sondern weil sie ihn nicht bemerkten. Er ging nahe an den Hauswänden entlang, die Hände vergraben in seinem Dufflecoat, und es kann gut sein, dass sie ihn einfach nicht sahen.

Mich sahen sie, ihn aber nicht.

»Was arbeitest du eigentlich?«, fragte ich, um ein Gespräch anzufangen.

»Ach«, sagte er und machte eine Bewegung mit der Hand, als verscheuchte er Fliegen. Seine Hand flog aus dem Hausschatten und verschwand gleich wieder darin.

»Ach!«

Und einmal als wir zurückkamen, die Heubach hoch, sahen wir Greiner. Er wartete vorm Haus, noch immer das mit dem Brunnen davor, ging, die Hände auf dem Rücken, auf und ab, nirgends war sein Auto zu sehen, der graue Bentley, also war er zu Fuß gekommen. Mein Vater trug seinen Dufflecoat, den aus einem rot-grün-blau changierenden Stoff mit den Lederknöpfen, und Greiner – wie immer, wenn er nicht als Edler von Clifden verkleidet war – einen Anzug mit Weste aus dem Stoff, den er für den besten der Welt hielt.

»Herr Karst«, sagte er, als wir herankamen.

Und auch da hatte mein Vater gesagt: Geh! Und mir einen Stoß in den Rücken versetzt.

Ich ging die Steintreppe hoch, aber nicht ins Haus hinein, sondern bloß bis zur Tür und blieb dort stehen, sodass ich mitbekam, was dann geschah. Es war die Zeit seiner Unsichtbarkeit, der Unsichtbarkeit meines Vaters, und dass jemand gekommen war und Herr Karst gesagt hatte, war mir, auch wenn es Greiner war, sein Feind, wie eine Erlösung erschienen. Hieß das nicht, dass der über ihn verhängte Bann seine Kraft verlor?

Die beiden Männer waren ungefähr gleich alt, und sie ähnelten sich auch sonst, beide waren groß und hatten die dunklen Haare nach hinten gekämmt, nur in ihrer Kleidung unterschieden sie sich: Greiner in seinem Anzug, mein Vater im Pullover und mit seinem Dufflecoat. Er war stehen geblieben, und während Greiner einen Schritt auf ihn zutat und etwas sagte, begann er den in verschiedenen Farben changierenden Mantel zuzuknöpfen. Ich konnte nicht hören, ob er etwas erwiderte oder ob er nicht bloß die ganze Zeit über mit Knöpfen beschäftigt war. Plötzlich drehte er sich um und kam hinter mir her die Treppe hoch, während Greiner mit hängenden Armen neben dem Brunnen stehen blieb. Dann drehte er sich ebenfalls um und ging weg, die Straße hinunter, in Richtung des Flüsschens, der Fabrik, des Wohnhauses und des Pavillons, zu dem ich Herta gefolgt war.

War er gekommen, um Abbitte zu leisten? Ja, so dachte ich damals: er wollte Georg um Entschuldigung bitten. So habe ich seinen Versuch, mit ihm zu reden, gedeutet. Aber wenn ich jetzt darüber nachdenke, bin ich nicht mehr sicher, ob es nicht noch einen anderen Grund gab.

Nein, keine gute Erinnerung an diese Tage, am schlimmsten war der Sonntag, und vom Sonntag wiederum war es der Nachmittag. An diesem Sonntagmittag aber sagte Georg: »Fips, zieh dich an.«

Ich quälte mich aus dem Sessel im Wohnzimmer, in dem

ich herumgegammelt hatte – meistens saß ich, die Beine über die Lehne baumelnd, quer zum Sitz und schaute in ein Buch –, stemmte mich hoch und schlurfte in mein Zimmer. Ich streifte die Trainingshose ab, die ich zu Hause anhatte, und stieg in die graue Stoffhose mit den Bügelfalten, alles in Zeitlupe, während er schon im Korridor stand, angetan mit seinem Dufflecoat, den er den ganzen Winter und das Frühjahr über trug, und wartete.

Es ging zu einem Restaurant an der Taute, in dem wir von nun an regelmäßig aßen, jeden Sonntag. Obwohl wir, wie ich denke, kaum Geld hatten, gehörte es von nun an dazu, Sonntagmittag in den Lindenhof, in dem wir fast immer dasselbe bestellten: Schnitzel mit Erbsen und Möhren, auf dem Tellerrand lag ein Zitronenschnitz, der in eine flache Edelstahlpresse geschlossen war. Durchs Fenster sah man auf der anderen Seite des Flüsschens die Schule, das Gymnasium, dessen Pausenhof an die graue Tauteneinfassung grenzte – das Fenster unseres Klassenzimmers: Hochparterre, das vierte von links. Während ich hinüberschaute, spürte ich Georgs Blick.

»Na«, sagte er, »alles in Ordnung?«

»Ja.« Ich nickte.

Lindenhof, Gasthaus Müller, Metzgerei Ernst – überall aß ich, da er nun wieder Arbeit gefunden hatte, und richtige Arbeit, eine, mit der er einverstanden war, zu Mittag. Er machte mit den Wirten einen Preis aus, und nach der Schule ging ich dahin, setzte mich in den Gastraum und bestellte eines der drei Stammessen, so hieß das, bis Frau Sacht Georg ansprach, die Großmutter von Bernd, einem der Jungen, mit denen ich auf dem Eisengeländer vorm Haus saß. Als sie hörten, sie und ihr Mann, dass ich nach Hertas Verschwinden im Gasthaus zu Mittag aß, waren sie übereingekommen, dass das für ein Kind nicht passend sei; sie fanden es besser, wenn ich mittags zu ihnen käme, und da Georg damit einverstanden war, ging ich von nun an zu ihnen.

Sie wohnten in einem handtuchschmalen Haus in der oberen Hauptstraße, das über drei Stockwerke verfügte; in jedem waren zwei kleine Zimmer untergebracht, es hatte zwei Eingänge, von denen der eine, der vordere, so gut wie nie benutzt wurde. Man betrat das Haus durch die hintere Tür und gelangte nach einem winzigen Vorraum in die Küche, in der bei meiner Rückkehr aus der Schule der Tisch gedeckt war.

Es gab jeden Tag Rinderbrühe mit kleinen Sternchennudeln als Einlage, Endivien- oder Gurkensalat und nach dem täglich wechselnden Hauptgericht ein Schälchen Kompott, Eingemachtes aus dem Garten. Nach dem Essen blieb ich noch ein paar Minuten sitzen. Frau Sacht nahm die Schürze ab und setzte sich zu mir. Ihr Mann war Lokführer und fuhr sein ganzes Arbeitsleben hindurch das Dietzhölztal hoch und runter, immer dieselbe Strecke; die Schienen führten hinter dem Werk entlang, in dem Georg seine neue Stelle gefunden hatte, sodass er, Sacht, die Veränderungen, die mit dem Tal vor sich gingen, aus der Nähe mitbekam. Eigentlich war es noch gar kein Werk, sondern eine riesige Baustelle, auf der Bagger und großrädrige Lastwagen herumkurvten, die die Erde aufrissen, während Bautrupps in rasender Geschwindigkeit eine mehrere hundert Meter lange Halle errichteten, in der die Walzstraße, das Herzstück des Werks, unterkam. Wenn Sacht, der trotz des technischen Berufs, den er ergriffen hatte, aus der bäuerlichen Welt stammte, davon erzählte, war nie auszumachen, ob es Freude war, die er dabei empfand, oder Angst.

Ich aß schon lange nicht mehr bei ihnen, aber wenn ich am

Haus vorbeikam, klopfte ich manchmal, worauf Frau Sacht die Tür öffnete und mich hereinließ, und dann zeigte sie auf ihren Mann, der am Tisch saß und mit unbewegtem Gesicht vor sich hin starrte. Während ich, ihrer Bitte folgend, von mir erzählte, trat sie hinter ihn und strich mit immer derselben Bewegung über sein Haar, worauf er nach einiger Zeit den Kopf hob und mich anschaute.

»Ach, du bist es«, sagte er mit heiserer Stimme.

Im zweiten Jahr nach seinem Schlaganfall schafften sie die Treppe nicht mehr, die Treppe zum Schlafzimmer, sie war zu steil; deshalb richteten sie sich im Wohnzimmer ein, durch dessen Fenster man die Leute auf der Straße vorbeigehen sehen konnte. Da es sich um ein kleines Fenster handelte, das niedrig in der Wand saß, sah man von den meisten nur den Rumpf; alles andere – Beine und Kopf – wurde von der Wand verdeckt.

Sie starben im selben Sommer, in dem Herta zurückkam. Als sie gefunden wurden, lagen sie eng umschlungen auf dem Sofa. Bernd, der ebenfalls zur Bahn gegangen war, erzählte, als ich ihn einmal in der Stadt traf, sie hätten einfach aufgehört zu atmen.

*

Das grüne Buch – wie ein alter Bekannter. Bei einem Blick in die Umzugskisten im Keller fand ich es, zufällig. Es steckte zwischen vergilbten Mappen und Schnellheftern, die neben dem Briefwechsel mit dem Vorstand des Werks, dessen Aufbau er leitete, vor allem Konstruktionspläne und Rechnungen enthielten, das eigene Haus betreffend; er hatte alles aufgehoben.

Auf der ersten Innenseite seine Initialen, G. K., kein Tagebuch im üblichen Sinn, eher Verwahrort für Notizen, mehr oder weniger zusammenhanglos, ganz selten mit Datum; dann Merksätze, Erinnerungsstützen, Zusammenfassungen von Gesprächen, mit Schwepp etwa (wohl auf mich gemünzt: »S. weiß von einem Internat im Schwarzwald«) oder mit Frau Wolf. Und Briefentwürfe, immer wieder, anfangs von Schreiben ans Verteidigungsministerium, später von Bewerbungen. Aber kein Wort über Herta, nur die Adresse ihrer ersten Wohnung, oder besser: des möblierten Zimmers bei der Hasenschartenfrau. Und dann doch etwas, nicht in dem grünen Buch, sondern in einem offenbar erst in den letzten Jahren angelegten schwarzen, das neben dem grünen in der Kiste steckte: unter der Adresse eines Gärtners, bei dem er Pflanzerde bestellt hatte oder bestellen wollte, eine Kontonummer, die des Heims, dessen genau Bezeichnung darüber stand, Alten- und Pflegeheim – Haus Martha, mit dem Zusatz für H. K. Seine sonst gestochen klare Schrift hatte etwas Flüchtiges, Hingeworfenes, als hätte er Mühe gehabt, den ihm vielleicht am Telefon gemachten Angaben zu folgen.

Hieß das, dass er, der sich weigerte, ihren Namen in den Mund zu nehmen, für ihren Heimaufenthalt aufgekommen war? Ihre Ehe war ja, obwohl sie seit über vierzig Jahren getrennt lebten, nie geschieden worden. Oder hatte er sich die Nummer notiert, weil er der Einrichtung eine Spende zukommen lassen wollte? Wozu dann aber dieses für H. K., das sich wie der Verwendungszweck ausnahm?

In einem ausnahmsweise mit Datum versehenen, sich über mehrere Seiten hinziehenden Eintrag im grünen Buch die Geschichte von Stoetzner. Im selben Herbst, in dem ich bei Sachts zu Mittag aß, las Georg sie in einer Zeitschrift, die beim Friseur auslag, und hielt sie, genauer als er es sonst zu tun pflegte, im grünen Buch fest. Warum? Weil er den Mann auf dem Foto kannte? Weil er fürchtete, dass ihm dasselbe widerfahren könnte? Entführung, Verschleppung in die Sowjetunion, Todesurteil, Erschießung?

Er glaubte, dass es sich bei dem Mann, von dem er las, um den Anwalt handelte, mit dem er nach seiner Flucht im Lager Marienfelde mehrmals gesprochen hatte, ein kleiner korrekt gekleideter Mann mit gelben Nikotinfingern. Er war Mitarbeiter der Freiheitlichen Juristen, die es sich zur Aufgabe gemacht hatten, Informationen über die DDR abzuschöpfen und die genannten Fluchtgründe auf ihren Wahrheitsgehalt hin zu überprüfen.

Der Mann, dessen Name im Artikel mit St. abgekürzt wird, kam selbst aus der DDR und war Anfang der Fünfziger in Erfurt, wo er sich bei seiner Verlobten aufhielt, wegen lockerer, als Staatshetze ausgelegter Reden verhaftet und in Untersuchungshaft genommen worden, hatte aber bei einem Arzttermin, zu dem er ausgeführt wurde, durch ein offenes Klofenster entkommen können und war schließlich bei Eisenach über die Grenze in den Westen gelangt. Zurück in Berlin, nun im Westteil der Stadt, gehörte er bald zu den profiliertesten Befragern der Freiheitlichen Juristen, ein Mann, der seine Gesprächspartner durch Hartnäckigkeit und Detailwissen zur Verzweiflung trieb und, was ihn wohl vor allem ins Visier der Stasi geraten ließ, in Artikeln die Menschenrechtsverletzungen in der noch immer sogenannten SBZ anprangerte.

Das Einzige, was Georg an ihm auszusetzen hatte, war sein Rauchen. Er war Kettenraucher und zündete sich eine Zigarette nach der anderen an, die eine verqualmte noch im Aschenbecher, während er schon die nächste in den Mund nahm, unsichtbar saß er in einer Qualmwolke, aus der seine Fragen herübertönten, sodass Georg, der ja selbst rauchte, in seiner Gegenwart die Packung stecken ließ und, wieder draußen, als Erstes seine Jacke auszog und zum Lüften hin und her schwenkte.

Das Rauchen war es, was Stoetzner dann zum Verhängnis wurde. Aus Angst, dass ihm nachts die Zigaretten ausgehen könnten, stieg er abends gegen zehn noch einmal die Treppe hinab, um sich an einem Automaten nahe seiner Wohnung mit Nachschub zu versorgen. Er steckte gerade die Münze in den Schlitz, als er von einem Mann angesprochen wurde, der ihn um Feuer bat. Er langte nach den Streichhölzern und erhielt im selben Moment von hinten einen Schlag über den Kopf. Ein Auto raste heran, ein als Taxi ausgerüsteter Opel Kapitän, die Türen wurden aufgestoßen und Stoetzner hineinbugsiert. Er war bei Bewusstsein und wehrte sich; seine Beine hingen heraus. Die Entführer schoben sie ins Auto, aber er trat um sich und hätte sich möglicherweise befreit, wenn nicht einer der Entführer eine Pistole gezogen und ihm ins Bein geschossen hätte, erst danach gelang es ihnen, die Tür zuzuschlagen und davonzurasen.

Seine Lebensgefährtin – nicht die Erfurterin, die im Verdacht stand, ihn denunziert zu haben, sondern eine ehemalige Kommilitonin, ebenfalls Juristin – war schon beim Krach, den das haltende Auto machte, ans Fenster geeilt, sodass sie das meiste mitbekam, den Kampf, den ihr Geliebter den Entführern lieferte, den Schuss ins Bein, den mit quietschenden

Reifen losfahrenden Wagen, der eingangs der Drakestraße fast mit einem Lieferwagen zusammengestoßen wäre und dann, nach einem Bogen über den Fußgängerweg, in Richtung Goerzallee/Hindenburgdamm davonraste, um (wie sich später rekonstruieren ließ) bei Teltow auf das Gebiet der DDR zu gelangen.

15

Eines Abends, es muss im zweiten Jahr nach Hertas Verschwinden gewesen sein, besuchte ihn eine Frau, die ich nicht kannte.

Wir wohnten nicht mehr im Haus mit dem Brunnen davor, sondern in dem mit den klappenden Türen. Es lag an der Straße zum Sportplatz hinaus und hieß, weil es acht Stockwerke und einen Fahrstuhl hatte, das Hochhaus. Wenn ich nachmittags auf dem Bett lag und las, hörte ich manchmal ein Pfeifen, das durch die Gänge zog, und gleich darauf ein Klappen und Knallen, als würden überall im Haus die Türen zugeworfen, aber sobald ich hinaustrat, um nachzuschauen, merkte ich, dass es der Wind war, der die Türen vibrieren und zufallen ließ, ein vom Haus selbst erzeugter Wind, denn es geschah auch, ein anderes Mal, dass man beim Blick aus dem Fenster sah, wie sich die Pappeln am Sportplatz unter den Schlägen des wirklichen Winds duckten, während es im Haus so still war, dass man das Fallen einer Stecknadel hören konnte.

Er war gerade von der Arbeit zurückgekommen, sein Mantel lag noch über dem Stuhl im Flur (ich sah es, weil ich in der Küche saß und die Tür offen stand), als es klingelte.

Er öffnete und bat die Frau herein. Ich sah sie an der Küche vorbei ins Wohnzimmer gehen, und da auch diese Tür offen blieb, beobachtete ich, wie sie sich setzte, ein Päckchen aus einem Beutel zog und auf den Tisch legte, und dort blieb es liegen, ein in graues Papier eingeschlagenes Päckchen, fast ein

Paket, das genauso hoch wie breit war. Er fragte weder, was es damit auf sich habe, noch machte er Anstalten, es zu öffnen. Sie saßen bloß da und unterhielten sich, aber so leise, dass ich kein Wort verstand. Einmal langte er hinüber und legte seine Hand auf ihren Arm, zog sie aber gleich wieder zurück. Nach ein paar Minuten erhob sie sich, strich ihren Mantel glatt und ging, wieder durch den Korridor, zur Tür, wobei sie kurz den Kopf hob und mir zunickte. Und doch erkannte ich sie nicht. Trotz des roten Schals, den sie trug, kam ich nicht darauf, wer sie war.

Er brachte sie hinaus, und da er nicht zurückkam, folgte ich ihnen. Neben dem Aufzug führte eine schmale Treppe nach unten, die durch eine graue Eisentür vom Etagengang getrennt war. Ich wollte sie gerade öffnen, als mein Blick durch das kleine in die Tür eingelassene Fenster fiel, und da sah ich sie. Sie standen auf dem Treppenabsatz und umarmten sich. Seine Arme umfassten sie, ihr Mantel war bis zum Schritt hoch gerutscht, ihr einer Fuß hing in der Luft, ein zitternder Fisch.

Ich schlich in die Wohnung zurück, in mein Zimmer. Und als ich eine Viertelstunde danach wieder ins Wohnzimmer kam, war das Päckchen verschwunden. Aus der Küche drang das Klappern von Tassen herüber; er deckte den Tisch. Beim Essen war er schweigsam wie immer.

»Wer war das eigentlich?«, fragte ich nach einer Weile.

»Wen meinst du?«

»Die Frau vorhin.«

Er sah mich überrascht an. »Ich dachte, du kennst sie.«

»Tue ich aber nicht.«

Er überlegte, dann sagte er: »Eine Bekannte.«

»Und was war in dem Päckchen?«

»Etwas, das mir gehört.«

»Etwas?«

»Ein Buch.«

Aber das war es nicht. Nach einem Buch sah es nicht aus. Es war ein würfelförmiges Päckchen, genauso hoch wie breit und tief.

Für wen hielt ich sie damals? Für eine der Frauen aus seinem Büro, dem barackenartigen Bau, der wie eine zu groß geratene Baubude aussah und einige Zeit vor der langen Werkshalle errichtet worden war? Als er mich vor Weihnachten zum ersten Mal dorthin mitnahm, roch es darin noch nach Holz und frischer Farbe, und unter der Decke des Mittelgangs, von dem zu beiden Seiten sechs oder sieben Zimmer abgingen, hing eine Leuchtröhre, die ein fahles Licht warf.

Er stieß eine Tür nach der anderen auf und sagte, während die Frauen auf ihren Stühlen herumschwenkten: Darf ich vorstellen? Mein Sohn. Worauf ich merkte, wie sich ihre Augen zusammenzogen; sie musterten mich, als versuchten sie seine Züge in meinen wiederzufinden, und dann kroch ein Lächeln in ihre Mundwinkel, das mich unsicher machte und zum Weitergehen drängen ließ. Es roch (auch das gehört zu meinem ersten Besuch dort) nach Parfüm und Kaffee, nach Lebkuchen und geschälten Apfelsinen; im Ausguss unter dem Durchlauferhitzer stapelten sich frisch gespülte Tassen. Ich reichte allen die Hand, und wir zogen weiter, zu seinem Zimmer, am Kopfende des Gangs.

Durchs Fenster sah man das von starken Scheinwerfern angestrahlte Stahlgerippe des im Bau befindlichen Walzwerks, dessen Name bereits auf den Schildern entlang der Straße stand. Schau, sagte er und zeigte hinaus. Dünne Schneeflocken trieben durch die Luft. Die von den schwere Betonteile transportierenden Lastern aufgewühlte Erde war gefroren und von einer weißen Reifschicht überzogen. Es klopfte an der Tür, und die Frauen, die ich begrüßt hatte, traten eine nach der anderen ein und blieben neben der Tür stehen; als Letzter erschien ein dicklicher junger Mann mit einer Hornbrille, die ihm auf die Nasenspitze gerutscht war, Herr Loewis, sein Assistent. Er trug einen Adventskranz mit vier brennenden Kerzen.

Ja, es war kurz vor Weihnachten, als er mich zu der kleinen Feier, die sie veranstalteten, mit ins Werk nahm, aber keine der Frauen, die ich an diesem Tag sah, war es, die ihn im Haus mit den klappenden Türen besucht hatte. Sie waren älter oder jünger, aber alle waren, wie es schien, von demselben Wunsch beseelt, ihm zu gefallen.

Schaute man im Gespräch auf seine Hände, glaubte man oft, er habe sie zur Faust geballt, schaute man aber genauer hin, sah man, dass der Daumen nicht wie bei der Faust über den Fingern lag, sondern von diesen, wie um ihn zu schützen, umschlossen wurde (auch waren die Finger nur leicht nach innen gekrümmt), sodass sich der Eindruck ins Gegenteil verkehrte. Meinte man eben noch, einen zu allem entschlossenen Mann vor sich zu haben, der keiner Auseinandersetzung aus dem Weg ging, sah man nun einen in sich gekehrten, Schutz suchenden, also des Schutzes bedürftigen – was ebenso falsch war.

In dieser Zeit hatte ich die Angewohnheit, unsichtbare Porträts zu zeichnen, indem ich mit dem Finger die Gesichtslinien der Leute nachzog, die ich sah, Stirn, Nase, Mund, Kinn. Die Hand lag auf dem Tisch, reglos scheinbar, und fuhr doch (wie unter Zwang) mit kleinsten, nur in der Fingerspitze spürbaren Bewegungen die Umrisse nach – eine auf engstem Raum ausgeführte Zeichenbewegung, die aber nicht weniger anstrengend war, als es die wirkliche gewesen wäre. Und in dieser Zeit war es, dass ich die Blicke der Leute zu sehen begann, die Blicke, die sie sich zuwarfen, die offenen und heimlichen, die zwischen ihnen hin und her gingen.

Damals holte er mich samstagmittags von der Schule ab; ich stieg zu ihm ins Auto, und wir fuhren am Flüsschen entlang zum Bismarckplatz, wo er den Wagen abstellte. Wir traten beim Metzger ein, beim Bäcker, beim Gemüsehändler. Es war kurz nach eins, die Stunde, zu der alle unterwegs waren, auch die Frauen, die man wochentags nicht in der Stadt sah. Sie eilten, den Einkaufskorb überm Arm, durch die Straßen. Und da bemerkte ich sie, die Blicke, die er mit ihnen tauschte, die immer von einem amüsierten Hochziehen der Augenbrauen, einem kaum merklichen Kopfnicken begleiteten Verständigungsblicke, mit deren Hilfe er, wie mir klar wurde, seine Verabredungen traf oder erfuhr, wenn es unmöglich war, eine getroffene Verabredung einzuhalten. Wenn ich mich umdrehte, kam es vor, dass ich in ein Gesicht schaute, das ihn ansah und sich, wenn bloß ich es war, der zurückguckte, rasch abwandte.

Das Irritierende aber war, dass ich diesen Blick nicht nur bei einer bemerkte, sondern bei mehreren, sodass sich die Linien, die ich mir zu sehen angewöhnt hatte, kreuzten, und nach einer Weile hatte ich das Gefühl, dass die Stadt von Blicken, wie von straff gespannten Drähten, durchzogen war.

Damals war es auch, dass ich in Ermangelung eines Fotoapparats, den ich mir zu Weihnachten gewünscht, aber nicht bekommen hatte, zu schreiben begann, zuerst auf den frei gebliebenen Seiten alter Schulhefte, dann in eins der kleinen, mit Leinenrücken ausgestatteten Notizbücher, die es im Papierladen zu kaufen gab. In dieser Zeit lief ich, da mich nichts zu Hause hielt, viel durch die Straßen, mit hochgestelltem Jacken- oder Mantelkragen, die Hände in die Taschen gestopft. Hin und wieder blieb ich stehen, zog das Notizbuch hervor und trug ein, was mir aufzuheben für wert erschien.

Damals hatte ich die Angewohnheit, mir vorzustellen, ich sei es, der die Verbrechen begangen hatte, von denen ich in der Zeitung las. Nachdem es Frau Sacht zu viel geworden war, für mich zu kochen, ging ich wieder ins Gasthaus am Bismarckplatz, in dem Georg mich angemeldet hatte. Das Erste, was ich tat, wenn ich reinkam, war, mir die Zeitung zu sichern. Ich nahm sie von dem Garderobenhaken, an dem sie hing, setzte mich an einen Tisch, legte sie neben das auf einer Serviette liegende Besteck und schlug die Seite mit den Vermischten Nachrichten auf, auf der von den Verbrechen berichtet wurde, die sich in der Gegend zugetragen hatten. Ich las sie, bis das Essen kam, beim Essen und danach, bis der Teller abgeräumt wurde. Ich studierte jede einzelne Meldung und benahm mich, wenn ich wieder auf die Straße trat oder wenn ich am Nachmittag herumstreunte, wie sich der Täter benehmen würde. Ich ging, mich ständig umschauend, eng an den Hauswänden entlang, immer gewärtig, plötzlich eine Hand auf der Schulter zu spüren, die mich als den Gesuchten festhielt, oder das Klicken von Handschellen zu hören, die sich um meine Handgelenke schlossen. Ich war es nicht, sagte ich, wenn ich festgenommen wurde, doch so, dass es unmöglich war, mir zu glauben. Noch war es ein Spiel, das ich mit den Verfolgern trieb. Merkte ich aber, dass ich mich bei der Vernehmung, die ich mir als eine Folge komplizierter Dialoge dachte, in Widersprüche zu verwickeln begann, verwandelte ich mich im Moment der Entlarvung in den Unschuldigen zurück (der ich ja war) und sah mit Entsetzen zu, wie es dem anderen erging, meinem Zwillingstäter. Wie er verhaftet und der Gerichtsbarkeit überstellt wurde, um im Wirbel der über ihn verhängten Verfügungen unterzugehen.

Wie alt war ich? Fünfzehn? Sechzehn? Wenn ich wusste, dass Georg abends spät aus dem Werk kam, ging ich noch mal los und streifte durch die Lokale am Bahnhof, am Sportplatz, hinter den Speditionsschuppen, die Kneipen, in denen nicht die Schüler, sondern die Arbeiter und Lastwagenfahrer verkehrten. Ich setzte mich in eine Ecke, bestellte eine Cola-Rum, zog das Buch mit dem Leinenrücken hervor und lauschte auf das Stimmengewirr an der Theke. Ich fing die Worte ein, die herüberdrangen, und verstaute sie wie Konterbande in meinem Buch, und einmal, als ich aufschaute, sah ich Kriwett, der, ein Bier vor sich, ein paar Tische weiter saß und herüberstarrte.

»Dich kenn' ich«, sagte er, als er meinen Blick bemerkte, »Bist du nicht? Ja, genau.«

Er suchte nach meinem Namen, aber er fiel ihm nicht ein, und da winkte er ab, stand auf, wankte hinaus, und als ich ihm folgte, sah ich ihn ein Stück weiter auf dem Bordstein sitzen. Er versuchte aufzustehen, fiel aber immer wieder zurück. Ich zog ihn hoch, fasste ihn unter den Achseln und brachte ihn über die Straße, wo es zum Greiner'schen Hof hinabging, Tuchfabrik stand noch über dem Eingang, aber nun war es nicht nur keine Tuchfabrik mehr, sondern auch keine Tuchhandlung, denn Greiner hatte die Firma immer mehr verkleinert und den Leuten gekündigt, bis nur noch Kriwett übrig blieb, der für den Hof, die Autos, das Haus, den Garten zuständig war, alle anderen hatte er entlassen. Wie es hieß, brachte er mehr Zeit in seinem Haus an der Themse zu als in dem an der Taute, nicht in London, sondern in einem Ort namens Twickenham, Themse aufwärts, bis sich zeigte, dass auch das falsch war.

Eingangs des Hofs blieb ich stehen und sah Kriwett zum Haus hinübergehen, ein wenig schräg, als lehnte er sich gegen den (nicht vorhandenen) Wind, dann klinkte er die Gartentür auf, trat ein und verschwand zwischen den Bäumen.

16

Am Abend Mila vom Bahnhof abgeholt, die, auf dem Rückweg von einer Gastspielreise, in Frankfurt Station macht. Sie kam vom Flughafen und wollte ursprünglich gleich weiterfahren, mit dem Zug nach Berlin, rief dann aber an und fragte, ob sie ein paar Tage bleiben könne. Natürlich. Und ob ich zum Bahnhof kommen könne. Auch das. Als ich dort hinkam, sah ich, was der Grund für ihre Bitte war.

Während ich zum Bahnsteig ging, an dem die Flughafenzüge hielten, kam sie mir entgegen. An ihrer Seite klebte ein kleines pummeliges Mädchen, das in geblümten Pumphosen steckte und unentwegt auf sie einredete und erst, als ich Milas Arm nahm, ihr Gequassel einstellte. Sie hob den Kopf, den sie die ganze Zeit gesenkt gehalten hatte, und sah mich unter ihren Rastalocken her an – ja, staubige Dreadlocks, Pickelstirn, lila Bluse – die Augen geweitet, fassungslos, nein, sie war doch nicht so jung, Knitterstirn, dann wanderte ihr Blick zu Mila, die freundlich vor sich hin lächelte, dieses versunkene, alles an sich abperlen lassende Lächeln, und nun explodierte die andere, oder besser: es explodierte in ihr, denn nach außen drang kaum mehr als ein Zischen.

»Ich kann's nicht fassen«, rief sie, zwischen Mila und mir hin und her schauend, »ich kann's nicht fassen.«

Und rannte, sich durch die Leute wühlend, die Rolltreppe hinauf.

»Annette?«, fragte ich, »war das jene Annette?«

Aber nein, war sie nicht, Annette war schon lange Vergangenheit. Es war eine andere Assistentin. Oder Schauspielerin? Ja, Schauspielerin.

»Sehr begabt«, sagte Mila.

Und reichte mir ihre Tasche, während sie den Rollkoffer zog.

Am nächsten Morgen, lange geplant, nach Tautenburg. Mila, die nach drei Wochen Japan todmüde, aber zu nervös zum Schlafen ist, kommt mit. Im Auto lehnt sie den Kopf ans Fenster und schließt die Augen, doch jedes Mal, wenn ich denke: Jetzt ist sie eingeschlafen, öffnet sie die Augen wieder und blinzelt.

»Schlaf doch einfach!«, sage ich.

Aber sie schlief erst ein, als wir in Tautenburg waren. Während ich herumging und die Jalousien hochzog, setzte sie sich im Wohnzimmer aufs Sofa, und als ich nach einer Weile wieder hineinschaute, sah ich, dass sie zur Seite gesunken war und tief ein und aus atmete, die Augen geschlossen.

Überall lagen seine Zettel herum. Mit dem Kugelschreiber hatte er sich in seiner steilen, gestochen scharfen Schrift Notizen gemacht, die oft nur aus zwei, drei Worten bestanden: P. anrufen. Oder: Regen den ganzen Tag. Auf der Konsole im Flur, dem Küchenschrank, dem Fernseher, neben dem Telefon – überall lagen solche Zettel. Holzschutzmittel kaufen, stand auf dem einen. Den Arzt nach dem Blutzuckerspiegel fragen, auf einem anderen. Er hatte in diesen Merksätzen festgehalten, was er auf keinen Fall vergessen wollte, und hinter jeden ein Ausrufezeichen gesetzt, das so endgültig aussah, als hätte er es mit dem Meißel ins Papier treiben wollen.

Dann, auf seinem Schreibtisch, noch ein Zettel, der keinen Merksatz enthielt, sondern offenbar das Notat eines Traums:

»R., schöne Insel auf einmal. Die Autos sind verschwunden. Ich gehe am Wasser lang. Von Weitem zwei Strandsegler (ein Mann und eine Frau?), die in rasender Geschwindigkeit heranfliegen, auf ein dünnes, in Brusthöhe über den Strand gespanntes Drahtseil zu, das sie, wie ich weiß, in zwei Teile schneiden wird. Ich rufe, gebe Zeichen, aber sie beachten mich nicht. Im letzten Moment hebe ich das Seil an, sodass sie darunter durchsausen können. Wie sie sich umschauen, als sie auf der anderen Seite sind. Wie sie lachen. Ich schaue auf die Uhr und sage: Wie schade, morgen um diese Zeit bin ich schon tot. Keine Furcht, nur Bedauern, weil es eben noch schön war.«

Dieser Zettel, beschwert mit dem gewöhnlich zum Öffnen der Briefe benutzten Taschenmesser am oberen Schreibtischrand, oder besser, diese zwei Zettel, es waren nämlich zwei, die mit der Heftmaschine aneinandergeklammert waren. Auf dem einen der Traum, auf dem anderen nur zwei Worte: »Ihre Stunde«. Was immer damit gemeint war.

Meinte er eine bestimmte Insel? Rømø, wo seine dänischen Freunde ein Haus hatten, in das er manchmal fuhr?

Auf einmal – hieß wohl, dass er sie eigentlich nicht schön fand. Aber warum fuhr er dann hin? Um seine Freunde zu treffen, die Leute, bei denen er im Krieg einquartiert war? Er stellte es, wenn er von ihnen sprach, als eine enge Freundschaft dar, aber er verbrachte nie mehr als einen Abend bei ihnen. Er fuhr mit dem Auto nach Tondern, wo sie wohnten, lieferte den Schnaps ab, der offenbar als Gastgeschenk erwartet wurde, blieb über Nacht und fuhr am nächsten Morgen weiter zu dem Haus, das sie für ihn freihielten.

Einmal, als er wieder eine Reise dorthin plante, rief er an und sagte: »Du könntest doch kommen.«

Das war seine Art, Wünsche zu äußern. Er sagte nicht: Komm! Sondern sprach vorsichtig, tastend, im Konjunktiv, in der Möglichkeitsform, als fürchtete er, einen zu bedrängen, wenn er seine Wünsche deutlich aussprach. Das wollte er nicht, auf keinen Fall, und erreichte gerade deshalb, worum er bat.

August fünfundsiebzig? Ja, vielleicht. Von dieser Zeit ist die Rede, fünfundsiebzig oder sechsundsiebzig.

Ich war gerade angekommen und stand in der Küche, er hatte Wasser aufgesetzt, für Kaffee, als wir einen hellen, trockenen Knall hörten, und als wir uns umschauten, sahen wir, dass der Metallring zersprungen war, mit dem die Kochplatte eingefasst war, er lag in zwei Hälften auf dem Herdblech. Normalerweise brachte ihn ein solches Missgeschick zur Verzweiflung (es zeigte ihm, dass sich die Welt gegen ihn verschworen hatte), aber an diesem Tag zuckte er bloß mit den Schultern, schaltete die Platte aus und rückte den Kessel auf eine andere Platte.

Das Haus lag zwischen niedrigen, mit Dünengras bewachsenen Hügeln, über die hinweg man die Dächer der anderen Häuser sah; vor manchen war die dänische Flagge aufgezogen, weißes Kreuz im roten Feld, und darunter waren die Saabs und Volvos abgestellt, die man erst bemerkte, wenn man die Bucht des eigenen Hauses verlassen hatte. Ein Weg führte durch die Hügel zum Strand, den er mir als den breitesten schilderte, den er je gesehenen habe.

»Gut, lass uns zum Strand gehen«, sagte ich, aber das wollte er nicht.

»Es ist noch zu früh.«

Warum war es zu früh? Und dann, als wir hinkamen, sah

ich es: Der Strand, der tatsächlich breiter war als alle mir bekannten Strände, war ein riesiger Parkplatz. Die Autos waren bis fast an die Wassergrenze herangefahren, die Leute saßen unter Sonnendächern, die sie neben den Autos aufgestellt hatten, ein Eisverkäufer irrte umher, und während der Strand zu den Dünen hin noch aus hellem Sand bestand, verwandelte er sich zum Wasser hin immer mehr in eine graue, wie mit der Ramme festgestampfte Piste. Im Grunde konnte man den Strand nur besuchen, bevor die Tagesausflügler kamen oder nachdem sie wieder abgefahren waren.

Dort also war sein Traum angesiedelt. Dorthin kehrte er viele Jahre nach seinem letzten Besuch auf der Insel im Traum zurück.

Nein, keine schöne Insel, auch nicht in der Erinnerung, deshalb schützte ich einen Termin vor und fuhr am nächsten Tag weiter nach Sylt.

Alle zwei Stunden ging eine Fähre von Havneby nach List, ein Katzensprung. Stand man erhöht, auf der Kaimauer etwa, sah man die Nordspitze der Nachbarinsel, die Fähre brauchte vierzig Minuten. Die Leute drängten sich aufs Schiff, setzten sich im Restaurant an die Tische und warteten darauf, dass das Schiff ablegte, um dann bei den herumhetzenden Kellnern Fisch zu bestellen, der hastig runtergeschlungen werden musste, schnell, schnell, damit sie vorm Anlegen in List fertig waren. Es war eine Fähre, aber auch ein Fress- und Saufschiff; die Deutschen bestellten eine Fischplatte mit Matjes, Aal, Lachs und Krabben und die Dänen eine Flasche Aquavit.

Davor warnte er mich.

»Geh nicht ins Restaurant. Wenn du Fisch essen willst, kauf ihn am Hafen.«

Als er mich zur Fähre brachte, zeigte er mir das Geschäft gegenüber der Anlegestelle, wartete, bis ich auf die Fähre ging, und fuhr dann in das Haus zwischen den Dünen zurück.

Ich hatte ihm erzählt, dass ich einen Tag auf Sylt bleiben würde, aber dann wurden es drei, und am Abend des zweiten sah ich ihn in Westerland eingangs der zur Kurpromenade führenden Strandstraße, ihn und die Frau, die ihn vor vielen Jahren im Haus mit den klappenden Türen besucht hatte.

Sie kamen mir in der Fußgängerzone entgegen, offenbar auf dem Rückweg vom Strand, er mit einem Campingbeutel, der über seiner Schulter hing, sie mit einem Netz, in dem ein zusammengerolltes Badetuch steckte und das sie mal über die eine, mal über die andere Schulter warf.

Diesmal erkannte ich sie sofort. Sie ging ein paar Meter vor ihm her, dann überholte er sie, und während er an ihr vorbeiging, streifte sie mit der Hand seinen Arm, dann blieb er stehen und sie ging an ihm vorbei – dasselbe, was ich schon einmal beobachtet hatte, in Marburg damals, auf einer Klassenfahrt, an der ich auf seinen Wunsch teilgenommen hatte –, dasselbe Ballett, dasselbe Umeinanderherumtanzen, und wie damals trat ich, als ich sie plötzlich sah, in den Eingang eines Geschäfts und ließ sie, hinter einem Kartenständer verborgen, an mir vorbeigehen, ehe ich wieder hinaustrat und ihnen nachschaute.

Sie blieb vor einem Laden stehen. Er blickte zu ihr hinüber, schließlich drehte er sich um, ging ausgangs der Fußgängerzone über die Straße, setzte sich auf eine Bank und legte die Arme auf die Lehne, während sie zu einem am Straßenrand geparkten Auto lief und einstieg. Das war der Moment, in dem ich unsicher wurde. War sie es wirklich? Lisa? Im Auto saß ein Mann, der auf sie wartete, nicht Greiner, von dem war sie ja längst geschieden, sondern ein anderer mit grauem Stoppelhaar. Sie beugte sich zu ihm hinüber und gab ihm einen Kuss auf die Wange.

Dann aber, als das Auto anfuhr, drehte sie die Scheibe herunter, ließ die Hand heraushängen und machte in Georgs Richtung ein Zeichen, indem sie zwei Finger abstreckte, worauf er nickte und vage die Hand hob, und als das Auto auf den Platz einbog, sah ich das Kennzeichen, MR. Und wusste nun, was es mit dem Telefongespräch auf sich gehabt hatte.

Wir waren gerade von unserem Strandspaziergang zurückgekehrt, als das Telefon klingelte. Er hob den Hörer ab, und ich hörte ihn sagen: »Wie? Du bist schon da?« Es klang überrascht. Er stand neben dem Telefontisch im Wohnzimmer und drehte sich von mir weg zum Fenster, hinter dem man die Dünen sah, durch die wir gestapft waren.

Jetzt verstand ich, wie die Dinge zusammenhingen. Sie war es, die angerufen hatte, Lisa. Sie machte mit ihrem zweiten Mann auf Sylt Urlaub und nutzte die Gelegenheit, sich mit Georg zu treffen. Offenbar hatte er nicht mit ihr gerechnet, noch nicht. Er wollte, dass ich ihn besuche, und nun war sie früher gekommen als erwartet. Deshalb hatte er nicht protestiert, als ich am nächsten Morgen sagte, ich würde weiterfahren. Ich will nicht sagen, dass er froh darüber war, aber das machte es ihm leichter, sich mit ihr zu treffen.

Die Verwandtschaft der Liebenden – ein Notizbucheintrag, ebenfalls aus dieser Zeit. Von ihm inspiriert? Gemeint war wohl, dass die Beziehung blieb, auch wenn die Liebe vorbei war. Die Liebenden als eine Art Familie, die nicht durch Abstammung, sondern durch Erinnerung zusammengehalten wurde. Seine Freundinnen – wie hießen sie? Die heimlichen Verabredungen, die er mit ihnen traf, die Wege zum Hotel, die Pensionen am Waldrand, die Abende, die Nächte, die Blicke in der Frühe, während der andere noch schlief, durchs Fenster, die Abschiede auf dem Parkplatz, oder der absurde Tanz, den er mit Lisa (und Lisa mit ihm) in der Fußgängerzone aufführte – war das nicht etwas, das enger zusammenschweißte, als Verwandtschaft es tat, Familiennachmittage, ein gemeinsamer Großvater, ein vertrottelter Onkel, eine die Erbschaft für sich reklamierende Schwester?

Ja, dachte ich, bis ich, zu Besuch in Tautenburg, mit ihm durch die Stadt ging: Dieselben Frauen, die uns entgegenkamen, es gab sie noch, sie schauten kurz auf, aber der Glanz war verschwunden, die Drähte gekappt; sein Telefon, das eine Weile dauernd geklingelt hatte, verstummt. Und da wusste ich, dass es vorbei war. Dass er sich entschlossen hatte, allein zu bleiben. Ja, dass es noch nicht einmal eines Entschlusses bedurft hatte, sondern einfach geschah. Offenbar war die auf das Nachlassen der erotischen Spannung folgende Auflösung der Gemeinschaft so wenig der Absicht der Beteiligten unterworfen, wie es das Aufflackern der Leidenschaft und der Ewigkeitswunsch der frisch Verliebten mit dem daraus resultierenden Gefühl der Zugehörigkeit gewesen war.

17

Meer – das erste Mal mit beiden, ihm und ihr, von Plothow aus, im Jahr vor der Schieferstadt, als aus der Sicht des Jungen noch alles in Ordnung ist: ein Nebenmeer, vorher unter seiner Anleitung auf der Karte betrachtet, nicht ernst zu nehmen, im Vergleich zum wirklichen Meer eine Pfütze, und doch tückisch genug für einen Mordanschlag auf ihn, den Vater, der zu dieser Zeit noch ausschließlich so genannt wird: Papa.

Die Fahrt: ein in die Länge gezogener Traum aus vorbeifliegenden Bäumen, Wiesen, Kohlenstaub, zischendem Dampf, Kleinstadtbahnhöfen (in denen der Zug oft lang genug hält, um am Bahnsteigkiosk eine Süßigkeit zu besorgen), aus Gedränge und vor Müdigkeit zufallenden Augen ... Schon kurz hinter Berlin beginnt das Ausschauhalten. Wo ist sie, die Ostsee? Nach jedem Wald, den sie durchqueren, hinter jeder Biegung und Bodensenke glaube ich sie auftauchen zu sehen, in jedem Gewässer, jedem Teich, jedem in der Ferne schimmernden Flüsschen ihren Vorboten zu erkennen. Ist sie das? Oder wenigstens ein Teil von ihr? Dabei muss nach langem vergeblichen Gucken noch ein Umsteigen bewältigt werden, vom großen Zug in einen kleinen, und nun geht es, wieder unter einer schwarzen Dampfwolke, an einer nicht enden wollenden Allee entlang, an bewaldeten Hügeln, hinter denen sie wirklich liegen soll, die See. Die Brote sind längst aufgegessen, die Wasserflasche geleert, es riecht nach Äpfeln oder Apfelschalen, nach Ruß, Zigarettenqualm und verschmutzten Toiletten, das Händewaschwasser ist versiegt, die abgewickelten Klopapierrollen zertrampelt in ekligen Pfützen am Boden.

Der Vater schaut nun ebenfalls schon seit einer Weile zum Fenster hinaus, er zieht den Jungen an sich heran, sodass er zwischen seinen Beinen zu stehen kommt, und da ist sie, in einem Hügelausschnitt zeigt sie sich, die unter der Nachmittagssonne im Dunst verschwimmende blassgrüngelbe Fläche der See. Gleich wird sie wieder von einem Hügel verdeckt, taucht nun aber in immer kürzeren Abständen auf. Die Tür zur Plattform, die früher nur geöffnet wurde, wenn jemand von einem Wagen in den anderen wechseln wollte, bleibt offen; die hereindringende Luft schmeckt noch immer nach Ruß, zugleich aber ist etwas Frisches da, etwas Verheißungsvolles. Der Zug ist langsamer geworden und stößt in kurzen Abständen schrille Pfiffe aus. Sie fahren an Häusern vorbei, einer geschlossenen Schranke, vor der Leute warten, die Badesachen anhaben, an den Füßen Schlappen, ein Handtuch über der Schulter.

Dann endlich sind sie angekommen. Der Junge, nun wieder hellwach, drängt hinaus, die Mutter hält ihn zurück. Warte, sagt sie. Erst als die anderen ausgestiegen sind und der Wagen fast leer ist, erheben sie sich, die Mutter glättet mit einer beiläufigen Bewegung den Rock, der Vater streckt die Beine und hebt den Koffer aus dem Gepäcknetz. Komm, sagt er nun. Komm. Sie klettern aus dem Zug, treten durch den im Halbrund gebauten Bahnhof hinaus in die Nachmittagssonne; der Vorplatz ist mit Feldsteinen gepflastert, auf einem wohl für Blumenrabatte angelegten Rondell in der Platzmitte, auf dem zwei Transparente mit der Aufschrift Unseren Dank den Aktivisten und Allen Kindern die Sonne, die Ankommenden begrüßen, die ersten Fotografierversuche, nicht von ihnen, aber von Leuten aus ihrem Wagen, die sie wieder erkennen und winken.

Ihr letzter gemeinsamer Urlaub und der erste, der mir tatsächlich in Erinnerung ist. Sie wohnen in einem villenartigen Haus mit vielen Zimmern und einem großen Saal, in dem man das Essen einnimmt. Von der Decke hängen Kronleuchtertrauben, sechs hohe, oben gerundete Sprossentüren führen zu einer von Sonnenschirmen, Tischen und Stühlen bestandenen Terrasse, über eine Freitreppe gelangt man in den parkgleichen Garten, durchzogen von hellen, in der Abenddämmerung leuchtenden Kieswegen; vor einer Weißdornhecke erhebt sich eine mannshohe, also wohl in der Erde verankerte Steinmuschel, von der die Farbe blättert.

Alle Zimmer im Haus sind belegt. Gleichwohl ist es kein Hotel, nicht mehr, sondern ein Ferienheim des FdGB, in dem der Vater für sich, seine Frau und den Jungen mit Kabuschs Fürsprache schon vor Jahresfrist einen Platz ergattert hat. Abends hallen die Gänge wider von den Stimmen der Leute, die zum Konzert im Kurhaus aufbrechen oder zu einer in der Halle auf einem Plakat angekündigten Veranstaltung im Haus, einem Varietéabend im dafür am Nachmittag umgeräumten Speisesaal; die Gesichter unter den frisch gewaschenen (bei den Männern häufig noch nassen und sauber gescheitelten) Haaren sind von der Nachmittagssonne gerötet, die nackten Arme und Beine nach dem Duschen gut eingecremt, sodass nach dem Schließen der Saaltüren eine süßlich duftende Wolke über den Köpfen des Publikums hängt.

Georg trug, wenn es nicht an den Strand ging, meistens weite, von einem geflochtenen Ledergürtel gehaltene Hosen, die bei jedem Schritt flatterten, und ein weißes Hemd, dessen Kragen offen stand; die Ärmel bis über die Ellbogen hochgekrempelt. Da er rasch braun wurde, zeichnete sich am linken Handgelenk, wo gewöhnlich die Armbanduhr saß, ein heller Streifen ab. Sie, Herta, sehe ich in geblümter Bluse und weitem Rock, an den Füßen Sandalen, wie sie auf einer niedrigen Mauer sitzt und von oben in die Kamera blinzelt. Ihr vom Wind gezaustes Haar. Sie fotografierten sich gegenseitig. Und immer wieder den Jungen: am Wasser, rittlings auf einer Wippe, scheinbar schlafend im Strandkorb, am Arm der Mutter, die ihre Stirn in sein Haar drückt, oder mit ihm, Georg, vor einem an den Strand gezogenen Boot, beide mit der Linken das von einer Böe nach vorn gewehte Haar bändigend.

Die Bilder, fünf mal fünf, gezackter Rand, aufgehoben in einem mir vor Jahren schon überlassenen Album aus rotem Kunstleder, dessen Vorderseite mit geplättetem Stroh ausgelegt ist, eingeprägt oben links ein von Möwen begleitetes Boot, unten rechts der Schriftzug Seebad Heringsdorf.

Das Essen, weiß ich noch, wurde nicht serviert, sondern durch eine Luke an der Schmalseite des Saals gereicht, vor der sich eine lange Schlange bildete; die leeren Teller ließ man nicht stehen, sondern brachte sie zu einem neben die Luke an die Wand geschobenen Geschirrwagen. Manchmal stellte Georg sich an, manchmal Herta, während es an mir war, den Tisch zu verteidigen, und wenn Georg allein anstand und allein mit dem Tablett zurückkam, geschah es manchmal, dass sich eine Frau nach ihm umdrehte, worauf Herta mir (wenn sie es merkte) einen belustigten Blick zuwarf.

Eine der Frauen, die in der Nähe saß, schaute regelmäßig herüber, und da sie lachte, musste ich auch lachen, und eines Tags fiel mir auf, dass Georg sie grüßte, das heißt, er nickte ihr zu, und wieder einen Tag später ertappte ich ihn dabei, wie er mit ihr sprach. Ich kam von der Toilette zurück und sah ihn an ihrem Tisch, wie er ihre Hand hielt, während Herta in einer der sechs Terrassentüren stand und zu ihnen hinschaute, die Tasche neben ihr auf den Fliesen. Sie beugte sich gerade hinab, als ein Dicker bei ihr auftauchte, sie unterfasste und durch die Tür zog, und nun, als sie durch den Saal gingen, erkannte ich ihn: Kabusch. Er war, erzählte er am Tisch der Lacherin, an den wir uns setzten, in Greifswald, wo er an einer sich über Tage hinziehenden Sitzung teilnahm. Diesen Nachmittag hatte er sich freigenommen für einen Besuch bei seiner Frau, der Lacherin, die, ohne sich zu erkennen zu geben, die ganze Zeit gewusst hatte, neben wem sie saß.

Seine Frau? Ja, ich glaube, so stellte Kabusch sie vor. Oder seine Mitarbeiterin? Sekretärin? Geliebte? Sie war der Grund für seinen Besuch, aber es gab noch einen anderen: Georg. Er kam auch seinetwegen, um in einer Sache, die in Greifswald verhandelt wurde, seinen Rat einzuholen. Und so gingen wir allein an den Strand, Herta und ich, ohne Georg, der mit Kabusch und der Lacherin zurückblieb.

Wir stiegen noch mal zum Zimmer hoch. Herta rollte die zum Trocknen über die Stuhllehnen gehängten Handtücher zusammen und steckte sie in die Basttasche. Ich schloss das Fenster, und wir gingen wieder die Treppe hinab. Der Wind strich durch die langen, sichelförmigen Gräser am Weg. Nach einer Weile tauchten in einem Düneneinschnitt die aus Weidenruten geflochtenen, von einem Sandwall umgebenen Strandkörbe auf. In Ufernähe war das Wasser gelbgrün, weiter draußen steingrau und an Sturmtagen, die es auch gab, tiefschwarz. Dann rollte die Ostsee mit weißen Schaumkämmen heran und hinterließ beim Zurücklaufen auf dem nassen, wie gestampften Sand graue, vom Wind hin und her getriebene Flocken, abgeschliffene Kiesel, Tang, Feuerquallen, manchmal auch ein fingernagelgroßes Stück Bernstein, und der schwarze Ballon wurde gehisst, der gewöhnlich im unteren Drittel eines hohen Mastes neben dem Holzturm der Rettungsschwimmer hing, zum Zeichen, dass es verboten war, ins Wasser zu gehen. Aber das kam selten vor, das Wetter war gut. Wir gingen zusammen ins Wasser, und Georg brachte mir bei, wie man schwimmt.

»Du brauchst keine Angst zu haben«, sagte er anderntags, als Kabusch unter Mitnahme der Lacherin wieder abgereist war, legte sich auf den Rücken, breitete die Arme aus, wedelte nur ganz leicht mit den Händen (die Beine hielt er geschlossen, die Zehenspitzen schauten aus dem Wasser) und ließ sich von den flachen Wellen schaukeln.

»Siehst du, es trägt.«

Dann drehte er sich auf den Bauch und machte ein paar Schwimmzüge, indem er die Arme vorstieß und in einer Schaufelbewegung um den Kopf herum an den Körper führte, bis sie außen an den Oberschenkeln auflagen, danach zog er die Arme unter die Brust und ließ sie wieder vorschnellen, während sich seine Beine gleichzeitig öffneten und schlossen, wie die eines Froschs, genauso sah es aus.

»Jetzt bist du dran.«

Sie versuchten es den ganzen Vormittag über, bis der Junge die Angst ablegte und bereit war, dem Vater ins Tiefe zu folgen, dahin, wo er gerade noch stehen konnte und wo er beim nächsten Ausstrecken der Beine plötzlich keinen Grund mehr unter den Füßen hatte. Ein Stück schwammen sie nebeneinander her, und als er Wasser in die Augen bekam und die Augen so heftig zu brennen begannen, dass es mit der Schwimmkonzentration vorbei war, stapften sie ans Ufer zurück, wo Herta mit dem Handtuch auf sie wartete. Sie rubbelte den Jungen ab, und der Vater rückte den Strandkorb herum, sodass er wieder zur Sonne zeigte, zum Wasser, wo er am Nachmittag um ein Haar geblieben wäre.

Von außen war das Haus, in dem sie wohnten, riesig, ein Schloss, ein Palast. Ihr Zimmer aber war winzig: Doppelbett für die Eltern, Klappbett für den Jungen, Tisch, Stuhl, Schrank, das war alles, was hineinpasste, dazu ein Waschbecken, ein Hahn, aus dem kaltes Wasser tröpfelte, die Duschen lagen auf dem Gang, vorhanden aber ein kleiner Balkon, der zum Park hin zeigte, dahinter sichtbar ein Streifen See.

Zur Mittagsruhe wurde die Balkontür, die gewöhnlich offen stand, geschlossen, dann herrschte im Zimmer ein angenehmes Dämmerlicht, in dem sich nach der Badeanstrengung am Vormittag und dem Mittagessen unten im Saal ganz unerwartet (denn zu Hause war der Mittagsschlaf abgeschafft) die Müdigkeit einstellte. Er blätterte in Blauvogel, der Indianergeschichte von Anna Jürgen, die er dabeihatte, aber noch bevor sich die Sätze in ihm festhakten, sackte er in einen tiefen Schlaf, aus dem ihn der Vater eine Stunde später zurückholte, und kurz darauf machten sie sich erneut auf den Weg … Seebrücke, Gorkihaus, je nach Lage des Wetters, an diesem Tag aber hieß es Strand.

Die in Ufernähe gelbgrüne See, die schlapp gegen den Strand schwappenden Wellen, die sich in einem diesigen Himmel versteckende Sonne. Eben ist Georg durch den Sand gestapft, ein Stück durch die auslaufenden Wellen, dann ins Wasser, allein, da sie, Herta und der Junge, lieber in der Wärme bleiben wollen, im Schutz des Strandkorbs und des um diesen errichteten Walls, aber sie setzt sich auf und schaut ihm nach, wie er durch die Gischt geht und sich nach den ersten flachen Wellen auf den Rücken legt und treiben lässt, bevor er eine Drehung auf den Bauch macht und hinausschwimmt. Das kennt sie, sie weiß: er ist ein guter Schwimmer und liebt es, sich draußen von der Dünung wiegen zu lassen, und sinkt zurück auf ihr Handtuch, und als sie wieder hinschaut, sieht sie ihn weit draußen winken, seinen hochgereckten Arm, und winkt zurück, um dann aufzuspringen und genauer hinzusehen, winkt er wirklich? Schlägt er nicht vielmehr mit dem Arm aufs Wasser? Ja, er peitscht mit dem Arm das Wasser, und da ist es kein Winken mehr, was sie sieht, sondern ein Kampf, er kämpft mit etwas, das ihn festhält, ein Hilferuf ist es, was sie sieht, und als sie sich in Panik nach dem Turm der Strandwache umdreht, sieht sie schon zwei Rettungsschwimmer die Stange herunterrutschen, über den Strand rennen und sich ins Wasser werfen. Sie kraulen zu dem Kämpfenden hinaus, ein ganzes Stück ist es, so weit, dass sie die beiden manchmal im Tal zwischen zwei Wellenbergen verschwinden sieht, ehe sie erneut auftauchen und ihn endlich, endlich erreichen und herausziehen aus dem Strudelloch, das sich unter ihm aufgetan hat.

Später ließ es sich rekonstruieren: ein Sog plötzlich, der ihn auf der Stelle festhielt und in die Tiefe zu ziehen drohte, ein sich am Meeresgrund öffnendes Maul, ein sich jäh unter ihm auftuender, durch Röhren mit den tiefsten Erdtiefen verbundener Schlund, sodass es ihm nicht gelang, den Körper in die Waagerechte zu bringen, in die Schwimmlage, die es ihm vielleicht erlaubt hätte, sich mit kräftigen Arm- und Beinschlägen aus dem nach ihm schnappenden Maul zu befreien. So bedurfte es dieser beiden jungen Männer, die ihn, links und rechts untergehakt, an den Strand schleiften, wo er auf den Rücken fiel und, nach Luft japsend, liegen blieb.

Anderntags war der Strand gesperrt. Am Mast neben dem Rettungsschwimmerturm war zur Warnung der schwarze Ballon aufgezogen; bis auf Weiteres war an diesem Strandabschnitt das Baden untersagt.

Im grünen Buch der Satz: Und nun für den Rest der Zeit als Geretteter umhergehen. Nur dies, ohne Bezug zum vorher und nachher Geschriebenen.

Ein Foto fällt nicht nur wegen des Formats heraus, zehn mal fünfzehn, sondern vor allem wegen der darauf festgehaltenen Stimmung: Beide in festlicher Kleidung, das heißt, er mit Anzug und Krawatte, sie mit ärmelloser Bluse und Perlenkette, die Gesichter gebräunt und glänzend, aber nicht wie vom Nussöl, dem Sonnenschutzmittel, sondern wie von einer angeregten, vom Wein befeuerten Unterhaltung, vom Plänesschmieden, Zukunftausmalen, Glücksversprechen, sodass nicht mal der zwischen ihnen platzierte Animateur im Eisbärenkostüm, der seine Arme um ihre Schultern gelegt hat, die Eintracht stört; sie lächeln ihn mit ihrer Zukunftsfreudigkeit einfach weg.

Es ist ein Foto ohne den Jungen, er fehlt nicht nur auf dem Bild, sondern in ihren Gesten, ihrem Blick, ihrer Zugewandtheit, seine fehlende Anwesenheit ist mit Händen zu greifen.

*

Ich kam mit einem Finnenmesser von der Ostsee zurück, das im Schaufenster eines Andenkenladens lag, ein schöner schlanker Dolch mit hellem Holzgriff und einer langen Lederscheide, den mir Georg, weil ich nicht zu quengeln aufhörte, gegen Hertas Willen gekauft hatte, während Mila von ihrem ersten Ostseebesuch Steine mitbrachte, Bernsteinbrocken, Quarze und Kiesel, die sie unter der Aufsicht ihres Vaters am Strand gesammelt hatte und bis heute in ihrem Kinderzimmer aufhob, in einer kleinen Kommode neben dem Fenster.

Als sie mich zum ersten Mal dahin mitnahm, stiegen wir eine geschwungene Holztreppe hoch, sie zog eine Schublade auf, nahm einen flachen schwarzen Stein heraus, der ein stecknadelkopfgroßes Loch in der Mitte hatte, und schenkte ihn mir.

»Ein Hühnergott«, sagte sie, »er bringt Glück.«

»Warum?«

Das wusste sie nicht. Sie konnte mir weder sagen, warum er das tun sollte, noch, warum er so hieß.

Als wir die Treppe wieder herunterkamen, stand ihr Vater da und sah uns an, ein kleiner Mann mit rundem Gesicht, Rechtsanwalt und Bücherliebhaber, der Erstausgaben sammelte, Fontane, Thomas Mann, Döblin, die großen Erzähler, und dessen Bibliothek nicht nach dem Alphabet geordnet war, sondern nach dem Ersterscheinungsjahr. Er kniff die Augen zusammen und musterte mich, als überlegte er, was von dem Mann zu halten sei, den ihm seine Tochter ins Haus gebracht hatte, einem Illiteraten, der mit einem Kamerakoffer herumlief. Hinter ihm glänzte das Gesicht seiner anderen Tochter, Christine, die mit Bill, ihrem Mann, aus New York herübergekommen war. Sie saß zwischen ihren Kindern, den Zwillingen, auf dem Sofa, während Bill in seinem roten Jackett etwas abseits stand, in der Tür. Er schaute auf seine Schuhspitzen, dann hob er den Kopf und blinzelte mir zu, als wollte er sagen: Don't care!

In diesem Moment klingelte es, und die anderen Gäste trafen ein, beladen mit kleinen, in Geschenkpapier eingeschlagenen Paketen, die Milas Vater lächelnd entgegennahm.

»Ich mache sie nicht jetzt auf, sondern erst morgen«, sagte er und legte sie auf einen niedrigen Tisch, den seine Frau am Nachmittag neben den Kamin gerückt und mit einem weißen Tuch bedeckt hatte.

Er hatte erst am nächsten Tag Geburtstag, die Feier aber fand bereits an diesem Abend statt. Immer mehr Gäste trafen ein, bald war der hohe Raum mit den Biedermeiermöbeln, dem Klavier und den von kleinen, in der Decke versenkten Lampen angestrahlten Bücherregalen von einem gleichmäßigen Summen erfüllt. Die Leute standen, ein Glas in der Hand, herum und unterhielten sich. Und plötzlich dachte ich an meinen Vater, an sein Schweigen, in das er wie in ein Korsett eingeschnürt war, und sehnte mich weg, hinaus auf die Straße.

Die Kamera lag im Kofferraum. Auf der Herfahrt waren wir an einer alten Kaserne vorbeigekommen, einem langen Backsteinbau mit zerschlagenen Fensterscheiben, der in die Serie passte, an der ich arbeitete. Ich sammelte aufgegebene Fabriken, Krankenhäuser, Schulen und Bahnhöfe, öffentliche

Gebäude, die einmal voller Menschen gewesen waren, voller Leben, nun aber leer standen und verfielen. Während ich nach einer Möglichkeit suchte, unbemerkt zu verschwinden, trat Mila heran und zog mich ins Nebenzimmer, in dem das Büfett aufgebaut war. Ihre Mutter stand am Kopfende eines langen Tischs und zeigte mit dem Finger auf die Platten und Schüsseln.

»Das ist eine Kaninchenpaté«, sagte sie, »das ein Käseauflauf.«

Ich nahm einen Teller, doch dann stellte ich ihn zurück und ging hinaus.

Die Kaserne lag zwischen Wohnblocks an einer langen Straße, die von Hamburg her in die Stadt hineinführte.

Ende Juni, noch hell, die Sonne schien auf die Schmalseite des Backsteinbaus, während die Längsseite im Schatten lag. Die Tür, über der das Jahr 1889 eingemeißelt war, stand offen. Ich trat in ein dunkles Treppenhaus, stieg zum ersten Stock empor und ging durch die Flure. Die Wände waren mit Parolen besprüht: Kauft Angst! stand da, und: Vergesst Angela nicht! In einem Zimmer waren die Dielen angesengt, als hätte jemand versucht, auf dem Fußboden Feuer zu machen, ein Präservativ war über einen Fenstergriff gestülpt, in einer Ecke Bierflaschen und zwei durchlöcherte Decken, ebenfalls angesengt.

Ich wanderte umher, machte meine Bilder und stieg wieder die Treppe hinab, und als ich hinauskam, sah ich auf der anderen Straßenseite eine Telefonzelle. Einen Moment zögerte ich. Dann ging ich hinüber, trat ein, schlug das Telefonbuch auf und schaute unter dem Buchstaben K nach. Das hatte ich seit Jahren nicht mehr getan. Früher, wenn ich in eine fremde

Stadt kam, war es jedes Mal das Erste gewesen. Ich schaute nach, ob der Name Karst im Telefonbuch stand. Ohne darüber nachzudenken, ging ich davon aus, dass meine Mutter noch lebte und denselben Namen trug wie bei ihrem Verschwinden. An diesem Tag, an dem ich zum ersten Mal bei Milas Eltern war, hatte ich dasselbe noch einmal getan, und danach nicht mehr.

Es war noch hell, als ich zurückkam. Bill saß auf der Verandatreppe. Das Jackett hatte er ausgezogen und über die Knie gelegt, die Hemdsärmel hochgekrempelt, sodass man die rötlichen Härchen sah, die auf seinen Armen wuchsen, die Sommersprossen, die käsige Haut.

»Wann besucht ihr uns?«, fragte er, als ich mich neben ihn setzte. Aber sein Blick sagte: Ich weiß schon.

Mila stand mit Christine und den Zwillingen an einem kleinen, mit Feldsteinen eingefassten Teich. Die Frauen bückten sich, hoben die Mädchen hoch und hielten sie, wie um sie gleich fallen zu lassen, über das Wasser. Die Kinder kreischten. Und als ich aufschaute, bemerkte ich Mila. Du bist einfach weggefahren, sagte ihr Blick. Ich hab dich mitgenommen, und du bist einfach abgehauen. Das gehört sich nicht.

Damals, Ende der Siebziger, spielte sie noch die zu den besten Hoffnungen Anlass gebende Tochter, und das hieß nicht nur Erfolg im Beruf (der ohnehin vorausgesetzt wurde), sondern auch Ehe und Kinder, was wiederum bedeutete, dass ein Mann hermusste, der vorgeführt werden konnte, und diese Rolle hatte sie mir zugedacht. Ich war der Verlobtendarsteller, der Schwiegersohn in spe und hatte als solcher die Pflicht, mich an die Familienregeln zu halten, von denen eine besagte, dass man sich an einem Feiertag wie diesem, dem runden Geburtstag des Patrons, nicht einfach von der Festgesellschaft entfernen durfte, weil sonst das Bild ins Wanken geriet, das Familienbild, in das der Verlobte eingepasst war. Später, als Mila Sybille mitbrachte, die erste Frau, mit der sie zusammenlebte, wird das keine Rolle mehr gespielt haben, und noch später, als sie dann Adi anschleppte, erst recht nicht. An diesem Abend aber herrschte trotz allen zeitüblichen Befreiungsgeredes, das Mila in sich aufsog, ohne sich daran zu beteiligen, noch die Angst … die Angst vorm Vater, der Mutter, vor dem, was die Geschäftspartner, die Freunde der Eltern sagen würden.

Mila setzte Pat ab (oder war es Fran, die sie hielt?), gab Christine einen Klaps auf die Schulter und kam durch den Garten heran.

»Und?«, sagte sie. »Hast du gute Bilder mitgebracht?«

Durch die offene Verandatür war das Summen der Stimmen zu hören, dann alles übertönend das Organ ihres Vaters, der zu einer Rede ansetzte.

»Komm«, sagte Mila und zog mich ins Haus.

Übrigens war ich tatsächlich auf ihren Namen gestoßen, das heißt, unseren. Im Telefonbuch stand jemand, der Karst hieß, nur der Nachname, keine Adresse, weshalb ich zwanzig Pfennig eingeworfen und die Nummer gewählt hatte, mit zittrigen Fingern. Aber es war niemand an den Apparat gegangen. Ich hatte mir die Nummer notiert, und als die Rede vorbei war, oder besser: die Reden, denn nach Milas Vater hatte sein Sozius das Wort ergriffen, dann jemand, der mir als Präsident der Handelskammer vorgestellt wurde, war ich die Treppe hochgestiegen, zum Flur im ersten Stock, in dem ein

Telefon stand, und hatte die Nummer noch einmal gewählt, und diesmal war der Hörer abgenommen worden. Eine Frau meldete sich, nicht mit dem Namen, sondern mit Hallo, wie ich es auch tat.

»Hallo?«, sagte sie.

»Frau Karst?«

Worauf eine Pause eintrat, eine lange Pause, in der ich mein Herz schlagen hörte. Es dröhnte in mir bis hoch zum Hals. Aber sie war es nicht. Herr Karst sei ausgegangen. Und nun merkte ich auch, dass sie es nicht war. Sie hatte eine ganz andere Stimme.

18

Als ich nicht mehr in Tautenburg wohnte, hatte ich einen Traum, an den ich mich ebenso gut erinnere wie an die beiden anderen, die später zurückkamen.

Auf einer Reise, die mich durch die abgelegenen Teile des Landes führte, hielt ich in einem Dorf, stellte das Auto ab, ging durch die Straßen, und plötzlich bemerkte ich zwei ältere Frauen, die ängstlich herüberschauten, und da wusste ich, dass sie etwas vor mir verheimlichten. Ich trat auf sie zu und zeigte auf ein Haus in der Nähe. Da, sagte ich, hat sie also gewohnt. Worauf sie sich ansahen (mit einem Gesichtsausdruck, der zu sagen schien: es hat keinen Zweck zu lügen) und nickten. Ist es das Haus?, fragte ich noch einmal. Ja, sagten sie und gingen, als hätten sie nur auf diesen Moment gewartet, vor mir her. Aus jeder ihrer Bewegungen sprach das schlechte Gewissen, und ich dachte, dass meine Mutter ein strenges Regiment geführt haben musste. Wie sonst ließe sich erklären, dass sie noch immer so eingeschüchtert waren? Oder glaubten sie, ich sei gekommen, um ihre Herrschaft fortzusetzen? Mit der Taschenlampe leuchtete ich in die Zimmer. So, sagte ich dann, und jetzt zeigen Sie mir das Grab. Ist sie unter ihrem richtigen Namen beerdigt worden? Ja, sagten sie. Dann haben Sie ihr Geheimnis also gekannt? Ja, aber es sei ihnen verboten gewesen, mich von ihrem Aufenthaltsort in Kenntnis zu setzen. Sie hätten mich weder anrufen noch mir schreiben dürfen.

Dieser Traum, den ich kurz nach meiner Übersiedlung nach Berlin hatte, zeigte sie anders, als ich sie in Erinnerung hatte: als Despotin, vor der ihre Bediensteten (denn um solche handelte es sich) noch nach ihrem Tod zitterten, während ich mich vor allem an die Frau hinterm Fenster erinnerte, dem Schaufenster, an dem ich nach der Schule vorbeiging.

Ich hatte seit Jahren nicht mehr von ihr geträumt. Heute nehme ich an, dass der Traum durch eine Karte ausgelöst wurde, die sie nach Tautenburg geschickt hatte und die Georg kommentarlos einem seiner Briefe beilegte.

Sie schrieb die Karten immer nur an mich, und es stand fast nie etwas anderes drauf, als: Lieber Philipp, mir geht es gut, wie geht es dir? Die Karten kamen in unregelmäßigen Abständen, und da sie weder eine Mitteilung über ihren Wohnort enthielten noch ihren Absender, war es allein der Poststempel, dem man entnehmen konnte, wo sie sich aufhielt. Oder, da beides nicht übereinstimmen musste, nicht einmal das.

Anfangs war der Grund dafür wohl, dass sie ihre Adresse vor ihm geheim halten wollte, später muss es, wenn die Geheimniskrämerei nicht einfach zu ihr gehörte, noch einen anderen Grund gegeben haben. Auch als ich schon lange nicht mehr bei ihm in der Schieferstadt wohnte, sondern woanders, sodass sie nicht mehr fürchten musste, er könnte ihre Anschrift dem Absender entnehmen, blieb sie bei ihrer Angewohnheit, diesen wegzulassen. Glaubte sie, ich könnte plötzlich vor ihrer Tür stehen oder hinter ihrem Rücken ihre Lebensumstände ausforschen?

Ja, ausschließlich Karten.

Anfangs Karten mit Motorrad- oder Autobildern; später Kunstpostkarten: Junger Mann mit roter Weste von Manet,

Herrschaft des Lichts von Magritte, Frau am Fenster von Caspar David Friedrich. Diese Karten sind es, an die ich mich erinnere.

Ich hob sie auf, in der Annahme, aus der Wahl der Motive etwas über sie zu erfahren. Ich betrachtete sie als eine Art geheimer Botschaft, deren Entschlüsselung mir aufgetragen war, und steckte sie in einen großen Umschlag, den ich gelegentlich hervorholte, um die Bilder anzuschauen, und irgendwann stellte ich fest, dass er verloren gegangen war, jedenfalls blieb er unauffindbar. Keine der Karten zeigte die Ansicht einer Stadt, oder wenn doch, wie bei der Romkarte, stimmten Ansicht und Poststempel nicht überein. Das Bild zeigte die Spanische Treppe, die Karte aber war ganz woanders eingesteckt worden: in Kopenhagen.

Aber woher wusste sie meine Adresse?

Drei Städte: Frankfurt, Berlin, Hamburg, wieder Frankfurt, und nicht selten bin ich innerhalb dieser Städte mehrmals umgezogen, und doch kannte sie jedes Mal innerhalb kürzester Zeit die neue Adresse. Woher? Mit wem stand sie in Verbindung? Eine Weile hatte ich Georg in Verdacht. Vielleicht tat er nur so, als wüsste er nicht, wo sie sich aufhielt. Aber das konnte nicht stimmen. Er schied aus. Wer dann? Schwepp dachte ich, Georgs Freund. Er musste es gewesen sein, der sie mit Informationen über mich versorgte. Ja, eine andere Erklärung gab es nicht. Und er war es auch, von dem die Fotos stammten. Im selben Umschlag, in dem ich später die Automatenbilder fand, steckten auch Bilder von mir, die über viele Jahre hindurch immer am selben Tag aufgenommen worden waren, an Georgs Geburtstag. Man sah es an der Runde, die zusammen saß, und der Einzige, der immer dabei war und fotografiert hatte, war Schwepp. Dabei hatte er verstanden, es so einzurichten, dass ich allein aufs Bild kam, manchmal mit einem anderen Gast, auf keinen Fall aber mit Georg.

Es war ein großer grauer Umschlag, der in einem Schnittbogenstapel auf dem Fußboden lag. Um ihr nun verwaistes Zimmer zu renovieren, hatte die Heimleitung Hertas Sachen in einen fensterlosen, nur von einer flackernden Neonröhre erhellten Abstellraum bringen lassen. Ich wollte den Umschlag gerade in den Altpapiersack werfen, als Mila, die mir beim Ausräumen half, dazwischenging.

»Halt«, rief sie, nahm mir den Umschlag aus der Hand, drehte ihn um, und heraus fielen die von Schwepp gemachten Fotos sowie das Automatenbild, das mir Herta geschickt hatte, oder besser der Streifen, von dem sie es abgeschnitten hatte, zwei Bilder, die noch aneinanderhingen – ja, dasselbe Licht, dieselbe Frisur, derselbe ein wenig abweisende Gesichtsausdruck. Und das vierte? Vielleicht hatte sie es für einen Ausweis gebraucht. Wozu lässt man sonst solche Bilder anfertigen.

Das letzte Mal traf ich Schwepp bei der Beerdigung seiner Frau. Georg holte mich vom Bahnhof ab und fuhr mit mir nach Siegen, wo Schwepps wohnten. Er nahm nicht die neugebaute Autobahn, sondern die Landstraße, die wir früher gefahren waren, über Kalteiche. Ein Jahr zuvor war Schwepp an der Nase operiert worden. Man sah noch die Stelle überm Nasenrücken, an der die Hautlappen zusammengenäht waren: eine gezackte Linie mit auf beiden Seiten unterschiedlich heller Haut. Inzwischen ein alter Mann, bewegte er sich mit einer zittrigen Würde.

In meiner Erinnerung war er jemand, der bei jeder Gelegenheit lachte, und selbst an diesem Tag, dem der Trauer, die ihn hilflos und kindisch machte, schien er zu lachen – bis ich merkte, dass es sein Gesichtsschnitt war, der diesen Eindruck hervorrief. Seine Mundwinkel zeigten, ob er wollte oder nicht, nach oben, und die Augenfältchen waren so angeordnet, dass sie in einem seltsamen Widerspruch zum entsetzten, ja, panischen Ausdruck seiner Augen standen: Sie schienen zu lachen, während die Augen selbst flach und stumpf in den Höhlen lagen.

Schwepp also. Doch als ich ihn fragte, wehrte er ab.

Jahrelang Karten – und auf einmal, viele Jahre nach ihrem Verschwinden, so viele, dass ich zu zählen aufgehört hatte, erstmals wieder ein Brief.

Ich erkannte sofort ihre Schrift, die, anders als seine, unregelmäßig war, flatterig, mit nach allen Seiten hin wegkippenden Buchstaben. Hielt man seine in gestochen klarer Schrift abgefassten Briefe daneben, glaubte man, in ihm einen Mann der schnellen, klaren Entschlüsse zu haben, jemanden, der genau wusste, was er wollte, während man sie für unsicher und leicht beeinflussbar hielt. Dabei war es genau umgekehrt. Obwohl nicht weniger unversöhnlich als sie, war er eher vorsichtig, tastend und, auch wenn er sich davor zu schützen suchte, den Zufällen ausgesetzt. Die Fahrt nach Hannover, sein Auftreten in Bonn, sein Versuch, die Kamera zu verkaufen, all das zeigte es.

»Lieber Philipp«, schrieb sie, »ich werde am 27. Juli wieder nach Tautenburg ziehen und ein Haus kaufen, das mindestens so groß ist wie das deiner Großeltern in Plothow, eines mit sieben Zimmern, in dem du jederzeit ein gern gesehener

Gast sein wirst. Das Einzige, worum ich bitte, ist, dass du mich vom Bahnhof abholst.«

Danach die genaue Ankunftszeit: 21 Uhr 18.

Dieser Brief, mit dem sie ihre Rückkehr ankündigte und der kurz vor jenem 27. eintraf, enthielt so wenig einen Absender wie die Karten, aber dem Poststempel war zu entnehmen, dass er in Mittenwald aufgegeben worden war, nicht weit von jenem Schlosshotel, in dem sie angeblich, wie mir Jahre später jemand erzählte, als Hausdame gearbeitet hatte.

An jenem Abend fuhr ich nach Tautenburg, ging in den Bahnhof, und als ich auf den Fahrplan schaute, sah ich, dass sie sich geirrt haben musste. Es gab keinen Zug, der um 21 Uhr 18 ankam. Der nächste Zug, mit dem sie eintreffen konnte, kam kurz nach halb elf, der letzte eine Minute vor Mitternacht.

Aus Sorge, sie könnte einen früheren Zug genommen haben, schaute ich in das Café auf der anderen Seite des Platzes, vielleicht, dachte ich, wartete sie dort, konnte sie aber nirgends entdecken, ging wieder hinaus und setzte mich auf die Bahnhofstreppe. Es war noch hell, eine langsame Dämmerung senkte sich über die Stadt. Wie ein ausgestreckter Finger thronte der Turm auf seinem Berg. Ab und zu kurvte ein Auto mit heruntergelassenen Fenstern heran, voller junger Leute, das Radio laut aufgedreht, sodass das Wummern der Bässe über den Platz schallte, manchmal stoppte ein Wagen vor der Treppe und raste, ohne dass jemand ausgestiegen wäre, mit quietschenden Reifen wieder davon. Als die Lautsprecherdurchsage kam, stand ich auf, durchquerte die Unterführung und stieg zum Bahnsteig empor.

Aber sie saß weder in diesem Zug noch im nächsten, der eine Minute vor Mitternacht kam. Ich wartete, bis alle ausgestiegen waren: ein Mädchen, das einen Seesack hinter sich her schleifte, und ein alter Mann, der, ohne sich umzusehen, in der Unterführung verschwand – das waren alle. Ich stand noch eine Weile herum, unschlüssig, was zu tun sei, ging dann zum Auto und fuhr nach Frankfurt zurück.

Einen Monat danach kam ein zweiter Brief, in dem sie schrieb, dass sie leider vergeblich am Bahnhof nach mir Ausschau gehalten habe.

Auch dieser Brief war ohne Absender, und da sie – wie schon im ersten – ihren Aufenthaltsort mit keinem Wort erwähnte, war es wieder allein der Poststempel, der darüber Aufschluss gab; er war verwischt, beinahe unleserlich, aber nachdem ich ihn unter der Lupe betrachtet hatte, dachte ich, dass es Tautenburg sein konnte, was da stand.

Natürlich, dachte ich. Was sonst? Wenn sie schrieb, dass sie am Bahnhof nach mir Ausschau gehalten hatte, bedeutete das ja, dass sie nach Tautenburg zurückgekehrt war. Andererseits, dachte ich dann, musste es das keineswegs heißen. Wenn sie sich im Ankunftstag genauso geirrt hatte wie in der Ankunftszeit, wenn sie also einen Tag vorher oder nachher gekommen war und gemerkt hatte, dass niemand am Bahnsteig stand, um sie abzuholen, war es durchaus möglich, dass sie weitergefahren war.

»Philipp«, sagte Mila, mit der ich am Telefon darüber sprach, »Philipp, das ist doch Unsinn.«

Ein paar Tage danach fuhr ich noch mal nach Tautenburg. Diesmal nahm ich den Zug. Anfang September, das neue Schuljahr hatte begonnen, Kinder liefen mit orangefarbenen Mützen und mächtigen Ranzen auf dem Rücken durch die

Straßen; aufmerksam nach links und rechts spähend, warteten sie vor der Ampel und stürzten, sobald sie auf Grün wechselte, los. Nachdem ich das Flüsschen überquert hatte, trat ich durch den gemauerten Torbogen, hinter dem die Altstadt begann. Es war der Weg, den die Touristen gingen, die sich hierher verirrt hatten – Hauptstraße, Burgstraße … Vor dem Geschäft, in dem sie früher gearbeitet hatte, blieb ich stehen, blickte ins Schaufenster und sah sie, im selben Laden; die Inhaber hatten mehrmals gewechselt, der mit dem alten Namen verbundene Glanz war verblasst, aber noch immer waren es Kleider und Stoffe, die dort verkauft wurden.

Sie bückte sich gerade, und als sie sich wieder aufrichtete, schaute ich ihr direkt ins Gesicht; nur getrennt durch die Scheibe, sahen wir uns an, ich sie, sie mich, und, ohne im Geringsten überrascht zu sein, gab sie ein Zeichen, das ich sofort verstand. Sie hob die Hand und machte eine winzige Bewegung mit dem Zeigefinger, das Verbotszeichen, mit dem sie mir früher, wenn ich nach der Schule vorm Schaufenster stehen geblieben war, bedeutet hatte, zu warten, bis sie herauskommen würde, dieselbe Geste, und wie früher trat ich einen Schritt zurück und blickte mich um, unwillkürlich, ob ich ihn nicht irgendwo auftauchen sähe. Georg. Es war ja später Vormittag, die Zeit, zu der er seine Einkäufe macht. Ich hatte ihm weder von ihren Briefen erzählt noch davon, dass ich nach Tautenburg kommen würde, und so drückte ich mich, in der Hoffnung, dass er mich übersehen würde, wenn er tatsächlich vorbeikäme, in den Hausschatten. Nach einer Weile aber ging ich zu der Bank hinüber, die neben Blumenkübeln in der Fußgängerzone stand, und setzte mich.

Das letzte Mal hatte ich sie vor sechs Jahren gesehen. Sie wusste, dass ich nach Frankfurt ziehen wollte, hatte auf der Durchreise in einem Telefonbuch nachgeschlagen, meine Nummer gefunden und angerufen. Das war die Art, wie sie ihre Verabredungen traf. So hatte sie es in Berlin getan, wo sie mehrmals angerufen hatte, auf der Durchreise, wie sich zeigte, und so tat sie es nun in Frankfurt.

Es muss im Winter gewesen sein, ja, der Tag eines unerhörten Temperatursturzes; in der Dunkelkammer lief das Radio und sendete ständig neue Glatteiswarnungen. Die Kälte kam wie eine Walze von Norden herunter, jede Viertelstunde wurde das Programm unterbrochen und eine neue Warnung durchgegeben. Jetzt, hieß es, hat die Kaltluftfront Göttingen erreicht, jetzt Kassel, jetzt Marburg, und dann folgte die Warnung an die Autofahrer. Als das Telefon klingelte, beugte ich mich gerade über die Bilder, die im Wasserbad lagen, ich stellte das Radio leise, nahm den Hörer ab und hörte ihre Stimme.

Sie saß, wie verabredet, im Restaurant über der Bahnhofshalle, vor sich eine Tasse Kaffee. Als ich hereinkam, stand sie auf und deutete, indem sie mich an der Schulter zu sich heranzog, eine Umarmung an.

»Nun«, sagte sie, nachdem ich mich gesetzt hatte. »Nun?«

Und dann begann das, was ich nicht erklären konnte: das Schweigen, das Abtasten mit den Augen. Sie war damals Ende fünfzig, sah aber jünger aus. Das Haar, das sie wahrscheinlich färbte, denn es war kein einziges graues Haar zu sehen, trug sie wie immer offen, auch an ihrer Art, sich zu kleiden, hatte sich nichts geändert, immer waren es weich fließende Kleider oder Kostüme, immer in unauffälligen Farben. Sie beobachtete mich und ich sie; und irgendwann rief sie den Kellner, zahlte und stand auf.

Es war gegen halb zehn, als wir die Treppe zur Bahnhofshalle hinuntergingen. Unten deutete sie wieder ihre Umarmung an, und anders als in Berlin, wo ich manchmal versucht hatte, mich gegen diese Verabschiedung aufzulehnen, und ihr gefolgt war, wendete ich mich sofort zum Ausgang, um dann doch umzukehren.

Außer einer Handtasche hatte sie kein Gepäck dabei, weshalb ich annahm, dass sie zu den Schließfächern gegangen war, und als ich dort hinkam, sah ich sie tatsächlich. Sie war nicht allein, sondern in Begleitung eines Mannes, der eine Hand unter ihren Arm geschoben hatte, in der anderen trug der Fremde einen hellbraunen Koffer. Sie kamen direkt auf mich zu, und so trat ich hinter einen Zeitungsstand und sah, wie sie langsam zu den Bahnsteigen gingen.

Das war das letzte Mal, dass ich sie gesehen hatte, vor sechs oder sieben Jahren.

Nach ein paar Minuten kam sie heraus. Über ihrer Schulter hing eine dünne Strickjacke, das Kleid, das sie trug, ließ die Arme, die noch immer schmal und ein wenig gebräunt waren, frei, aber zum ersten Mal sah ich die hellen Flecken, die sich von den Handrücken die Arme hochzogen. Das Haar trug sie, wie ehedem, offen, und auch ihre Art, sich zu kleiden, war dieselbe geblieben, aber ihr Schritt, früher forsch, schien zögerlicher geworden zu sein, als achtete sie darauf, nicht zu fallen. Sie setzte sich neben mich und legte die Hand auf mein Knie.

»Schön«, sagte sie, »schön, dass du da bist.«

Auch dieses Gespräch (war es überhaupt eins?) liegt viele Jahre zurück, sodass ich mich an seinen Verlauf nicht erinnern kann, ja, nicht einmal daran, ob es überhaupt zu einem

Gespräch kam oder wir nicht bloß, wie früher, dasaßen und schwiegen, aber ich weiß, dass ich am Abend in Tautenburg blieb und überlegte, ihn anzurufen, es dann aber ließ; ich hätte bei ihm wohnen können, natürlich, zog es aber vor, in ein Hotel zu gehen. Und noch etwas weiß ich: dass ich mir ihre Adresse notierte. Fabritiusstraße 17 steht in dem Notizheft, das ich damals benutzte und wieder gefunden habe.

Es war ein ganz anderes Haus als das, in dem sie vor ihrem Verschwinden gewohnt hatte, und doch haftete auch diesem Zimmer etwas Provisorisches an. Ja, wieder bloß ein Raum, ein einziger, wieder möbliert und wieder beherrscht von der auf dem Esstisch aufgebauten Koffernähmaschine. Ich sah es, als ich mir dort am Nachmittag Zugang verschaffte.

Nachdem sie in den Laden zurückgekehrt war, mit demselben bedauernden Schulterzucken wie früher, ging ich zum Hotel am Bismarckplatz, füllte das Anmeldeformular aus und trat wieder hinaus an die Luft, die jetzt, am frühen Nachmittag, von einer spätsommerlichen Wärme war, lief vorbei an den alten Amtshäusern und dem Gestüt und bog am Ende der Solmsstraße ins Mittelfeld ein, von dem die Fabritius abzweigt. Es war eins der Dreißigerjahre-Häuser, mit einem kleinen hölzernen Vorbau als Windschutz. An der Klingelleiste standen zwei Namen, ihrer war nicht dabei, und während ich noch überlegte, was zu tun sei, ging die Tür auf und eine Frau erschien, die einen Kinderwagen hinter sich herzog.

»Suchen Sie jemanden?«

»Frau Karst«, sagte ich, ohne zu überlegen.

»Frau Karst?«

»Ja, ich bin ihr Sohn.«

Worauf die Frau sich umdrehte und ins Haus hineinrief: »Mutti, der Sohn von Frau Karst.«

Worauf hinter der Tür eine zweite aufging, die Wohnungstür, und eine alte Frau den Kopf herausstreckte.

»Die ist aber nicht da«, sagte sie.

»Ich weiß.«

»Na, dann kommen Sie mal.«

Die junge Frau schob den Kinderwagen durch den Vorgarten, und die alte stieg vor mir die Treppe hoch.

»Ich schließ Ihnen auf«, sagte sie, »dann können Sie warten.«

Und so kam es, dass ich da saß, eine halbe Stunde bestimmt, in ihrem Zimmer und mich umsah. Es war noch nicht die Zeit, in der man in Form eines Handys sein ganzes Büro mit sich herumtrug, dazu in Gestalt einer eingebauten Kamera die Freizeitausrüstung, aber ich hatte fast immer eine Kamera dabei, keine der großen, die ich für die Arbeit brauchte, sondern eine kleine, die mir als Erinnerungsstütze diente. An diesem Tag aber gab es nur das Notizbuch. Nach einer Weile zog ich es hervor, schlug es auf und steckte es, ohne ein Wort notiert zu haben, wieder weg, sodass es nur ein paar Dinge gibt, die mir erinnerlich sind und die auch später das Bild ihres Heimzimmers prägten: die Nähmaschine natürlich, die Glaslampe, die Unzahl von Aschenbechern. Oder steckten die, wie die Stoffe, noch in einem der beiden unter dem Fenster stehenden Koffer und kamen erst später zum Vorschein, nach ihrem Unfall, wie sie die Sache, die sie ins Heim befördern würde, nannte?

Das Haus lag auf halber Höhe am Hang, ihr Zimmer nach vorn hinaus, im ersten Stock, sodass man von hier aus einen Blick über die Stadt hatte, wenn auch nicht zum Hang auf der anderen Flussseite, so doch über die Dächer hinweg auf den Glockenturm der katholischen Kirche, die Emaillefabrik, die zum Gestüt gehörenden Ställe und Reithallen, aus denen leises Wiehern und Scharren heraufdrangen.

19

Ich besuchte sie nun öfter. Besuch? Nein, so kann man es nicht nennen, noch nicht. Ich fuhr nach Tautenburg, wartete vor dem Geschäft, das einmal Herzog geheißen hatte und nun etwas mit Kaufhalle im Namen trug, eine dieser Dutzendbezeichnungen, wartete also an der Ecke, und wenn ich sie herauskommen sah, ging ich ihr in einiger Entfernung nach, damit sie mich, wenn sie sich umdrehte, nicht gleich sah. Es war immer derselbe Weg, den sie nahm, der zwischen Wohnung und Geschäft, Geschäft und Wohnung.

Wohnung? Sie hatte nur dieses eine Zimmer, und sie war Ende fünfzig. Diese Eingeschränktheit – wie war das möglich? Mit zwanzig ging das, mit dreißig. Oder nach einem großen Unglück, einer Trennung etwa, einem Todesfall, wenn einen die durch den Schmerz ausgelöst Betäubung das Provisorium nicht merken ließ, bis man aus der Abgestumpftheit erwachte, sich umsah und anfing, sein Leben neu zu ordnen.

Aber was war mit ihr? Sie ging durch die Solmsstraße, ihre Beine schritten aus, die Absätze klapperten, die Tasche hing über der Schulter, am Handgelenk blitzte ein Kettchen. Aus einer der Kanzleitüren, die sich zur Straße hin öffneten, kamen zwei Frauen in ihrem Alter, kostümbewehrt, Frisuren wie blausilberne Helme. Eine Weile gingen sie vor ihr her, sodass ich sie zusammen sah, bis die beiden die Straße überquerten, an ein Auto traten und es aufschlossen, und nun glaubte ich, dass sie langsamer ging und ihnen nachschaute.

Was dachte sie? Stellte sie Vergleiche an? Dachte sie, dass die beiden nach den Erledigungen, die sie in der Stadt gemacht hatten, nun nach Hause zurückkehrten, zu ihrer Familie, ihrer Gemeinschaft, während sie bloß das Zimmer hatte, das auf sie wartete?

Aber, überlegte ich dann, vielleicht stimmte gar nicht, was ich dachte, vielleicht hatte sie das alles auch, nicht hier, aber in der Stadt, in der sie vorher gelebt hatte, vor ihrer Rückkehr. Vielleicht war es ein ganz anderes Leben, das sie dort führte, eins mit Mann, Freunden, großem Bekanntenkreis, von denen sie für ihren Auftritt hier ein paar Wochen Urlaub genommen hatte.

Und auf einmal, während ich sie am Gestüt vorbeigehen sah, an den in der Toreinfahrt aufgestellten Blumenkübeln, dachte ich, dass ihre Rückkehr eine Farce sei, eine weitere Etappe ihres Versteckspiels, die letzte vielleicht, die am raffiniertesten ausgeklügelte, die wie zuvor ihre Karten, ihre Anrufe und die Bahnhofstreffen, zu denen sie mich bestellt hatte, einzig und allein dem Zweck diente, uns über ihre wahren Lebensverhältnisse zu täuschen. Uns? Mich und ihn. Sie wollte uns zeigen, dass sich nichts geändert hatte, dass sie dieselbe war, noch immer die, die weggegangen war, und uns, bevor sie endgültig verschwand, noch einmal ihr Bild in den Kopf brennen.

Ich ging über die Brücke, und als ich aufschaute, war es wieder die dunkle Stadt, die enge, die schiefergraue, die Luft abschnürende, und plötzlich war, wie ein alter Bekannter, der Hass da, den ich so deutlich nur hier spürte, in dieser Stadt, die ich besser als andere kannte, weshalb ich mich auf unselige Weise an sie gebunden fühlte. Es war, ohne Zweifel, der Hass, den das Kind empfunden hatte, der Jugendliche, der bei jedem Wort den falschen Zungenschlag vernahm. Daran hatte sich nichts geändert – die Obertorbrücke, der Tuchfabrikhof, der überm Flüsschen gelegene Pavillon, das alte Rathaus, die Kneipe am Brunnen –, ich trat durch die niedrige Tür. Eine steile Treppe führte zum ersten Stock hinauf, zu ebener Erde aber gab es nur eine lange, den Raum fast ganz ausfüllende, wie ein Fragezeichen geschwungene Theke, und neben den Barhockern als einzige Sitzgelegenheit die niedrige, mit rotbraunen Lederkissen ausgelegte Fensterbank. Da war sie: Die Greiner-Welt. Da saßen sie: Die Erben der in Generationen angehäuften und nicht selten in einer einzigen Generation wieder verprassten Vermögen: hier ein Haus von der kinderlos gestorbenen Tante, da eine Wiese vom Großvater, hier ein zum Bauland umgewandeltes Stück Acker – die roten Edelpilzgesichter, die kumpelhafte Geselligkeit, das glatte Jederzeit-zur-Stelle-Gesicht des Wirts mit seiner weißen, im Rücken gebundenen Schürze, das Messingblitzen der Theke, des Bierhahns, der Lampen, diese ganze nach Sattelleder und Golfschläger riechende, nichts als Widerwillen erregende Clubgediegenheit ... Ich leerte mein Glas in einem Zug, und schon war ich wieder auf der Straße.

Vom Bahnhof aus rief ich Mila an, aber sie war nicht da, jedenfalls hob sie nicht ab. Ich stand in der Zelle und schaute auf den Platz hinaus, der wie ausgestorben dalag, und auf einmal dachte ich an die Geschichte, die sie mir erzählt hatte, die des Malers, den sie in Italien besucht hatte.

Sie kannte ihn seit Jahren. Zunächst nur mäßig erfolgreich, hatte er, immer auf der Suche nach einem Atelier, das erschwinglich war, ein eher ärmliches Leben geführt. Um die

Zeit herum aber, in der Mila ihre Arbeit am Theater aufgab und nach Berlin zog, kam er plötzlich zu Geld; ausgelöst durch ein paar kurz nacheinander über ihn erschienene Artikel, schossen die Preise seiner Bilder, die er, sowohl um Platz als auch um Material zu sparen, immer wieder zu übermalen pflegte, in die Höhe.

Zwei oder drei Jahre danach erhielt Mila von ihm einen Brief, in dem er sie einlud, ihn in Italien zu besuchen. Wir waren schon getrennt, hatten aber beschlossen, zusammen in die Abruzzen zu fahren, und nun lag es nahe, das eine mit dem anderen zu verbinden. In Rom stieg sie in den Zug nach Rieti um, während ich nach Palestrina fuhr und von dort mit dem Bus in die Berge.

»Du kannst doch mitkommen«, sagte sie, aber das wollte ich nicht, und so machten wir aus, dass sie in ein paar Tagen nachkommen sollte. Aber eine Woche verging, ohne dass sie erschien. Vom Schlafzimmer des Hauses aus, das ich gemietet hatte, schaute man auf die Tankstelle, vor der die Busse hielten, und als sie nach acht oder neun Tagen noch immer nicht eingetroffen war, dachte ich, dass sie zu ihm übergelaufen war. Also stieg ich, um dem vor Einsamkeit dröhnenden Gefängnis, in das sich das Haus verwandelt hatte, zu entfliehen, zur Tankstelle hinab, mietete ein Auto und fuhr in die Berge hinein, nach Subiaco und weiter nach L'Aquila.

Wir waren schon getrennt und sie hatte bereits ihre Vorliebe für Frauen entdeckt, und doch merkte ich, wie die Eifersucht an mir fraß. Wie um mich für den Betrug, den sie an mir beging, zu rächen, lief ich am Abend durch die Bars, auf der Suche nach einer Frau, die mir gefiel, fand aber keine, mit der es mir (zur Herstellung der Pattsituation) Spaß gemacht hätte, die Nacht zu verbringen. Oder besser: schreckte dann vor der Vorstellung zurück, am nächsten Morgen neben einer Fremden zu erwachen.

Als ich am Abend des folgenden Tags nach Bellegra zurückkam, sah ich, dass die Fenster, die ich vor meiner Abfahrt geschlossen hatte, geöffnet waren. Mila saß auf der Mauer vorm Haus und rauchte, und da ich zu müde war, um zu streiten, hörte ich mir ihre Geschichte an.

Der Maler (der mit Vornamen Heinrich hieß, sich aber schon vor dem Erwerb des Italien-Hauses den Namen Enrico gegeben hatte) hatte sie von der Bahnstation abgeholt, war mit ihr in die Berge gefahren und hatte ihr zwei Zimmer zugewiesen, die durch eine Tür verbunden waren und zu einem kleinen See hinaus lagen.

Da er das Land, das zu seinem Besitz gehörte, nicht allein bewirtschaften konnte, kam dreimal in der Woche ein Gärtner, der mit einem auf den Rücken geschnallten Giftkanister herumlief. Wenn Mila morgens ans Fenster trat, sah sie ihn, in eine weiße Wolke gehüllt, durch die Weinstöcke gehen, die auf der einen Seite bis ans Haus heranreichten; Enrico folgte ihm in sicherer Entfernung. Sobald er sie bemerkte, winkte er ihr zu, kam zurück, duschte und zog sich um.

Hinterm Haus lag ein noch vom Vorbesitzer angelegter Tennisplatz, den er ihr gleich nach der Ankunft gezeigt hatte. Er konnte so wenig Tennisspielen wie sie, und doch überredete er sie, es zu versuchen, und so standen sie sich in der Mittagshitze gegenüber, droschen die Bälle ins Netz oder gegen den hohen Drahtzaun, von dem der Platz wie ein Käfig umgeben war.

Das Mittagessen wurde von einem jungen Mädchen zubereitet, das mit dem Fahrrad aus dem Dorf heraufkam und ihnen die Speisen auf der Terrasse servierte. Abends fuhr er mit Mila zu einem Restaurant, das wie ein Adlernest auf dem Felsvorsprung eines Bergs lag, winkte den Kellner heran, fragte, was er empfehlen würde, und wenn sie zurückkamen, stellte er eine Flasche auf den Tisch und fragte, ob sie nicht Lust hätte, noch ein wenig mit ihm auf der Terrasse zu sitzen.

Als sie nach ein paar Tagen sagte, dass sie am nächsten Morgen abfahren müsse, erwiderte er, beinahe erschrocken, das sei völlig unmöglich, da er ihr zuvor noch den Bauernmarkt in Rieti zeigen müsse, und da der Markt nur einmal in der Woche stattfand und sie merkte, wie viel ihm daran lag, gab sie nach, und so vergingen wieder ein paar Tage.

Sie waren nie wirklich befreundet gewesen, und er machte auch keinen Versuch, sich ihr zu nähern, deshalb überlegte sie, welchen Grund er für all die Aufmerksamkeiten hatte, mit denen er sie überschüttete. Als er noch unbekannt war, hatte sie ihn in seinem Atelier besucht und einen Artikel über ihn verfasst. Sollte sie, nun, da er in ganz anderen Verhältnissen lebte, dasselbe noch einmal tun? Wollte er das Bild, das er damals geboten hatte, zurechtgerückt wissen? Aber dazu brauchte er sie nicht. Gerade in den Tagen vor ihrer Abreise hatte sie in der Sonntagsbeilage einer Zeitung einen Bericht gesehen, mit Fotos, die ihn auf derselben Terrasse zeigten, auf der sie nachts saßen.

Und nun, ohne es zunächst zu merken, begann sie, ihn zu beobachten: wie er mit dem Gärtner sprach, dem Mädchen, dem Kellner. Ihr fiel auf, dass er immer in ihrer Nähe war, in Sichtweite sozusagen, auch, wenn er gerade mit jemand anderem sprach. Wenn er in sein Atelier ging, ließ er die Tür offen, sodass sie sehen konnte, wie er die Farben anrührte. Wenn sie mittags mit einem Buch auf der Terrasse saß, sah sie ihn ein

Stück weiter einen Strauch hochbinden, ein Fahrrad reparieren. Ging sie nach oben, um sich eine Stunde hinzulegen, hörte sie ihn durchs Haus gehen und pfeifen, und kam sie wieder herunter, um weiter zu lesen, trat er aus seinem Zimmer, legte sich in die Hängematte und begann ebenfalls zu lesen. Und nun wurde ihr klar, dass er sie zur Zeugin bestellt hatte.

Ja, das war es. Er brauchte sie als Zeugin. Es ging nicht darum, dass sie oder sonst jemand über das Haus, den See oder den Tennisplatz schrieb, sondern darum, dass er gesehen wurde. Deshalb hielt er sich in ihrer Nähe auf. So wie andere mit Worten erzählten, erzählte er durch seine Anwesenheit, und wenn sie wieder abfuhr, gab es niemanden mehr, der diesem wortlosen Erzählen zuhörte. Es war ein Erzählen, das auch die Bettler beherrschten, die man in den Einkaufsstraßen der Großstädte sah: der Beinlose auf dem Wägelchen, der eine Rolle Hansaplast hochhielt, der Mann mit der Katze, der jeden Morgen, pünktlich wie ein Angestellter, erschien und seine Decke vor einem Bankeingang ausbreitete, die Katze auf seine Schulter setzte und demutsvoll unter sich schaute. Sie alle beherrschten es. Sie zeigten sich den Vorbeigehenden, sie führten sich vor, ihre Körper, ihr Leiden, ihre Armut waren die Sprache, mit der sie sich verständlich machten, und so machte es auch ihr Gastgeber. Nur dass es nicht sein Unglück war, das er Mila vorführte, sondern sein Glück.

Und nicht anders, dachte ich, als ich am nächsten Morgen nach Frankfurt zurückfuhr, machte es Herta. Sie war gekommen, um sich uns zu zeigen.

Das Geschäft in der Burgstraße, ihre Arbeit, ihr schäbiges Zimmer, ihr einsames Hin- und Hergehen, dadurch gab sie sich zu erkennen. Und obwohl ich ihr nachging und sie auszuforschen versuchte, war nun, da mir klar wurde, dass es das war, was sie bezweckte, ich es, der sich von ihr beobachtet fühlte. Jahrelang hatte sie mir ihre Abwesenheit vorgeführt, und nun führte sie mir ihre Anwesenheit vor, und wenn sie sicher war, dass es ihr gelungen war, mir ihr Bild in den Kopf zu brennen, würde sie so plötzlich, wie sie gekommen war, wieder verschwinden, weg aus dem Provisorium der Schieferstadt, zurück in ihr anderes Leben.

»Nein«, sagte Mila, als ich sie am Abend erreichte und ihr meine Vermutung mitteilte. »Das ist Unsinn.«

Aber ich bestand darauf und fuhr nun nicht mehr nach Tautenburg, bis die Sache mit den Hüten geschah. War es im selben Herbst? Nein, im Frühjahr. Herta blieb länger als erwartet und wechselte (was ich erst mitbekam, als es schon geschehen war) vor Weihnachten vom noch immer großen, aber nicht mehr exklusiven Kaufhallen-Bekleidungshaus zum schon immer kleinen Herrenausstatter Kröger, einem alten Herrn, dessen Laden in der oberen Hauptstraße lag und der, ohne dass jemand wusste, wie er das durchhalten konnte, seit vierzig Jahren Handschuhe, Hemden, Krawatten, Manschettenknöpfe, Socken, Schals und Hüte in seinem Sortiment führte.

Der Anruf, durch den ich davon erfuhr, kam am frühen Abend. Ich stand, gerade zurück vom Einkaufen, in der Küche und packte die Tasche aus, Brot, Milch, Obst, das Übliche, als das Telefon läutete. Ich ging in der Korridor und hob ab. Es war Georg.

»Sie ist ins Heim eingeliefert worden«, sagte er.

»Wer?«

»Deine Mutter.«

Und dann hörte ich, was passiert war. Die beiden, Kröger und sie, waren allein im Geschäft. Am Mittag ging er in sein Stammlokal, in dem er seit vierzig Jahren zu Mittag aß, und als er zurückkam, bemerkte er vor seinem Schaufenster eine Ansammlung von Leuten. Er drängte sich durch sie hindurch, und da sah er sie: Herta. Sie saß zwischen den Hemden, den Handschuhen und Socken im Schaufenster, eine Schere in der Hand, und schnitt die Hutkrempen ab.

20

Dass Georg anrief, um mir etwas über Herta mitzuteilen, war so ungewöhnlich, dass ich mich eine Weile der Illusion hingab, damit sei eine Wende in seinem Verhalten eingetreten, die eine Wende in ihrem Verhalten zur Folge haben würde, eine vorsichtige Annäherung, die es beiden erlaubte, den anderen wieder in den Blick zu nehmen. Ich hielt es für möglich, dass ihr Zusammenbruch, von dem sie sich erstaunlich rasch erholte, sodass man nach einiger Zeit keinen Unterschied mehr zu der Person vor dem Zusammenbruch bemerkte, den Anfang einer neuen Phase einleitete, in der sie so normal miteinander umgingen, wie es getrennt lebende Ehepaare nun einmal taten. Aber das war ein Irrtum. Wenn ich den Versuch machte, ihr etwas von ihm zu erzählen, fiel sie in eine Art Starre, aus der sie erst wieder erwachte, wenn ich von etwas anderem zu reden anfing. Niemals gab sie zu erkennen, dass sie den Inhalt meiner Worte verstand oder auch nur deren Klang vernahm.

Und er machte es ebenso.

In den Wochen nach ihrer Einweisung ins Heim fuhr ich öfter nach Tautenburg als jemals zuvor und danach. Zuerst ging ich zu ihm und berichtete, was mir bei meinem letzten Besuch bei ihr aufgefallen war. Sie hat sich den Knöchel verstaucht, sagte ich beispielsweise. Oder, wenn ich dann zu ihr fuhr: Er trägt sich mit dem Gedanken, die Markise zu erneuern. Kleinigkeiten, Alltagsdinge, aber gerade deshalb, wie ich meinte, besser geeignet, die Wortlosigkeit, die wie eine

Wand zwischen ihnen stand, zu überwinden, als es Appelle an die Vernunft gewesen wären. Es war, als suchte ich die ungeschützte Stelle, in die meine Worte eindringen konnten, aber sie zeigten sich so gepanzert, dass sie an ihnen abglitten.

Meistens nahm ich den Zug und stieg, da ich keine Lust hatte, auf den Bus zu warten, am Bahnhof in ein Taxi. Da er die Ankunftszeit des Zuges kannte, wartete er in der zur Straße hin gelegenen Küche und kam heraus, sobald er den Wagen hörte. Und nicht selten war es so, dass er mich sofort ums Haus herum in den Garten zog, eine kurz gehaltene Wiese, an deren Ende ein kleiner von Johannis- und Stachelbeersträuchern eingefasster Nutzgarten angelegt war, mit Bohnenstauden, Zwiebel-, Salat-, Karotten- und Erdbeerbeeten.

Er zeigte mir, was er verändert oder neu angepflanzt hatte, und wenn wir uns umdrehten, sahen wir die Pergola, die über dem Weg zwischen Wohn- und Gartenhaus errichteten Holzbögen, die zu seinem Ärger nie zu einer richtigen Pergola wurden. Er hatte es nacheinander mit Kletterrosen, Glyzinien und Clematis versucht, aber sie weigerten sich, das ihnen gemachte Angebot anzunehmen. Sie wuchsen zu Büschen heran, die er mit grünem Plastikfaden an die Pfosten band, doch anstatt an ihnen emporzuranken, neigten sie sich von ihnen weg.

»Schau«, sagte er, bückte sich und hob einen Trieb an. »So!« Und hielt ihn, um mir zu zeigen, wie er hätte wachsen sollen, gegen den Pfosten.

Lange Zeit waren wir gleich groß gewesen. Nun plötzlich, als er sich wieder aufrichtete, merkte ich, dass er kleiner geworden war. Ich konnte über seinen Kopf hinweg sehen, und wie um ihn den Größenunterschied nicht merken zu lassen, knickte ich in der Hüfte ein.

Nach einer Weile stiegen wir den Hang hoch und gingen ins Haus. Er machte das Essen warm, das Frau Roth vorbereitet hatte, und danach setzten wir uns in die Küche. Den Tisch hatte er schon vorher gedeckt; er hatte Teller und Gläser hingestellt und daneben, auf die zum Dreieck gefalteten Servietten, die Bestecke gelegt.

Noch während er am Herd herumhantierte, stellte er vier, fünf Fragen auf einmal. Woran arbeitest du? Hast du eine Ausstellung? Gibt es ein neues Buch? Wohin fährst du im Sommer? Wenn ich aber antworten wollte, wehrte er ab. Es war, als seien die paar Neuigkeiten, die ich mitbrachte, zu kostbar, um nebenher erzählt zu werden.

»Warte«, sagte er, »erzähl es mir, wenn ich mich gesetzt habe, ja?«

Aber kaum hatte er sich gesetzt, geriet das Gespräch ins Stocken, und nach einer Weile merkte ich, dass wir verstummt waren, sodass plötzlich als Einziges das Klappern der Gabeln zu hören war, die gegen die Teller schlugen.

Er hatte sich die Fragen vor meiner Ankunft zurechtgelegt, und nun, da ich sie beantwortet hatte, so knapp, wie er selbst es getan hätte, es galt ja immer, die Dinge zu verkleinern, als nebensächlich zu behandeln: den Knochenbruch als Verstauchung, die Lungenentzündung als Schnupfen, wusste er nicht weiter, und ich ebenfalls nicht, sodass sich noch vorm Ende des Essens die alte Verlegenheit zwischen uns breitmachte, die nur zu beheben war, indem wir rasch aufstanden und uns Neuem zuwandten, praktischen Dingen, sichtbaren, weg von denen, die nur in Worten aufgehoben waren.

Wenn ich nach einem Muster für unsere Gespräche suche, ist es das des Frage- und Antwortspiels, das ich als Kind gespielt habe.

Als Herta bereits verschwunden war, hatte er mir ein Buch geschenkt, das Frag mich – Ich antworte 3300 mal hieß. Auf der linken Seite standen die Fragen, auf der rechten die Antworten. Wie heißt die Hauptstadt von Bolivien? La Paz. Was taten die Sirenen? Sie lockten die Fischer durch ihren Gesang ins Verderben. Eine Weile nahm ich das Buch überallhin mit, in die Schule, ins Schwimmbad; nachmittags am Brunnen oder später im Hof, wenn die anderen Kinder herunterkamen, zog ich es aus meiner Tasche und traktierte sie mit Fragen. Welcher Planet hat einen Ring aus meteorartigen Körpern? Wer überflog als Erster den Südpol? Was ist ein Kassiber? Und wenn einer die Antwort wusste, gab ich das Buch an ihn weiter, womit nun er es war, der die Fragen stellen durfte.

Es handelte sich um das Abfragen von auswendig gelerntem Wissen, das man als Antwort bereithielt. Und nach diesem Muster verliefen unsere Gespräche.

Er: Wohin fährst du im Sommer?

Ich: Willst du dir nicht jemanden nehmen, der den Rasen mäht?

Ich antwortete mit einem Ortsnamen, er mit ja oder nein, worauf wir, als sei alles gesagt, nickten und zum nächsten Punkt übergingen.

Unsere Gespräche blieben stets an der Oberfläche, und doch glaube ich, dass der Grund dafür nicht Interesselosigkeit war, sondern etwas anderes, etwas zwischen uns Eingeübtes, eine Gewohnheit, in die wir, ohne es zu wollen, zurückfielen, eine Art Schüchternheit, Rücksichtnahme. Oder täusche ich mich? War dieses Schweigen oder nicht Redenkönnen etwas, das schon vor seiner Trennung von Herta zu ihm gehört hatte und – durch ihn – zu mir? Sodass vielleicht gar nicht das Schweigen das Problem war, sondern die Erwartung, es durchbrechen zu müssen?

Nach dem Essen, das nun einmal eingenommen werden musste, weil es Teil des Besuchsrituals war, drängte es ihn wieder hinaus. Es war, als sei es ihm in der Küche, im Haus, das doch ganz und gar nach seinen Vorstellungen eingerichtet war und ihm mit der darin herrschenden Ordnung völlig entsprach, unbehaglich zumute, sodass sein Blick hilflos herumzuirren begann – eine Beobachtung, die ich auch bei anderen Gelegenheiten machte, weshalb ich glaube, dass sein Unbehagen weniger an den Ort als an die Situation gebunden war, an den Zwang, jemandem- in diesem Sinne war ich für ihn ebenfalls jemand- gegenüberzusitzen.

Beinahe unmöglich war es, mit ihm wie früher ins Café zu gehen und einfach nur dazusitzen, zu warten, bis man bestellt hatte und das Bestellte gebracht wurde. Ganz offensichtlich empfand er die Untätigkeit, zu der er in diesen Minuten verurteilt war, als Qual; nach einer Weile schlug seine Ungeduld in Panik um, etwas Gehetztes trat in seine Augen, seine Hände suchten, wie losgelöst von ihm, nach etwas Unauffindbarem die Taschen ab, und nicht selten war es so, dass er mich, noch bevor die Bedienung kam, wieder hinauszerrte auf die Straße, auf der er ein paar rasche Schritte tat und tief durchatmete.

Das Café war eine Falle gewesen, und ebenso hatte sich nach dem Essen die Küche in eine Falle verwandelt. Da er das nicht zugeben konnte (oder nicht einmal wusste), war es an mir, ihn daraus zu befreien. Meine Aufgabe war es, zu sagen: Setzen wir uns raus. Die Möbel, die Tapeten, die Teppiche, die Lampen, die Bilder, alles, was sich mit den Jahren angesammelt hatte, schien ihm den Atem zu nehmen, und so gingen wir, nachdem er die Teller in die Spüle geräumt hatte (ich durfte nicht helfen), wieder hinaus und saßen dann, auch wenn es eigentlich schon zu kalt war – im Spätherbst, im Winter –, draußen auf einer unter das Vordach gerückten Bank. Die Geräusche der Stadt drangen herauf, aber sie selbst war hinter den Tannen, die sich am Ende des Gartens erhoben, verschwunden. Wie eine zottige schwarze Wand schirmten sie den Garten gegen die Stadt ab.

»Soll ich dir eine Decke holen?«, fragte er.

»Lass nur«, sagte ich, ging ein paar Schritte und setzte mich wieder.

Ich blieb bis zum späten Nachmittag, schob dann den Ärmel zurück und schaute auf die Uhr, worauf er, wortlos, aufstand, in den Keller hinabstieg und mit zwei Gläsern Marmelade wieder heraufkam, die Frau Roth eingekocht hatte; er stellte sie in eine Plastiktüte, die er schon bereitgelegt hatte, und drückte sie mir in die Hand.

Bevor Herta zurückgekehrt war, sagte er, wenn ich mit dem Zug gekommen war: Ich fahr dich zum Bahnhof. Das tat er nun nicht mehr. Da er wusste, dass ich zu ihr gehen würde, brachte er mich bloß hinaus. Am Gartentor umarmte er mich schüchtern, und nachdem er sich von mir gelöst hatte, gab er mir einen Klaps gegen die Schulter.

Ich ging die Straße hinunter, und wenn ich mich vorm Abzweig zur Batterie, von der aus die Stadt beschossen worden war, noch einmal umdrehte, sah ich ihn am Zaun stehen und die Hand heben. Es war kein richtiges Winken, sondern eine Art Zeichen, dass er noch da war.

Als sie noch in der Fabritiusstraße wohnte, folgte ich der Straße, auf der das Taxi gekommen war, später nahm ich den Weg durch den Weinberg, den die Liebespaare bevorzugten, stieg kurz vorm Bahnhof über einen schmalen Steg zur Stadt hin ab, ging nach Überquerung des Flüsschens wieder bergan und kam an den Häusern vorbei, die in den letzten Jahren gebaut worden waren. Weiß lagen sie in den frisch angelegten Gärten und taten mit ihren fast flachen Dächern und verzierten, rund ums Haus laufenden Balkonen aus dunkel gebeiztem Holz, als lägen sie nicht in diesem hessischen Mittelgebirgsstädtchen, sondern im Bayrischen Wald; andere ahmten mit ihren Ziegelverblendungen, den tief heruntergezogenen Dächern und den vorm Giebel gekreuzten Holzpferden niedersächsische Bauernhäuser nach, wieder andere waren wie Inselhäuser mit Reet gedeckt, vor einem hing an einem Fahnenmast ein aus Stoff genähter Fisch, in dem sich der Wind fing. Wie eine Musterhaussiedlung sah es aus. Oder als hätte sich ein Verrückter vorgenommen, Herta mit den Baustilen aller Gegenden, in denen sie vor ihrer Rückkehr gewohnt hatte, willkommen zu heißen.

Alles in allem ein Fußweg von zwanzig Minuten. Die Straße führte im Zickzack bergauf, und wenn man am Friedhof vorbei war, erblickte man das lang gestreckte Gebäude, das mit den niedrigeren Seitenflügeln und der breiten Auffahrt aus der Entfernung mehr an ein Hotel erinnerte als an ein Heim für pflegebedürftige alte Menschen. Erst wenn man das Tor passiert hatte und sich umschaute, wusste man, dass es das nicht war, sondern etwas anderes, ein letzter Ort. Auf dem um die Wiese mit den Blumenrabatten herumführenden Lehmweg standen die Gehbehinderten in ihren Laufställen (hin und wieder ein Stück vorrückend) und auf der Wiese selbst die Rollstühle mit den teilnahmslos in sich zusammengesunkenen Menschenresten, die von einer freundlichen Schwester in die Sonne geschoben worden waren.

Da sie die Vorhänge in ihrem Zimmer bis auf einen Spalt geschlossen hielt, sah man zuerst das kleine Licht über der Nähmaschine, dann ihre Hände, ihren kerzengeraden Rücken, hinter dem der Rauchfaden einer Zigarette aufstieg, die vergessen im Aschenbecher lag.

Obwohl ihr Kontakt zu den Vertretern, bei denen sie sich mit dem Nötigen eingedeckt hatte, schon vor Jahren abgerissen war, zauberte sie immer neue Stoffe hervor und saß da, über die Maschine gebeugt, eine Nadel zwischen den zusammengepressten Lippen, und starrte auf die unter ihren Fingern wegratternde Stoffbahn. Ihre Schränke quollen über von Kleidern, die für eine Art von Festlichkeit genäht waren, zu der sie nicht eingeladen wurde. Oder nicht mehr. Aber sie nähte weiter. Es war, als wollte sie beweisen, wie sinnvoll die Anschaffung der Nähmaschine gewesen war. Eine selbst verordnete Fronarbeit, dachte ich. Aber so empfand sie es nicht.

Zum Ritual dieser Besuche gehörte es, dass sie mich immer erst bemerkte, nachdem ich schon eine Weile eingetreten war. Anfangs war ich neben der Tür stehen geblieben und hatte mich geräuspert, in der Hoffnung, sie würde aufschauen, später ging ich, ohne mich um die Näherei zu kümmern, hinüber und legte ihr die Hand auf die Schulter, worauf sie, ohne sich umzudrehen, danach griff und sie an ihre Wange legte. Schließlich zog sie die Nadel zwischen den Lippen hervor und steckte sie an den Ärmel – immer an dieselbe Stelle, eine Handbreit unter der Schulter. Sie hatte die brüchige Stimme alter Frauen bekommen, bei deren Klang man unwillkürlich an die Berge von Zigaretten dachte, die sie in ihrem Leben geraucht, an die Seen von Gin-Fizz, die sie ausgeschlürft hatten. Und mit dieser Stimme, die manchmal wegzukippen schien, sagte sie:

»Nun wollen wir uns aber hinaussetzen.«

Hinaus hieß nie wirklich hinaus in den Garten mit den Laufgittern und Rollstühlen, sondern ans Fenster. Es war nicht so, dass sie das Heim nicht verlassen durfte, aber es schien, als hätte sie das Interesse daran verloren. Sie schaltete die Maschine ab, stand auf, zog den Vorhang zurück und rückte zwei Stühle ans Fenster.

»Komm«, sagte sie. »Komm, Philipp, setz dich.«

Wenn ich ging, führte sie mich durch die Flure und an den offenen Türen vorbei, durch die man das Innere der Zimmer sah, die karge Einrichtung mit den Betten, auf denen die greisenhaften Gestalten ihrer Altersgenossen festgeschnallt waren, die Selbstverletzer und Fallsüchtigen, und wenn ich den Blick bemerkte, mit dem sie mich von der Seite ansah, diesen (höhnischen?) Forscherblick, mit dem sie mein Entsetzen registrierte, wusste ich, dass sie gar nicht hierher gehörte. Dass sie nur so tat, als sei sie verwirrt. Dass sie das, was sie im Gespräch manchmal ihren Unfall nannte, nur vorgetäuscht hatte oder dass sie sich, falls er nicht vorgetäuscht war, so weit erholt hatte, dass sie das Heim jederzeit hätte verlassen können, dass sie es aber aus Gründen, die ich nicht kannte, vorzog zu bleiben.

Sie führte mich, den Weg endlos verlängernd, durch dieses

von Stimmen und dem Lärm der rasselnden Essenswagen widerhallende Haus, bis sie sich an der Treppe bei mir einhakte. »Achtung«, sagte sie und setzte, während wir hinabgingen, graziös tänzelnd, einen Fuß vor den anderen.

An der Tür unten verabschiedete sie sich. Es war der zur Stadt hin gelegene Ausgang, zu dem sie mich brachte, und wenn ich hinaustrat, ins Freie, sah ich gegenüber, auf der anderen Stadtseite, den Hang, den Weißen Stein, die Batterie und über der Tannenwand das Dach seines Hauses.

21

Im Dezember ein alter Auftrag: Für das Magazin einer großen Zeitung die Straße der Romanik abfahren und fotografieren; Burgen, Kirchen, die doppeltürmigen Dome und Basiliken, also Quedlinburg, Halberstadt, Magdeburg, Jerichow, am Ende ein Schlenker nach Plothow; am Nikolaustag zurück, und am Tag darauf begann ich wieder zu arbeiten. Ich stieg zur Dunkelkammer hinab und entwickelte die Filme, die im Koffer lagen, zuerst die für den Auftrag, dann die aus Plothow. Ich hatte den alten Kanal fotografiert, die Eisschollen, die unter einer Schneedecke liegende Insel, den Park, das Haus, die Straße, das gab es ja alles noch beinahe unverändert; am Hausgiebel noch die Rostspuren der Fernsehantenne, die Lilos Mann, Günter Mahrholz, und Georg Mitte der Fünfziger angebracht hatten. Ich nahm die Bilder aus dem Wasserbad und legte sie auf den Trockentisch, ja, ganz gut, ging in die Wohnung hoch, und als ich eine Stunde später herunterkam und sie erneut anschaute, gefielen sie mir nicht mehr. Es hatte sich eine Glätte darüber gelegt, an der das Auge abglitt.

Dann vor Weihnachten Post von Lilo, eine Karte: der Park im Schnee, und auf einem beigelegten Blatt eine Art Brief, in dem sie sich für den Besuch bedankt. Lieber Philipp, sie duzt mich, alles andere wäre auch falsch, was mir aber schwerfällt, ist das Zurückduzen, auf dem sie besteht.

»Wie?«, sagte sie, als ich sie mit Frau Mahrholz ansprach.

»Hast du vergessen, dass ich deine Patentante bin?« Und da ich sie schlecht Tante nennen konnte, bestand sie darauf, sie beim Vornamen zu nennen. Sie wohnt nicht mehr in der Brandenburger Straße, sondern in einem der Siedlungshäuser auf der anderen Bahnseite, fünfter Stock, zwei Zimmer, Küche, Bad, der Blick geht weit über die Stadt. Das Geschäft hat sie schon in den Siebzigern aufgegeben, auch das Haus; ihre Söhne, oder besser, die von Günter, haben versucht, das Geschäft zu halten, aber dann waren sie die Schwierigkeiten, die man den Privatkaufleuten machte, leid gewesen und hatten in die Schließung eingewilligt; der eine hatte eine Stelle in der Waschmittelfabrik angenommen, der andere lebte als Rundfunk- und Fernsehmonteur in Magdeburg.

Und im Februar, in derselben Woche, in der das Magazin mit den Fotos erschien, rief Frau Roth an und sagte:

»Ich weiß nicht, was Sie mit dem Haus vorhaben, vielleicht ist es auch zu früh, um darüber zu sprechen, aber ich kenne ein junges Ehepaar, das daran interessiert wäre.«

Der Bungalow stand seit Georgs Tod leer. Mit all den Möbeln darin lag er in einer Art Schlaf, aus dem er einmal in der Woche geweckt wurde, wenn Frau Roth, die sich noch immer darum kümmerte, den Berg hinaufstieg, um nach dem Rechten zu sehen. Sie zog die Jalousien hoch, öffnete die Fenster, ließ Luft herein und schloss die Fenster wieder. Im Sommer, wenn das Gras so hoch geworden war, dass es geschnitten werden musste, sagte sie ihrem Mann Bescheid, der daraufhin mit einem kleinen fahrbaren Grasmäher anrückte, und im Winter schaute sie nach der Heizung, die, wenn auch auf niedrigster Stufe, laufen musste, damit die Rohre nicht einfroren.

Als ich eine Woche darauf nach Tautenburg kam, wartete sie mit den beiden vorm Haus. Obwohl es kalt war – auf dem Berg lag sogar Schnee – hatte sie sich geweigert, die beiden hineinzulassen. Der Mann, Anfang dreißig mit kurzer Stoppelhaarfrisur und einer langen schwarzen Lederjacke, unter der ein grauer Anzug hervorschaute, hatte vor ein paar Monaten die Filiale der Sparkasse in der Burgstraße übernommen; sie, mit hartem, wie eingetrocknet wirkendem Kindergesicht, unterrichtete an der Gesamtschule Musik und Erdkunde. Beide stammten, was er betonte, wie um ihre Rechtschaffenheit zu unterstreichen, aus Tautenburg. Nach dem Abitur waren sie weggezogen und nun, nach ein paar Jahren in der Großstadt, zurückgekehrt.

Frau Roth schloss die Tür auf. Ich ging durch die Räume, zog die Jalousien hoch, kehrte dann um und trat durch die Glastür in den Garten. Plötzlich hatte ich einen Widerwillen dagegen, die Leute herumzuführen. Sollte Frau Roth das tun. Während ich Muster in den Schnee trampelte, sah ich sie durch die Fenster von Zimmer zu Zimmer gehen, Frau Roth voran, die beiden folgten ihr, mit einer Art von vorweggenommenem Besitzerblick. Im Arbeitszimmer zog die Hartgesichtige ein Zentimeterband aus der Tasche, maß den Abstand zwischen Tür und Wand und hängte es sich danach um den Hals, wo es sich wie eine gelbe Schlange vor ihrem schwarzen Mantel ringelte. Endlich traten sie in den Flur zurück, kamen an der offenen Glastür vorbei und blieben in der Diele stehen.

Und da hörte ich ihn, während er auf die Luke zeigte, wie durch einen Filter sagen: »Wo geht's da hin? Zum Dachboden? Darf ich?« Und hatte im nächsten Moment schon den Holzstab in der Hand, der gewöhnlich in einer Ecke neben der Tür lehnte, und den Haken an der Holzstabspitze in den Metallring gesteckt; die Luke schwang mit einem Kreischen der Metallfeder nach unten, gleich darauf war das Quietschen der Leiter zu hören.

Ich ging zu den Tannen hinunter, die sich wie eine zottige schwarze, jetzt vom Schnee bestäubte Wand vorm Zaun erhoben und bei einem Verkauf als Erste fallen würden, zu Recht, schließlich bestand der Vorzug des Hauses in seiner Lage und dem Blick, den man von hier oben hatte. Man schaute weit über das Tal hinweg, oder hätte es tun können, wenn Georg sich nicht hinter der Tannenwand gegen die Stadt abgeschirmt hätte.

»Herr Karst«, rief Frau Roth, die hinter den beiden die Leiter hochgestiegen war.

Als ich auf den Boden kam, sah ich den Mann in seiner langen Lederjacke unter dem Dachfenster stehen.

»Wissen Sie, was das ist?«

Er nahm die Hand aus der Tasche und zeigte auf etwas zu seinen Füßen. Der Dielenboden bestand aus breiten, grob zurechtgeschnittenen Brettern, die unterm Fenster von unzähligen kleinen schwarzen Punkten übersät waren; Brandflecke. Jemand hatte an diesem Fenster gestanden, geraucht, die Kippen fallen gelassen und die Glut ausgetreten. Ich bückte mich, tastete mit den Fingern darüber und zuckte mit den Schultern.

»Keine Ahnung.«

Nachdem sich das Ehepaar verabschiedet hatte, stieg ich noch einmal die Leiter hoch. Es gab drei Fenster dort oben, kleine, in die Dachschräge eingelassene, an den Ecken abgerundete Luken; die eine zeigte nach Osten zum Berg, der hinterm Haus weiter anstieg, die andere nach Süden, zur Batterie, die beiden waren eingerostet und rührten sich nicht, als ich sie zu öffnen versuchte. Nur die dritte, von der aus man über die Stadt sehen konnte, zum gegenüberliegenden Hang, ließ sich auf Anhieb aufdrücken, und nur unter dieser wiesen die Bretter Brandlöcher auf.

Das Heim auf der anderen Stadtseite lag im Dunkeln, nur die obere Fensterreihe war erleuchtet; davor zog sich die Reihe kleiner Balkons entlang, von denen einer zu Hertas Zimmer gehört hatte. So wie er ihr Fenster und ihren Balkon sehen konnte, hatte sie einen freien Blick auf sein Haus gehabt, das heißt, das Dach, und mit einem starken Glas, einem Feldstecher, hätte sie sogar die Luke sehen können, an der er stand.

Ja, so könnte es gewesen sein.

Wie Wölfe über die Stadt hinweg. Wie geht es dir, Liebster? Gut. Und dir? Was macht deine Schulter? Es wird besser. Und dein Bein? Schon verheilt.

Unter ihnen, im Tal, die Stadt, aus der die Lichterketten der Straßen heraufleuchten, der Lichterklumpen des Bahnhofs, der außerhalb liegt, am Ende einer unansehnlichen Chaussee, die auf der einen Seite von Fünfzigerjahre-Mietshäusern und auf der anderen von einem Maschendrahtzaun gesäumt ist, dahinter die Gleise. Nachts aber, wenn die Stadt im Dunkeln liegt, erscheint der Bahnhof wie ihr Mittelpunkt; dazu im Halbstundentakt das Rumpeln der Züge, Güterzüge, daher das Traumschwere, der träge Doppelschlag der Eisenräder.

Und sie oben, jeder auf seinem Berg.

Ihr Blick geht hinüber zum Hang auf der anderen Seite der Stadt, die durch das Flüsschen in zwei fast gleich große

Hälften geteilt ist. Hertas Augen suchen die Markierung der Tannenwand, über der, wie sie weiß, das Dach seines Hauses aufragt, in der Dunkelheit ist sie nur schwer zu erkennen, während er bloß nach den Laternen Ausschau zu halten braucht, die in zwei langen Reihen an den Schmalseiten des lang gestreckten Gebäudes vorbeiführen.

Er steht an der offenen Dachbodenluke, durch die im Sommer der Erdgeruch des Gartens hereindringt und im Herbst, Winter und Frühling die Schneeluft; von November bis April riecht es dort oben nach Schnee. Sie lehnt in der Nische zwischen Vorhang und Fenster, das ebenfalls geöffnet ist, wenn auch bloß einen Spalt, aber es reicht, um sich ihm nahe zu fühlen. So ist nur die Luft zwischen ihnen, die hier, in der Nähe des Friedhofs, nach Laub und Blumenabfällen riecht. Da sie nicht möchte, dass die Nachtschwester hereinkommt und sie dort sieht, hat sie die Stuhllehne unter die Türklinke geklemmt und die Lampe gelöscht. Von den Laternen am Weg dringt Licht herauf, nicht viel, aber es stört ihre Andacht, weshalb sie die Hände schützend um die Augen legt, während er, weil es dort oben nichts gibt, was den Blick ablenken könnte, einfach nur dasteht. Nach dem metallischen Quietschen der Luke ist es ganz still – einzig die Nachtlaute dringen zu ihm hinauf, die Züge, manchmal ein Auto, der Wind in den Tannen.

Eine Weile stehen sie da und lauschen. Wie geht es dir, Liebster. Gut. Und dir? Dann wenden sie sich um. Er steigt die Leiter hinab, und sie tritt hinter dem Vorhang hervor ins Zimmer zurück und schaltet die Lampe ein, die auf dem Stuhl neben dem Bett steht, die Lampe, die sie von ihren Reisen mitgebracht hat. Alles daran ist aus Glas: der perlmuttfarbene Schirm, der grüne, sich nach unten hin verjüngende Schaft und der himbeerrote Fuß, alles aus einem matt schimmernden Glas.

Im April siebenundfünfzig sind sie nach Tautenburg gekommen, im Januar oder Februar achtundfünfzig hat sie die Stadt wieder verlassen, und im Sommer siebenundachtzig ist sie dahin zurückgekehrt, neunundzwanzig Jahre danach.

Sie hatte diese Glaslampe mitgebracht, die Nähmaschine und eine Anzahl von Aschenbechern – Gefäße in den verschiedensten Formen und Größen aus Porzellan, Glas, Zinn, Gusseisen oder gestanztem Blech, oft mit dem Namenszug des Gasthofs oder Hotels, in dem sie standen, sodass sich der Weg, den sie zurückgelegt hatte, allein aus den Aschenbechern rekonstruieren ließ. Überall standen sie herum: auf dem Tisch, der Kommode, dem Fensterbrett, der Konsole über dem Waschbecken, Erinnerungsstücke, über die sie (als sollte keines benachteiligt werden) die Asche gleichmäßig verteilte. Obwohl überall im Heim Schilder mit der qualmenden Zigarette im roten Kreis und den darüber gekreuzten schwarzen Balken angebracht waren, rauchte sie. Sie aß kaum etwas, aber sie rauchte. Wenn ich sie besuchte, sah ich in jedem Behältnis ein wenig Asche, sodass ich mir unwillkürlich vorstellte, wie sie mit der Zigarette in der Hand herumging.

Die Lampe, die ganz aus Glas war, die Aschenbecher und die Nähmaschine, von der ich jetzt glaube, dass sie sie schon vor ihr Abreise von Tautenburg besessen hat – das war es, was sie von ihren Reisen mitgebracht hatte.

22

Schade«, sagte Wüstenhagen, als ich bei ihm reinschaute, »schade, dass Sie die Verpackung nicht haben. Die sieht ja ganz neu aus, da wär's doch schön, wenn's den Karton noch gäb', den originalen.«

Er drehte die Varex hin und her und legte sie auf den Tisch, dann nahm er sie wieder auf, führte sie an die Nase, roch dran und schloss die Augen. »Unglaublich.« Nun behielt er sie in der Hand; offenbar fiel es ihm schwer, sich von ihr zu trennen. Als er aufstand, lag sie wie ein Neugeborenes in seinem Arm, und da blieb sie, während er neben mir her durch den Laden schlurfte. Kameras überall: alte Kameras, Laufboden-, Platten-, Balgenkameras, die alte Agfa Box, die nur in kleiner Stückzahl gebaute Voigtländer Dynamatic mit Blitzlichtaufsatz, die Perkeo 3x4, Springkameras mit Skopar- oder Heliarobjektiv, die Hasselblad Vintage, die von Barnack entwickelte Leica, die zweiäugige Rolleiflex, die Kine Exakta, die Zeiss Contax, die Polaroids, auf Regalen, hinter Glas, in Vitrinen, alle unendlich oft ans Auge geführt, auf Menschen gerichtet, Geliebte, Gehasste, gerade Kennengelernte, in Kürze Verlassene, auf Häuser, Gärten, Flüsse, Brücken, Strände, Theater, Museen, Kirchen, Schulen, Treppen, Auf- und Abgänge – und über allem, der ganzen Sammlung, ein leichter, kaum wahrnehmbarer Geruch von Öl, von Metall und Leder.

Geschäft und Werkstatt befinden sich in der Allerheiligenstraße neben dem Büro der Stadtmission, beim Blick durchs Schaufenster ein Kramladen, der sich nach hinten hin öffnet;

ein Raum schließt sich an den anderen an, bis man im fünften oder sechsten das Innere betritt, den heiligen Bezirk, in dem Wüstenhagen, ein Monokel vorm Auge, einen winzigen Schraubenzieher in der Hand, seine Reparaturen an den kleinen Wunderwerken vornimmt, als die er die Kameras sieht.

»Nun«, sagte er, während wir den umgekehrten Weg gingen, »was wollen Sie dafür haben?«

»Weiß nicht«, sagte ich und trat auf die Straße hinaus. »Ich rufe Sie an.«

Mirko Bonné
Lichter als der Tag
Roman
336 Seiten. Farbige Vorsätze.
Gebunden. Lesebändchen
ISBN 978-3-89561-408-8

»Wer dieses bewegende Buch über die Ambivalenzen unserer Liebeswünsche und die Abgründe des Begehrens einmal zu lesen begonnen hat, wird es nicht wieder weglegen können.«
Michael Braun, Der Tagesspiegel

»Als exemplarischer Fall einer Sinnsuche auf dem ungeheuren Meer der Möglichkeiten, einer dramatischen Anstrengung, aus den Routinen eines verfehlten Lebens ekstasisch auszubrechen, beeindruckt dieses Buch.«
Markus Schwering, Frankfurter Rundschau

»Die Bücher Bonnés handeln von den großen Fragen des menschlichen Lebens, wie Treue und Verrat, Selbstentwurf und Scheitern. (...) Bonné erzählt sehr fein und geschickt dramaturgisch.«
Manuela Reichart, Deutschlandfunk Kultur

»Von der ersten Zeile an baut sich in seiner Story eine ungeheure innere Spannung auf, die einen nicht mehr aus den Klauen lässt.«
Ulf Heise, MDR Kultur

»Bonnés Liebesroman liefert das fein gezeichnete Psychogramm eines Mannes, der schmerzhaft erleben muss, dass die Vergangenheit nie zu Ende ist.«
Peter Henning, Vogue

Schöffling & Co.

Michael Roes
Zeithain
Roman
808 Seiten. Farbige Vorsätze.
Gebunden. Lesebändchen
ISBN 978-3-89561-177-3

»Ein gewichtiges Buch mit großem erzählerischem Atem.«
Jörg Magenau, Süddeutsche Zeitung

»Wie die Tragödie zum Aufstiegsmythos umgebogen wird, was uns mit der Vergangenheit verbindet, davon handelt Michael Roes' beeindruckender Roman.«
Tim Evers, MDR Kultur

»Roes erzählt Kattes Lebensgeschichte als wahres Breitwandepos. (...) Wahnsinnig dicht, schön und farbenfroh erzählt. Ein wunderbarer, einprägsamer Roman.«
Jörg Magenau, Deutschlandfunk Kultur

»Ein sorgfältig recherchierter Roman, der über eine tragische Figur das alte Preußen eindringlich zum Leben erweckt und Traditionslinien aufdeckt, die bis in die Gegenwart nachwirken.«
Mareike Ilsemann, WDR

»Es geht nicht nur um Aufklärung damals, es geht auch um Aufklärung heute. (...) Ein wunderbar lesbares Buch.«
Mario Scalla, hr2-kultur

»Ein grandioses Recherchewerk.«
Michael Ernst, Sächsische Zeitung

Schöffling & Co.

Ein Mann wird zu seinen
Eltern zurückgezogen – durch ihren
Tod. Erst der Vater, 5-6 Wochen
später die Mutter. Sie waren getrennt und doch im Tod vereint.

Der Sohn, der zurückbleibt, ist
Fotograf u. erinnert ein Vaterfoto:
mit 34 in einem ostdt. Stahlwerk.
und er erinnert eine Fotografie,
den der Vater besessen hat

Nahaufnahmen vom Leben
der Eltern – volle Distanz u.
halbe Präzision: der Anfang ihrer
Bez. → Bleibe vom ersten Lust-
wagen auf das Mädchen 32 → Verabredung Folgen

Krieg? letzte Kriegsjahre. Er bei
den Soldaten, im Ost. Ich werde: da
beginnt der Krieg.

Kurz vor der Mauer: die Mutter
will weg – der Vater verspricht den
Westen – ein Freund in Hannover
hilft an: Komm zu uns, zur Bundeswehr.
Im Osten: Komm zu uns, wir brauchen
dich → kasernierte Polizei – um sich zu
entziehen, holt er sich ein Attest (Herz, Auge)
~~Ausreise abgewürgt – hello Pirelli~~
Parteimitglied im Stahlwerk – der
Brief vom BM der Verteidigung – Angst
vor Verhaftung – Einladung, Bewerbungsunterlagen zu schicken. Der Brief, daraus ist sie
zum Entschluss weggegangen mit Angst

Der Vater quält sich mit der
Entscheidung, in den Westen zu gehen.
Er fürchtet den Brief als versuch,
ihn auf die Probe zu stellen.

Schlüsselbild ist Entsch. gefallen →
sein letzter Brief: Haltet euch
nicht an eine Ukraine – S. das
Erzählen als Bewahren der Eltern 32f